전생했더니 검이었습니다

9

타나카 유 지음
Llo 일러스트
신동민 옮김

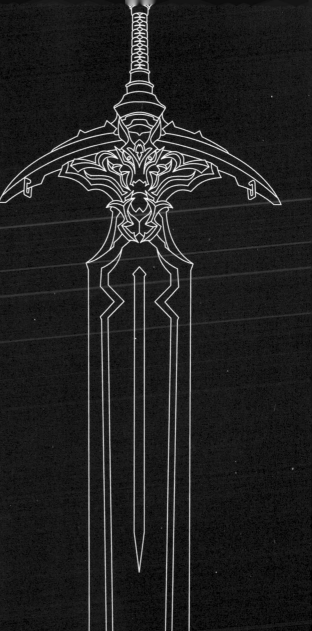

전생했더니 검이었습니다

"I became the sword by transmigrating" Story by Yuu Tanaka. Illustration by Llo

9

타나카 유 지음
Llo 일러스트
신동민 옮김

CONTENTS

"I became the sword by transmigrating"
Volume 9
Story by Yuu Tanaka, Illustration by Llo

제1장 **금염의 새끼 사자**

Side 사류샤

흑묘족의 희망의 별, 흑뢰희 프란 님이 북쪽으로 향하고 시간이 얼마나 흘렀을까?

우리는 흑묘족 마을인 슈왈츠카체에서 그린고트로 피난하기 위해 숲속을 걷고 있었다.

밤에 이동을 해서 정확한 시간은 잘 모른다. 한 시간도 지나지 않은 것 같기도 하고, 아주 긴 시간을 걸은 것 같기도 하다.

무서워하면서 어둠 속을 나아가는 건 아주 피곤한 일이라는 것도 오늘 처음 알았다. 공주님이나 모험가들은 이렇게 힘든 일을 날마다 계속하고 있구나. 다시금 존경하는 마음이 샘솟았다.

어린아이나 노인들에게는 아주 힘든 여정이겠지만 지금은 쉴 수 없었다.

북쪽에서 무시무시한 마수의 군세가 쫓아오고 있다. 공주님이 분명 쓰러뜨리겠지만 전부를 막기는 어려울 것이다. 몇 천 마리나 있다고 했다. 적어도 그린고트 근처로 가야 한다.

마을 밖은 무서운 마수가 잔뜩 있는 무시무시한 곳인 줄 알았는데 여기 올 때까지 만난 적은 없었다. 어쩌면 우리가 지나치게 무서워했을 뿐, 생각했던 것보다 마수는 적은 게 아닐까? 마을 사람들 사이에서도 어딘가 풀어진 분위기가 감돌기 시작했다.

하지만 바깥세상이 그렇게 만만할 리 없었다.

마음을 놓은 우리에 대한 응징일까. 어느새 우리 주위를 사인――고블린 무리가 둘러싸고 있었다.

"흑묘족은 여기로 뭉쳐!"

"뒤에서도 온다!"

"교갸갸갸!"

마을 위병들이 약한 우리를 지키기 위해 앞으로 나서 싸워주었다. 그 안에 흑묘족은 없었다. 적견족이나 백토족 전사들이다. 그들이 휘두르는 무기가 고블린들을 쓰러뜨리는 모습이 보였다.

혹시 의외로 약한 건가?

그러나 우리의 희망은 바로 산산조각이 났다. 어두워서 알아보기 어려웠지만 생각보다 적의 숫자는 많았다. 아무리 수인 전사들이라 해도 열 배 이상의 적에게 포위당하면 무사할 수가 없다.

"커헉!"

"모로스! 젠장!"

결국 한 위병이 고블린이 휘두른 검의 먹이가 되고 말았다. 아직 죽지는 않았지만 등에서 많은 피가 흘렀다. 달려간 동료 위병이 공주님에게 받은 포션을 써서 살리려고 하는 모습이 보였다. 하지만 다른 고블린이 방해해서 가까이 갈 수 없었다.

"젠장! 비켜!"

"갸갸!"

고블린이 히죽 웃는 것을 알 수 있었다.

아아, 저 녀석들, 일부러 모로스 씨에게 결정타를 날리지 않았구나. 다른 위병들이 모로스 씨를 구하려고 초조해하기를 기다리고 있는 모양이다. 고블린은 짐승 이하의 지능밖에 없는 줄 알았는데, 잔머리는 돌아가는 듯했다.

고블린의 무서움을 가까이서 보고 말았다. 등줄기가 오싹해지는 것을 알 수 있었다.

"우와아앗!"

"힉!"

그런 와중에 등 뒤에서 비명이 들렸다.

나 자신도 작은 비명을 지르며 돌아보니 우회한 고블린들이 다가오는 모습이 보였다.

흑묘족 남자들이 무장한 탓인지 저쪽도 신중해진 모양이다. 바로 달려들지 않았다. 하지만 당장 우리가 겉모습만 그럴듯한 쭉정이라는 것을 알아차릴 테다.

그렇게 되면 우리는…….

"!"

다급히 위병을 부르려 했다.

하지만 돌아본 나는 목소리를 내지 못했다.

위병들 역시 위기였다. 모로스 씨뿐만 아니라 그 밖에도 부상자가 나왔다. 무사한 것은 대여섯 명뿐일 것이다.

웬만해서는 우리를 돕지 못할 것 같았다.

부르면 와줄지도 모른다. 하지만 그 선택은 그들을 더 가혹한 위기로 빠뜨릴 것이다.

"……!"

분했다. 바라볼 수밖에 없는 자신이.

공주님이 있어줬다면…….

눈물이 넘쳐흘렀다.

공주님……!

"……아니야."

아니다. 바라볼 수밖에 없어? 어째서? 어째서 바라보고 있을 수밖에 없다고 생각했지?

시선을 내리니 내 손에는 창이 쥐어져 있었다. 공주님이 만들어주신 창이다. 일부가 쇠로 보강된 가죽 갑옷도 입고 있었다.

이래도 싸울 수 없어?

문득 마지막에 공주님과 나눈 대화가 떠올랐다.

"나는 같이 갈 수 없어. 괜찮지?"

"괜찮습니다. 공주님에게 받은 무구도 이미 배분을 끝냈으니까요."

"이게 있으면 이 주변 마수 정도라면 어떻게든 될 거예요. 안심하세요. 공주님."

"응. 모두를 부탁해, 사류샤."

"네!"

"나는 갈게."

나는 뭘 하고 있는 거야!

공주님이 북쪽에서 목숨 걸고 싸우고 있는데 고작 고블린한테 떨기나 하고!

보호받기만 하고 싸우려고 하지도 않아! 이래서는 흑묘족이 무시당하는 건 당연해! 왜 이렇게 한심한 거야!

"……으아아아아아아아!"

"샤루샤?"

내가 갑자기 소리를 지르자 곁에 있던 촌장님이 놀란 얼굴을 했다.

하지만 내게 촌장님에게 대답할 여유는 없었다.

손에 든 창을 움켜쥐고 눈앞에 다가와 있던 고블린을 향해 다짜고짜 내질렀다.

이상하게도 고블린은 피하려고 하지 않았다. 그러기는커녕 눈을 부릅뜨고 나를 바라보고 있기만 했다.

푸욱 하는 기분 나쁜 감촉과 함께 창이 고블린의 배를 꿰뚫었다.

"갸가아!"

"아아아아아아아아아!"

"교……."

찌른 창을 그대로 눌러 창끝을 고블린에게 깊이 박아 넣었다.

새된 비명을 지르던 고블린이었지만, 곧 그 소리가 들리지 않게 되었다. 죽은 것이다.

"갸갸아……!"

다른 고블린들이 겁먹은 기색으로 굳어 있었다.

그것을 보고 이해할 수 있었다. 고블린들 역시 무기를 든 인간이 무서운 것이다. 두려움이 없을 리가 없었다.

그렇게 생각하자 갑자기 마음이 편해졌다.

상대도 자신들과 같은 약자. 이길 수 없는 상대가 아니다.

적이 약할 때만 세게 나오다니, 이 얼마나 천박한지. 하지만 그래도 지금은 살아남아야 한다.

그러기 위해서는 나만 일어서봐야 의미가 없다.

다 같이 살아남는다. 그것이 공주님의 바람이기도 하다.

"여러분! 상대는 고블린이에요!"

나는 모두를 돌아보고 떨리는 목소리로 호소했다. 한심하지만 어쩔 수 없다. 그야 무서운 건 무서운 거니까. 동료들도 분명 같은 심정일 것이다.

"운이 좋아요! 우리는 진화하기 위해 사인을 해치워야 하잖아요? 저쪽에서 직접 와줬어요! 공주님에게 사인을 쓰러뜨렸다고 보고할 수 있어요!"

완벽한 허세다. 하지만 이렇게 말하지 않으면 자신을 분발시킬 수 없다. 동료를 분발시킬 수도 없다.

"지금 손에 들고 있는 건 뭐죠? 평범한 막대기? 아니에요! 우리가 들고 있는 건 무기예요! 공주님이 준, 싸우기 위한 도구! 그걸 들고 있는데 싸울 수 없는 거예요?"

아무도 입을 열지 않았다.

하지만 내 말은 귀담아 듣고 있었다.

그 증거로 아까의 나와 마찬가지로 남자들의 시선이 무기로 내려갔다.

그리고 얼굴을 들었을 때, 거기에는 지금까지 보이던 겁먹기만 했던 연약한 표정은 없었다. 물론 공포심이 사라진 것은 아니었다. 하지만 그 표정에는 확실히 다른 무언가가 섞여 있었다.

"그, 그렇지……. 우리는 무기를 들고 있어……."

"그래……. 공주님이 준 무기야!"

"마, 맞아! 그랬어!"

"맞아요! 여러분! 우리 역시 싸울 수 있어요!"

싸울 결심을 한 모양이다. 전원이 무기를 들고 앞으로 나섰다.

하지만 아직 떨고 있는 동료도 있었다.

계기가 하나 더 필요하다.

나는 동료들이 절대적으로 분발할──분발하지 않을 리가 없는 말을 꺼냈다.

"공주님은 지금도 분명 싸우고 있을 거예요! 분명 돌아오면 영웅이 될 거예요! 그런 공주님의 동족인 우리가 겁쟁이라면 공주님까지 무시당해요!"

"화, 확실히 그래……!"

"마, 맞아! 고블린 따위한테 질 수 없어!"

약하니까 보호받는다.

지금까지는 당연하게 생각했다.

하지만 그러기만 해서는 안 된다. 우리 역시 싸워야 한다!

그 흑뢰희의 동족이라고 가슴을 펴고 말할 수 있도록.

"여러분! 가요!"

""""오오오오오오!""""

일만이 넘는 마수 무리와의 격투.

그런 가운데 나타난 사인 군세와의 사투.

막다른 곳에 몰린 우리 앞에 나타난 것은 전날 사귄 수인 소녀 메아와 그 종자 쿠이나였다.

사인의 군세를 이끄는 발키리를 견제하고 프란을 궁지에서 구해냈다.

자신의 애룡인 린드의 위에서 전장을 내려다보는 메아의 압력은 어느새 전장 전체를 둘러싸고 있었다.

붉은 용에 올라탄, 피부와 머리카락이 하얗고 눈동자가 새빨간 소녀. 그 모습은 평범한 모험가에게는 없는 기품 같은 것마저 느끼게 만들었다.

사인들마저 움직임을 멈추고 메아를 올려다보고 있었다.

"간다!"

시선이 모여 있는 것을 깨달았는지 묘하게 과장된 동작으로 메아가 린드의 위에서 뛰어내렸다.

상당히 높았지만 전혀 비틀거리지 않고 화려하게 착지했다. 소리가 작았던 것은 고양잇과 특유의 탄력성 때문일까?

솔직히 지금의 메아는 빈틈투성이다. 하지만 프란이 눈앞에서 자세를 잡고 있기 때문에 발키리 일당은 움직이지 못했다.

게다가 어느새 쿠이나가 만든 환상이 본체로 바뀌어 있었다. 정말 눈치채지 못했다. 환영, 환상 계열의 사용자는 적으로 돌리면 성가시지만 아군이면 믿음직스러웠다.

땅에 내려선 메아가 붉은 눈동자를 가늘게 뜨고 발키리를 노려봤다.

"내 라이벌을 다치게 한 것, 용서 못 한다. 다만 네놈들의 목적을 얌전히 모두 얘기하면 용서해주지 못할 것도 없다만."

"말할 리 없잖아."

"그런가, 그러면 진심으로 짓눌러주지! 준비는 됐나, 프란?"

"응!"

프란도 이 자리에서 1대1에 집착할 만큼 어리석지는 않았다. 그리고 메아와의 태그에 마음이 끌리는 듯했다.

아까까지 궁지에 몰렸던 표정이 아닌 의욕에 가득 찬 얼굴로 고개를 끄덕였다.

"쿠이나, 너는 듀라한을 제압해."

"솔직히 저런 중장비 타입은 전문이 아닙니다만."

"됐으니까 가!"

"어쩔 수 없네요. 아시겠습니까? 프란 씨에게 폐를 끼치지 마세요."

"나도 알아! 얼른 가!"

메아가 외치자 쿠이나는 우아하게 인사하고 듀라한에게 향했다. 얼핏 평범하게 걷는 것 같지만 엄청나게 빨랐다. 특별한 보법을 쓰고 있나 보다. 역시 메이드가 아니라 암살자나 격투가가 어울리지 않을까?

"린드는 사인들을 적당히 섬멸해. 무리는 하지 말고."

"쿠오오오오오!"

공중에 있는 린드는 포효하고 그대로 사인들에게 돌진했다. 사인들이 일제히 날린 화살을 솜씨 좋게 피하면서 불꽃을 토했다.

사인은 여전히 왕성한 기세로 싸움을 걸고 있지만, 이미 통제를 잃은 마수들은 린드가 다가오기만 해도 도망치는 형편이었다. 저러면 잔챙이들은 린드에게 맡겨두면 문제없을 듯했다.

"그러면 우리도 붙어볼까? 우리나라 국민들을 위기에 빠뜨리려 했겠다. 그냥 넘어간다고 생각하지는 않겠지?"

"호오? 모험가 차림인데 마치 귀족인 듯한 말투로군."

메아의 말을 듣고 야유하듯이 비웃는 발키리.

하지만 메아는 발키리의 도발을 신경도 쓰지 않고 마주 웃었다.

"흐흥. 어차피 전력을 다하면 정체도 알게 되겠지. 그렇다면 먼

15

저 가르쳐주지!"

메아가 자신의 외투를 내던지면서 오른손을 하늘로 뻗었다.

"어느 때는 여행하는 미소녀 검사!"

무슨 짓을 하나 했더니 그저 멋진 포즈를 하고 싶었던 모양이다.

이번에는 왼손을 옆으로 휘두르며 다른 포즈를 취했다.

"어느 때는 용을 조종하는 의문의 여자!"

다음은 2호 라이더가 변신하는 포즈였다. 움직임이 점점 격해지는군. 그건 그렇고 일일이 포즈를 취하지 않으면 말을 못 하는 건가.

"하지만 그 실체는……!"

마지막에는 양손을 허리에 대고 가슴을 폈다. 그리고 그렇게 선언한 순간 메아의 뒤에서 쾅, 하고 폭염이 솟아올랐다.

화염 마술로 연출한 모양이다.

"수왕 리그디스 나라싱하의 장녀, 네메아 나라싱하다!"

＊

제 이름은 쿠이나. 수인국을 섬기는 왕궁 시녀 중 한 명입니다.

왕궁의 시녀 육성소에 들어간 것은 두 살 때. 뭐, 당시의 일은 기억나지 않습니다만.

이 육성소는 고아를 모아 교육을 베풀어 왕궁 시녀를 기르기 위한 기관입니다.

길러진 이들은 적성이 있는 자는 시녀로, 그렇지 않은 자는 일정 연령에 도달하면 다른 부서로 배정됩니다.

훈련은 늘 아슬아슬하게 죽지 않을 만큼 엄격하고, 성적이 나빠도 쫓겨나지 않기 때문에 고아가 들어가는 곳으로는 나쁘지 않을 겁니다. 적어도 길거리에서 죽는 것보다는 나을 거예요.

저는 전투 방면에 나름대로 재능이 있어서 운 좋게 시녀가 될 수 있었습니다.

왕궁 시녀에게 필요한 재능은 우선 전투력이니까요. 그대로 선배 밑에서 수행을 쌓아 아가씨를 수행하는 전속 시녀가 된 것이 열네 살 때.

태어난 지 얼마 되지 않은 아가씨를 만난 날의 일은 잊을 수 없습니다.

딱히 그 사랑스러움에 눈길을 빼앗겼다든가 책임의 막중함에 주눅이 들었다든가 하지는 않았습니다. 물론 그런 마음이 전혀 없지는 않았습니다만.

아가씨는 믿을 수 없을 만큼 하얬습니다. 적묘족의 젖먹이라면 불그스름한 금색 털에 노란 피부가 당연합니다. 왕족분 중에는 붉은 기가 적은 금색 털을 가진 분도 계십니다만, 그렇게까지 많지는 않습니다. 눈은 금색, 은색, 파란색, 갈색이 많을 겁니다.

그러나 아가씨는 털도 피부도 새하얗고 눈이 새빨갰습니다. 순간, 종족을 알 수 없었습니다. 눈앞에서 봤는데도 말입니다.

저는 들을 때까지 몰랐습니다만, 극히 드물게 태어나는 흰 무녀라는 존재였습니다.

태어난 아가씨를 보고 다들 아주 기뻐했습니다. 흰 무녀는 특수한 스킬이나 능력을 타고나는 경우가 많기 때문인 것 같습니다.

특히 아가씨는 '백화(白火)'라는 아주 강력한 유니크 스킬을 신에게 받았습니다. 스킬을 감정한 왕궁 학자의 말에 의하면 사용법에 따라 금염을 웃돈다고 합니다.

기대하는 것은 어쩔 수 없습니다만, 주위가 지나치게 시끄럽다고 생각하기도 했습니다. 개중에는 아가씨가 성장하면 그 힘으로 바샬 왕국을 멸망시킬 것이라고 말하는 자도 있었습니다. 어린아이의 힘에 의지하기 전에 직접 하라고 말하고 싶네요.

수왕님도 아가씨가 주위의 기대에 짓눌리지 않을지 걱정하신 듯했습니다.

그분도 머리에 근육만 있는 것 같지만──아니, 머리에 근육만 들어찬 것은 확실하지만, 그 근육으로 지혜를 쥐어짜 이것저것 생각하신 듯합니다. 궁정 무리 중에는 좋지 않은 생각을 불어넣거나 바샬 왕국에 대한 악의를 퍼뜨리는 무리도 있기 때문입니다.

그렇게 말하는 바보들이라 해도 무턱대고 잘라버릴 수 없는 것이 왕이라는 자리의 괴로움이겠죠. 어리석은 이라도 쓰지 않으면 인재가 순식간에 바닥나기 때문에 말입니다.

그래서 왕은 대역을 준비해 아가씨에게 왕궁 밖으로 나가는 자유를 주셨습니다. 왕궁 밖 수행 인원은 저밖에 없는 위험을 동반한 자유입니다만.

하지만 왕궁 안에서 마음이 죽는 것보다는 훨씬 낫다고 생각합니다.

실제로 건강하게 성장하셨고요. 애초에 흰 무녀로 가호를 받은 아가씨의 전투력은 상당합니다. 그야말로 나이 열세 살에 던전을 부술 정도로.

그때는 저도 놀랐습니다.

스킬 제어가 완벽하지 않았던 아가씨가 무리하는 바람에 스킬이 폭주한 겁니다. 그리고 그대로 단시간에 랭크 E 던전을 섬멸했습니다.

그래요, 돌파가 아니라 섬멸입니다.

그 도시의 모험가 길드에서 던전이 스탬피드를 일으킬 것 같다는 이야기를 들은 것이 시작이었습니다. 아가씨는 "국민을 지키는 것이 왕족의 역할이다"라고 말씀하시고, 제가 던전으로 향할 준비를 하는 동안에 혼자 돌입하셨습니다.

그리고 첫 번째 방에서 뛰쳐나오려 했던 마수 무리와 맞닥뜨리고 스킬을 한계까지 사용하셨습니다. 아가씨가 도망쳤다 해도 모험가들의 반격 부대가 제때 왔기 때문에 문제는 전혀 없었습니다만. 뭐, 응석을 부리고 싶은 시기였던 거겠죠.

그 결과, 불필요한 무리를 한 아가씨가 만든 하얀 불이 던전을 집어삼켰습니다.

그래요, 아가씨는 첫 번째 방에서 움직이지 않고 던전 내부에 있는 모든 마수를 백화로 섬멸했습니다. 그 던전이 총 4층의 소형이었던 점도 아가씨에게 유리하게 작용했습니다. 폭주한 백염 앞에서 위협도 E, D 정도의 마수는 아무리 있다 해도 버티지 못하니까요.

결과적으로 누구도 죽지 않았습니다만 던전 코어가 파괴되어 던전은 죽었습니다. 역시 불필요한 분발이었다고 할 수 있겠죠.

뭐, 아가씨는 그때 폭주로 인해 단숨에 경험치를 얻어 진화에 도달함과 동시에 칭호도 얻었습니다. 던전 돌파자가 아니라 포학자라는 칭호였던 것에서 신들의 센스를 느꼈습니다.

기운이 살짝 지나쳐 남에게 폐를 끼치는 경우도 있습니다만 제게 끼치는 것이 아니기 때문에 상관없습니다.

유일한 고민은 또래 친구가 없는 점일까요? 나이에 비해 너무 강한 점과 왕족이라 무의식적으로 위압감을 내기 때문이라고 생각합니다. 괜찮다고 생각하는 분을 만나도 결국에는 상대가 떠나 버리더군요.

그런 아가씨에게 좋은 기회가 있었습니다.

소문이 자자한 흑뢰희와 우연히 만난 것입니다. 소문을 들었을 때부터 아가씨의 친구가 되어주지 않을까 기대했습니다. 그런데 느닷없이 싸움을 걸 줄이야⋯⋯. 어이가 없어 말도 나오지 않는다는 경우는 이런 상황이겠죠.

프란 씨도 아가씨와 마찬가지로 전투를 좋아하는 사람이었는지, 사이가 좋아진 것은 천만다행입니다. 친구라고 하면 화를 내시겠지만, 강적이라 쓰고 친구라고 읽는다고 합니다. 머리에 근육만 있는 사람들이 하는 생각은 의미를 알 수가 없네요.

프란 씨와 헤어진 뒤에는 남쪽으로 향해 바샬 왕국과의 싸움에 가세하려 했습니다. 당연히 거절당했지만 말입니다.

수왕님이 없는 상황에서 현장 지휘관이 왕족을 위험한 전선에 내보낼 수 있을 리가 없습니다. 어떤 전황이라 해도 책임 문제는 피할 수 없으니까요.

그것이 프란 씨와 헤어진 그날 있었던 일입니다. 아니, 딱히 전선까지 간 것이 아니라 후방의 물자가 모이는 거점 겸 사령소에서 교섭했습니다.

불퉁한 아가씨를 달래는 것은 아주 성가셨지만 프란 씨를 만나러 가자고 하자 어떻게든 기분을 풀어주었습니다. 간단하네요. 앞으로는 이 방법을 사용하려고 합니다.

프란 씨를 쫓아 북쪽으로 향한 우리였습니다만, 따라잡을 기색이 전혀 보이지 않았습니다. 길거리에서 소동에 휘말렸는지 흔적은 확인할 수 있었지만, 어디를 가도 바로 출발한 뒤라는 말만 들었습니다.

마지막에는 화를 내며 각성해 전속력으로 달려가는 거친 방법을 썼는데도 말입니다……. 프란 씨의 종마인 늑대의 다리는 우리의 상상을 뛰어넘은 듯합니다.

하지만 마침내 머지않아 따라잡을 수 있을 것 같은 그런 때였습니다.

그런 일이 일어날 줄이야…….

그린고트에 도착하고 성채 안이 아주 어수선하다는 것을 깨달았습니다. 영주에게 이야기를 들으니, 놀랍게도 북쪽에서 마수 무리가 다가오고 있다더군요.

이 시기에? 타이밍이 너무 좋습니다. 이것은 음모 냄새가 나네요.

바샬 왕국과 관계가 없을 리가 없겠죠.

프란 씨나 다른 유력자가 같은 시기에 암살자에게 공격을 받았다는 이야기만 봐도 양쪽에 관계가 있다는 것은 명백합니다. 일부러 바샬 왕국의 짓이라고 뻔히 보이게 암살자를 보내서 유력한 모험가들을 북쪽이 아닌 남쪽으로 향하게 한 것이 아닐까요?

우리나라의 모험가는 다혈질뿐이라서 당하면 되갚아주자고 생각할 겁니다. 그 결과, 많은 모험가가 바샬 왕국과의 전선으로 향해서 인원이 부족해졌습니다.

네, 아가씨가 힘을 내지 않을 리가 없네요.

얼마 되지 않는 모험가를 포함한 유력자가 출격했다는 말을 들었습니다만, 아가씨도 그 뒤를 쫓아 뛰쳐나가셨습니다.

그러나 적은 예상 이상으로 만만치 않은 듯합니다. 마수가 있다고 하는 방향과는 별개로 마수 무리가 있는 기척을 포착했습니다. 그것도 두 곳이나. 별동대를 조직할 정도로 머리가 돌아간다는 뜻이겠죠. 지휘관이 될 개체가 있는 것이 틀림없습니다.

그 적의 별동대 말입니다만, 한쪽에는 이미 선발 유력자 부대가 덤벼들고 있는 듯했습니다. 소수 정예인 선발대의 전력은 사전에 들었기 때문에 그들에게 맡겨도 문제는 전혀 없을 겁니다. 오히려 과잉 전력? 이기 때문에 저와 아가씨는 다른 쪽인 소수 부대로 향하기로 했습니다.

다만 놀랍게도 상대는 단순한 마수 무리가 아니었습니다. 사인 무리였는데, 전부가 같은 장비를 하고 같은 마수에 타고 있었습니다. 게다가 지휘관인 듀라한의 명령에 정확히 따라서 전술적인 움직임을 취했습니다.

뭐, 그래도 우리의 적수는 아니었습니다만. 처음에 듀라한을 사냥하자 나머지는 간단히 섬멸할 수 있었습니다.

아가씨와 저는 그 무리를 섬멸한 후 배후 관계를 조사하기 위해 더욱 북상하기로 했습니다. 아가씨의 성장에 맞춰 린드도 성장했기에 이동은 아주 편했습니다.

그런데 본래는 정찰만 하려 했는데 비상사태가 발생했습니다. 놀랍게도 엄청난 숫자의 사인 군대와 프란 씨가 혼자서 싸우고 있었던 겁니다.

당연히 아가씨가 내버려 둘 리도 없어서 우리도 참전하게 되었습니다. 뭐, 그것은 어쩔 수 없습니다. 처음부터 아가씨가 정찰만 할 리가 없다고 생각했으니까요.

하지만 어째서 제 상대가 중장비를 갖춘 듀라한일까요? 솔직히 이런 타입의 상대는 곤란합니다. 곤란한 정도가 아니라 결정적인 수단이 없습니다. 저는 생물의 급소를 꿰뚫어 암살하는 전투 스타일이라서 방어력 높은 사령과는 상성이 최악입니다.

하지만 아가씨가 그렇게 하라고 하셨습니다. 도망칠 수도 없습니다.

"아가씨가 부탁하셨으니 당신은 제가 막겠습니다."

"――."

"휴우. 사령은 말이 없어서 힘드네요."

"――."

"할 수 없네요. 가끔은 말없이 진심으로 싸워볼까요."

편하게 대충하자가 인생의 모토인 저입니다만, 아가씨의 기대에만은 전력으로 부응하자고 결심했습니다.

＊

"수왕 리그디스 나라싱하의 장녀, 네메아 나라싱하다!"

아니, 잠깐만. 태클을 걸고 싶은 곳이 한두 군데가 아니지만, 수왕의 딸? 네메아 나라싱하라고 했지? 여전히 감정이 차단되어 있었지만 나는 그 말이 진실이라고 확신했다.

허언의 이치를 쓴 것이 아니다. 타이밍도 맞추지 못했고.

하지만 그녀의 행동거지를 보고 있으면 틀림없이 그의 딸이라고 확신할 수 있다. 어딘가 수왕을 연상시켰다. 외모가 아니라 전체적인 분위기라고 해야 할까. 수왕의 딸이라고 해도 전혀 의아하게 생각하지 않았다. 그만한 설득력이 메아의 말에는 있었다.

"내 힘의 일부를 보여주지. 각성——."

발키리를 쏘아본 메아는 대담한 웃음을 띠며 자신의 힘을 해방했다.

메아의 온몸에서 아지랑이와 함께 붉은 불꽃이 넘쳐흘렀다. 불꽃은 그대로 기세를 늘려 요란하게 치솟았다.

프란이 각성했을 때와 마찬가지로 겉모습에 큰 변화는 없었다. 아니, 머리카락의 볼륨이 살짝 커졌나? 메아의 짧은 머리카락이 바짝 서 있었다. 사자의 갈기 같은 이미지다. 뭐, 메아는 여성이지만 말이다. 더욱이 송곳니와 발톱이 살짝 자란 것 같기도 했다.

"메아, 멋있어."

프란이 눈을 빛내며 메아를 바라봤다.

메아가 왕녀라는 사실은 아무래도 상관없고, 순수하게 진화한 모습을 칭찬하는 듯했다.

"하하하! 그렇지?!"

반면에 발키리는 씁쓸한 얼굴로 메아를 바라보았다.

"그런가……. 수왕에게 흰 머리를 타고난 딸이 있다는 소문이 있었는데, 진짜였나."

"음. 나를 뜻하는 말이다. 여러모로 눈에 띄기 때문에 정보를 숨겼지만. 뭐, 사람의 입에 문을 달 수 없어서 온갖 소문이 생긴 모양이군."

"그렇군. 어지간한 마력이야."

발키리가 말하는 대로 지금의 메아에게서는 상당한 마력이 느껴졌다. 섬화신뢰를 쓰기 전 프란과 동등할지도 모른다.

"크크크."

발키리의 중얼거림을 들은 메아는 대담한 웃음을 띠었다. 그리고 목을 울리며 즐거운 듯이 웃었다.

웃으면서 메아가 자신의 목에 걸고 있던 목걸이를 잡아뗐다.

"……!"

직후 프란이 눈을 크게 떴다. 놀란 모양이다.

반면에 발키리는 불쾌한 표정으로 입을 열었다.

"……뭐가 이상하지?"

"어지간한 마력? 칭찬을 받아 영광이지만…… 이것이 나의 진짜 실력이라고 생각하는 건가?"

"뭐라?"

"말했을 텐데? 내 진짜 실력을 보여주겠다고!"

메아는 그렇게 외치고 다시 포즈를 취했다. 이번에는 V3의 변신 포즈와 똑같군. 동료에 지구에서 온 전생자가 있던 건 아니겠지?

"금염절화!"

자신만만하게 외치는 메아를 둘러싼 불꽃이 성스러운 금색 빛을 내뿜었다.

적묘족의 상위 종족인 금화사의 고유 스킬, 금염절화. 금염에 둘러싸인 그 모습은 전에 본 수왕 리그디스와 똑같았다.

그렇다. 놀랍게도 메아도 프란이나 수왕과 마찬가지로 십시족에 도달한 것이다.

프란이 놀란 이유는 이거겠지. 수인끼리는 어떤 종족으로 진화했는지 알 수 있다고 하니까.

아마 방금 벗긴 목걸이가 십시족인 사실을 알지 못하게 하는 마도구였을 것이다. 그것을 벗자 프란도 감지할 수 있게 된 모양이다.

금염절화를 사용한 메아는 마력도 박력도 압도적이었다. 모습 이상으로 리그디스의 딸이라는 것을 확실히 이해할 수 있는 왕자의 품격이 있었다.

일반인이라면 지금의 메아를 앞에 두고 서 있을 수조차 없을 것이다. 마신을 연상시키는 정도의 존재감을 앞에 두고 엎드리든, 엉덩방아를 찧든, 의식을 잃든 멀쩡한 상태로는 있을 수 없을 테다.

간단히 표현하자면 강렬한 패기를 몸에 두르고 있었다.

"이렇게 된 다음부터는 힘도 조절 못 한다. 죽을 각오는 돼 있겠지!"

메아가 포효를 한 순간, 고오 하고 소리를 내며 금염이 타올랐다. 금빛 불꽃을 두른 사자가 내뿜는 무시무시한 압력이 발키리를 향해 정면으로 달려들었다.

살기와 위압감과 마력이 하나가 된, 보이지 않는 압력이었다.

"큭……!"

발키리는 무의식중에 활을 겨누고 그대로 메아를 향해 쐈다.

역시 발키리. 이런 상태에서도 그 화살은 신속을 자랑했다. 하지만 메아는 그 자리에서 움직이려 하지도 않았다.

"어설퍼!"

메아에게 꽂힐 것 같았던 화살이 순식간에 소멸했다. 마수 십여 마리를 관통하는 위력이 담긴 화살이 금빛 불꽃의 벽을 돌파하지 못하고 순식간에 타버렸다.

금염절화의 자동 방어 능력이다. 여전히 지독한 능력이었다.

다만 충격이 조금 빠져나간 듯했다. 메아의 하얀 볼이 살짝 찢어지고 붉은 선이 그어졌다.

역시 수왕만큼 압도적이지는 않은 듯했다. 그래도 전력을 다한 지금의 메아가 프란만큼 강한 건 확실할 것이다. 든든한 원군이다.

"그럼 각오는 됐나? 전처녀여?"

"응! 각오해!"

메아와 프란이 동시에 검을 들었다.

"프란, 너는 나를 서포트해라."

"……알았어."

메아의 배려를 이해했을 것이다. 프란이 문득 숨을 토하고 섬화신뢰를 해제했다. 같은 십시족 계통의 스킬을 쓰고 있어서 그런지 메아는 프란이 이미 한계를 넘어섰다는 것을 알았나 보다.

살았다. 아무리 그래도 이 이상 프란이 무리하려고 했다면 내가 해제시키려 했으니 말이다.

그리고 두 소녀와 전처녀의 격전이 시작됐다.

"이야아압!"

"하압!"

메아와 프란이 발키리에게 달려들었다.

"젠장! 계집애들이!"

발키리는 그 공격을 창으로 받아내면서 쓸쓸한 얼굴로 후퇴했다. 창 스킬도 상당히 높은 레벨이기는 했지만 프란과 메아를 동시에 상대하며 호각으로 싸울 정도는 아니었다.

놓치지 않고 덤비는 프란과 메아에게 밀려 발키리가 공격을 허용하는 횟수가 점점 늘어갔다.

나는 프란을 서포트하면서 다른 사인이나 듀라한에게도 주의를 기울였다. 하지만 듀라한은 쿠이나가 붙잡고 있었고, 린드는 주위의 사인을 능숙하게 해치우고 있었다.

비행하며 싸우는 린드의 모습은 우리에게도 잘 보였다. 적이 아니라서 정말 다행이다.

우선 이상하게 빨랐다. 날개가 아니라 마력이나 스킬로 비행하는지 가·감속이 물리 법칙을 무시하고 있었다.

최고 속도에서 갑자기 급정지하나 싶더니 예비 동작 없이 다시 급가속했다. 아무래도 화염 마술인 버니어와 비슷한 능력을 쓸수 있는 듯한데, 그것만이 아닐 것이다. 날개에서도 마력을 방출해서 저 움직임을 실현하고 있는 듯했다.

게다가 지능이 높은 덕분에 그 움직임은 아주 전술적이었다.

사인들이 든 파이크의 범위에는 절대로 들어가지 않고 아슬아슬한 곳을 스쳐 지나가면서 약한 화염을 도발하듯이 토했다. 더욱이 화살의 표적이 되지 않도록 한곳에 머무르지 않고 움직임을 더욱 불규칙하게 취해서 표적을 좁히지 못하게 했다. 사인이나 마수들이 다시 일어서려는 차에 포효를 내질러 혼란을 유발하기도 했다.

공격의 빈도는 낮지만 아주 견실한 싸움이라고 할 수 있었다. 섬멸이 아니라 메아나 쿠이나를 지원하기 위한 견제를 주된 목표로 삼고 있기 때문에 취할 수 있는 전법일 것이다.

하지만 그 덕분에 프란과 메아는 사인의 방해를 받지 않고 걱정 없이 발키리와의 싸움에 전념할 수 있었다.

"화염검!"

"콰르텟 슬래시!"

공격의 메인은 메아다. 화염에 둘러싸인 일격필살의 공격이 내리쳐졌다.

프란은 그 보조를 하듯이 검을 휘둘렀다. 발키리가 메아의 화염검을 피할 경우, 프란의 참격이 확실히 명중할 듯한 지저분한 공격 방식이었다.

그렇다고 화염검을 정면에서 받으면 열에 대미지를 입는 데다 충격으로 순간 움직임이 멈춘다. 즉 프란에게 필살의 기회가 생긴다는 뜻이었다.

급조한 것치고는 놀랄 만큼 호흡이 맞는 연계였다.

"크오오오! 촐랑거리기는!"

"크크, 아래가 비었군."

"커억!"

"응, 느려."

"크헉……!"

두 사람의 공격이 차츰 발키리를 밀어붙였지만, 입힌 대미지는 역시 사인들에게 옮겨갔다.

"호호오. 아까는 상처가 사라지는 데 당황했지만, 역시 방패기를 응용한 전법이었군."

"무슨 소리야?"

"방패기에는 동료의 대미지를 대신 받는 기술이 있다. 방패성기에는 동료에게 대미지를 옮기는 기술도 있을 거다."

"그렇구나."

역시 방패기를 쓰고 있었나. 하지만 듀라한이나 사인들이 격렬한 전투 중이기 때문에 완벽하게 기술을 쓸 수 없게 된 듯했다. 발동하는 빈도가 점점 낮아졌다. 계속 남아 있거나 지연되는 부상이 눈에 띄기 시작한 것이다.

확실히 프란과 메아가 발키리를 밀어붙이고 있었다. 프란과 메아가 달라붙어서 자랑하는 활을 쏠 틈마저 없었다.

이러면 스킬 테이커를 쓸 필요도 없으려나?

발키리의 궁술을 빼앗을 생각이었지만, 그렇게 하지 않아도 어떻게든 될 것 같았다.

나는 스킬 테이커의 사용을 보류하기로 했다. 이 뒤에 발키리 일당의 흑막인 뮤렐리아라는 의문의 인물도 남아 있으니 그대로 둘 수 있으면 그대로 두고 싶다.

"화참!"

"크아악!"

공격을 계속하는 동안에 알았는데, 발키리는 명백하게 프란의 번개보다 메아의 불꽃을 싫어했다. 번개는 무시하더라도 화염을 피하려 하는 의도가 보였다.

"아무래도 순식간에 지나가는 번개보다 몸에 계속 뒤엉키는 불꽃을 더 싫어하는 것 같군."

화염 쪽이 대미지를 옮길 때 성가신 모양이다.

"그렇구나. 역시 메아야."

"후하하! 더 칭찬해도 돼."

"대단해."

"후하하하!"

자신의 공격을 피하면서 대화를 나누는 프란과 메아를 보고 발키리가 분노하는 표정을 지었다.

"전투 중에 여유 있구나!"

"그렇기는 하지!"

"응, 여유 있어."

"큭!"

발키리의 이마에 푸른 핏줄이 솟아오르는 모습이 보였다. 상당히 화가 난 모양이다. 하지만 이마저도 프란과 메아의 작전에 포함되어 있었다.

아까 프란이 당한 것을 되돌려줄 모양이다. 도발당한 발키리의 공격은 지나치게 분노하는 바람에 조잡해져서 두 사람으로서는 더욱 피하기 쉬워졌다. 프란과 메아의 도발은 계속됐다.

"자자! 조금 전까지는 말이 꽤나 많았는데 말수가 줄어들지 않은가, 전처녀여!"

"위기에 몰리면 침묵하는 거야?"

"시, 시끄럽다!"

뭐, 이쪽 역시 유리해지면 갑자기 말이 많아지지만 말이다. 발키리는 그것을 지적할 수 없을 만큼 궁지에 몰려 있었다.

"빈틈 보였어."

"크아아아아악!"

그리고 반대로 프란의 참격이 발키리의 왼팔을 베었다. 그 상처는 사라지지 않고 허공에 왼팔이 날았다. 대미지를 계속 옮기던 부하들의 소모가 한계를 넘었을 것이다.

그 틈을 메아는 놓치지 않았다.

"잡았다아아!"

"크어——커어어어어억!"

달려든 메아의 검이 발키리의 몸통을 후려쳤다. 검에 휘감긴 화염이 상처를 숯덩이로 만들고 주변을 거무죽죽하게 변색시켰다. 하지만 그래도 발키리는 죽지 않았다. 증오가 담긴 눈으로 프란과 메아를 노려봤다.

"자, 마음은 바뀌었나? 얌전히 정보를 넘기면 편하게 죽여줄 텐데?"

"크으……."

"뮤렐리아인지 뭔지의 정보를 토해."

"응. 그 녀석이 이 녀석들의 보스라고 했어."

"……큭."

이길 수 없다는 것을 깨달았을까. 몸에 두르고 있던 장비를 모두 해제하고 천천히 일어섰다. 차원 수납 같은 스킬은 없지만 장비를 자신의 의사로 넣고 꺼내는 것은 가능한 모양이다.

반라의 상태로 비틀대며 일어서는 발키리. 그 상태라서 온몸의 상처가 훤히 보였다. 특히 숯덩이가 돼 너덜너덜하게 늘어진 옆구리는 애처로웠다. 그 강인한 육체 덕분에 치명상은 입지 않았지만 위험한 상태일 것이다.

"얘기할 마음이 들었나?"

"그래, 항복——."

그렇게 중얼거리며 발키리가 뭔가를 꺼내 쥐었다.

그것은 칠흑의 창이었다. 창 전체에서 피어나는 칠흑의 마력. 전에도 비슷한 파장의 마력을 느낀 적이 있다. 사술사 린포드나 반사인이 된 제로스리드와 같은 파장이다.

발키리가 쥔 창은 사신석(邪神石)의 창이라고 표시되어 있었다.

"──할 리가 없잖아아아!"

발키리가 화를 벌컥 냈다. 도발의 효과도 있을 것이다. 우습게 봤던 상대에게 몰린 점도 클 게 틀림없다.

하지만 가장 큰 이유는 자기 주인의 기대에 부응하지 못한 자신에 대한 분노 같았다.

핏발 선 눈으로 프란과 메아를 노려보며 고함을 질렀다.

"으아아아아아아아! 용서 못 한다! 네놈들은 이 자리에서 죽여 버린다! 몰살시켜주겠어!"

나는 검인 몸인데도 불구하고 피부에 소름이 돋는 듯한 오한을 느꼈다. 창에서 나오는 사기가 명백하게 두 배로 늘어났기 때문이다.

『프란──.』

주의하라는 말을 꺼내려 했지만 이미 늦었다.

발키리의 손에 쥐어진 칠흑의 창에서 무시무시한 사기가 솟아올랐다.

"이 녀석은 나도 제어 못 한다! 한 번 손에 들면 마지막에 내 영혼이 먹힐 때까지 모든 것을 파괴한단 말이다!"

소리치는 발키리의 얼굴은 방금 전까지 봤던 아름다운 여성의 얼굴이 거짓말이었던 것처럼 악귀 같이 일그러졌다.

"크아아아아아아아아아아아아아!"

발키리가 내지른 짐승 같은 포효에 호응하듯이 사신석의 창에서 검은빛이 솟아올랐다.

그것은 눈에 보일 만큼 진한 사기였다. 사술사 린포드가 거대화했을 때와 맞먹는 막대한 사기가 창과 발키리를 둘러싸고 있었다.

『프란! 뭔가 하기 전에 쓰러뜨려!』

"응!"

"선수필승!"

발키리가 사신석의 창을 든 순간 프란과 메아가 달려들었다.

하지만 두 사람의 검은 발키리의 주위에 쳐진 장벽에 막혔다. 이것도 낯이 익다. 린포드가 썼던 장벽이다. 완전히 같은 것인지는 알 수 없지만, 같은 종류일 것이다.

"이 힘은 본래 그린고트에서 해방할 예정이었지만 상관없다! 네놈들을 해치우는 게 이 나라에 대미지가 클 것이다. 적어도 길동무로 삼아주마!"

그렇게 외친 발키리의 상처가 순식간에 아물었다. 하지만 아까처럼 대미지를 부하에게 옮기는 회복이 아니었다.

놀랍게도 상처가 꿈틀대며 부풀어 오르더니 살로 채워졌다.

게다가 재생한 상처는 검고 딱딱한 혹 같은 것으로 뒤덮여 있었다. 마치 그 부분만 고블린의 피부로 변화한 것 같았다.

아니, 실제로 감정을 해보니 발키리의 종족이 반사인으로 변하고, 칭호에 사신의 노예가 새로 추가되어 있었다. 더욱이 스테이터스가 일제히 상승하고 스킬에 사술도 추가되어 있었다.

사신석의 창의 효과인가? 사신 계열 녀석들은 사인도 아이템도 설명이 분명하지 않아지기 때문에 상세한 것은 알 수 없다.

알 수 있는 것은 저 창과 지금의 발키리가 아까와는 비교도 되지 않을 만큼 위험한 존재가 됐다는 것뿐이었다.

"내 영혼을 먹고 모든 것을 파괴해라! 사신석이여어!"

발키리의 몸에서 나오는 마력이 사기로 물들여져 갔다.

"큭. 프란! 한 번 더 간다!"

"응!"

"──인페르노 버스트!"

"하압!"

이번에는 중거리에서 화염 마술과 뇌명 마술을 날리는 프란과 메아. 그 공격도 장벽에 간단히 튕겨나갔다.

"으가아아아아아아아아!"

이번에는 발키리가 돌진해 왔다. 그 눈은 칠흑으로 물들고, 입에서 새어 나오는 것은 신음과도 비슷한 꺼림칙한 포효뿐. 이제 그 표정에서 이성을 느낄 수 없었다. 급속히 사인화가 진행되고 있는 듯했다.

"크아아압!"

"아니! 이 녀석!"

풀 스윙한 창을 검으로 받은 메아가 크게 휘청거렸다.

파워가 훨씬 늘어난 발키리의 일격은 메아의 예상을 크게 웃돌았을 것이다.

"메아!"

프란이 지원하기 위해서 공격을 가했다. 아무래도 발키리의 장벽은 사술사 린포드가 썼던 오토 가드가 아닌지 프란이 뒤에서 날린 참격은 발키리의 등을 쉽게 베었다.

그 일격은 상승한 발키리의 방어력을 아랑곳하지 않고 등뼈와 살을 깊숙이 갈랐다.

그러나 순식간에 검은 피부가 부풀어 올라 상처는 막히고 말았다. 통증을 전혀 느끼지 않는 것처럼 움직임을 전혀 멈추지 않았다.

"크아!"

"으헙!"

발키리가 내지른 앞발차기가 금염의 방어를 뚫고 메아를 뒤쪽으로 날려버렸다.

당연히 발키리의 다리는 불꽃에 불타서 무릎부터 앞쪽은 완전히 숯덩이가 되었다. 게다가 메아를 찬 충격으로 숯이 된 다리는 완전히 부서졌다.

이로써 이쪽이 유리해지지 않을까 했지만, 발키리가 다리를 잃은 것은 잠시뿐이었다. 아까와 마찬가지로 상처에서 살이 부풀어 오르나 싶더니 슈욱 슈욱 하고 귀에 거슬리는 소리를 내며 다리가 거의 순식간에 재생됐다.

상처가 나을 때마다 아름다운 여성의 모습을 한 발키리의 육체에 고블린 같은 추한 몸이 뒤섞여서 더욱 이상한 모습으로 변해 갔다.

"으야아아아아압!"

발키리는 그 자리에서 무거운 창을 한 손으로 빙글 돌려 거꾸로 들더니 뒤에 있는 프란의 눈을 겨냥해 찔렀다.

하지만 그 정도 기습으로는 우리의 수비는 뚫을 수 없다.

『으럅!』

내 염동을 병용해 그 창을 받아넘겼다. 그 탓에 몸이 쏠린 발키리는 균형을 크게 잃었다.

거기에 프란이 검성기로 반격했다. 동시에 메아의 화염이 그 몸을 태웠다. 메아는 발키리의 앞발차기를 아슬아슬하게 검으로 막았는지 살짝 떨어진 곳에서 팔팔한 모습으로 서 있었다.

"이 녀석, 정말 성가시군! 대미지를 입힌 것 같지 않아!"

공격해도 고통을 느끼는 기색을 보이지 않고 모두 재생하기 때문일 것이다. 메아가 심각한 표정으로 투덜거렸다.

"크아아아아!"

"으음!"

화염 쪽을 성가시다고 인식했던 기억은 남아 있는지 발키리가 다시 메아에게 달려들었다. 그 주먹에 날아가면서도 다시 화염이 발키리의 몸을 태웠다. 다만 그 뒤의 광경은 아까와 똑같았다. 팔꿈치부터 앞쪽이 순식간에 재생돼 흉측한 육체로 변했다.

그것을 보고 메아는 이대로는 끝이 없다고 판단한 모양이다.

"프란이여! 좀 큰 기술을 날리겠다! 잠시 맡겨도 될까?!"

자잘하게 체력을 깎는 것이 아니라 필살의 공격으로 단숨에 결정짓겠다고 생각한 듯했다.

"오케이."

"음!"

메아가 뒤로 물러나고 프란이 앞으로 나서 발키리를 유인했다.

섬화신뢰는 쓰지 않았지만 1대1이라면 어떻게든 된다. 발키리의 스테이터스가 크게 상승하기는 했지만 사인이나 듀라한의 방해가 없으니 말이다.

『하압!』

"훗!"

프란은 발키리와 맞서 싸우면서 조금씩 그 몸이 회전하도록 유도해갔다. 메아에게 등을 보이는 위치다.

전투력이 상승해도 사고 능력이 떨어진 탓에 이쪽의 유도에 간단히 걸려들었다.

『이봐, 이 녀석 왠지 빨라지지 않았어?』

"응. 빨라졌어."

신경 쓰이는 것은 발키리의 움직임이 점점 빨라지는 점이다. 확연하게 속도가 올라가고 공격도 방어도 거침이 없어지기 시작했다.

어쩌면 사인화한 지 얼마 되지 않아서 상태가 완전하지 않은 것일지도 모른다. 이대로 힘과 육체가 융합해서 상태가 완벽해지면? 위험할지도 모른다.

메아의 큰 기술로 해치울 수 있으면 좋겠는데.

"임팩트 슬래시!"

다음 순간, 프란이 발키리가 내지른 창에 검성기를 맞혔다.

검과 창이 부딪치고, 힘이 달린 프란의 몸이 크게 튕겨 나갔다.

하지만 이건 일부로 그런 것이었다. 상대의 공격을 이용해 일부러 거리를 벌린 것이다.

거기로 메아가 파고들었다. 눈짓으로 타이밍을 맞춘 모양이다.

처음 태그를 짰다고는 생각할 수 없는 호흡이었다. 발키리는 뒤에서 달려드는 메아에게 반응하지 못했다.

"하아아압! 금섬화!"

메아의 손에는 빛나는 금색 검이 쥐어져 있었다. 얼마 전까지 썼던 용검 린드는 칼집에 들어가 등에 메어져 있었다.

지금의 메아가 들고 있는 검은 자신의 금염을 압축한 것인 듯했다. 메아가 쥔 금색 검에서는 주위에 불꽃을 일으킬 정도의 열기가 뿜어져 나오고 있었다. 만지면 화상만 입지는 않을 것이다. 그야말로 피부는 문드러지고 숯으로 변할 게 틀림없다. 그 정도 열량과 마력량이 숨겨져 있었다.

프란의 흑뢰초래와 마찬가지로 금염절화 상태로만 쓸 수 있는 비기일 것이다.

"으랴압!"

메아가 내지른 불꽃 검이 발키리의 등을 꿰뚫었다.

"커……헉…….."

금색 불꽃이 발키리의 몸을 안쪽부터 태웠다. 그리고 몸속에서 날뛰던 금염은 눈이나 입과 같은 구멍에서 몸 밖으로 뿜어져 나왔다.

"크아아아아아아아아악!"

마침내 그 불꽃은 온몸을 둘러싸고 금색 불기둥이 되어 하늘을 향해 솟아올랐다.

절규를 내지르며 꿈틀거리는 검은 그림자가 안쪽에서 보이지만 않으면 아름다운 광경일 텐데.

"크아아아아악!"

'스승!'

『그래!』

강렬한 불꽃에 몸이 불타는 발키리에게 프란이 굳히기용 참격을 날렸다.

처음에는 검왕기·천단을 날리려 했지만 무리였다. 섬화신속 상태의 스테이터스가 아니면 발동조차 할 수 없는 듯했다.

"하아압!"

『우오오오오오오오오!』

형태 변형으로 도신을 거대화한 나를 프란이 공기 발도술로 내리쳤다.

금염에 닿은 순간 도신이 주르륵 녹았지만 화염 내성 덕분에 순식간에 증발하는 것은 피할 수 있었다. 순간 재생과 조합하면 견딜 수 있을 것이다. 역시 메아의 불꽃은 수왕의 금염에는 미치지 못하는 모양이다. 그쪽은 눈치챘을 때는 이미 도신을 잃었으니 말이다.

그리고 발키리를 두 쪽으로 가른 순간, 마석을 흡수하는 감각이 들었다. 힘이 내게 흘러들어 왔다.

이번에는 확실히 먹었다고!

『왔다 왔어!』

무리해서 몰아붙인 보람이 있었군!

아무리 사인으로 변한 발키리여도 마석이 먹히면 잠시도 버티지 못하나 보다. 불꽃 속에서 꿈틀대던 그림자가 그 움직임을 멈췄다.

잠시 있자, 메아의 금섬화가 생성한 금색 불꽃이 차츰 잦아들었다.

불꽃이 완전히 사라졌을 때, 발키리였던 물체가 그 자리에서 무너져 내렸다. 지금 모습은 정수리부터 두 동강이 나고 온몸이 숯덩이가 된 검은 소사체였다.

나는 그 모습을 곁눈질하면서 발키리의 마석을 먹어 얻은 스킬을 확인했다.

궁성기, 궁성술, 혼란 내성, 빛 마술, 사기 열광, 보행 보조, 전처녀를 얻었다. 상당히 희귀한 스킬뿐이다.

그건 그렇고 오늘 상당한 숫자의 스킬을 얻었는데, 스킬의 희귀도를 생각하면 이번이 가장 대단하다. 뭐, 아직 전부를 꼼꼼히 파악할 틈이 없기 때문에 이 싸움이 끝나면 체크해야 하지만.

유일한 문제는 사술이다. 가지고 있기만 해도 사신의 권속으로 취급받아도 할 말 없을 것이다. 그리고 경솔하게 장비했다 어떤 리스크가 생길까봐 두렵다.

얻은 건 어쩔 수 없으니 장비하지 않고 사장시키자.

그렇게 생각했지만…….

『사술이 어디에도 없어?』

발키리가 가지고 있던 사술이 내게 계승되지 않았다. 사신 계열 칭호가 없기 때문일까? 아마 조건을 채우지 못했다는 얘긴데…….
아니, 오히려 잘됐어! 성가신 스킬을 보유하지 않고 넘어갔으니까! 이건 솔직히 기뻐하자. 문제없어!

다만 문제는 또 하나 있었다. 발키리 정도의 거물을 먹었는데 마석치가 이상하게 적었다. 이 레벨의 마수가 가진 마석이라면 300은 넘을 줄 알았는데 5밖에 얻지 못했다.

사인이라도 마석치가 많은 녀석은 많을 텐데……. 힘을 지나치게 소모해 마석의 힘이 약해졌다는 건가? 으음, 모르는 게 너무 많다.

"해치웠나……?"

"응……."

이상 사태는 그것만이 아니었다.

메아의 불꽃에 타고 마석을 내게 먹혀서 확실하게 죽었을 발키리.

하지만 그 몸에서는 아직도 검은 사기가 피어오르고 있었다.

비기를 날려 각성이 풀린 상태의 메아도 방심하지 않고 발키리의 소사체를 바라보고 있었다.

'아직 살아 있어?'

『그럴 리가……. 하지만 발키리에게서 사기가 느껴져…….』

아니, 그렇지 않다. 사기의 근본은 발키리였던 물체가 아니라 창이다. 발키리가 아직도 쥐고 있고 검게 타지 않은 사신석의 창에서 강력한 사기가 발키리에게 흘러들어 가고 있었다.

내버려 두면 위험할 거 같다.

『창이다!』

"메아, 창!"

"그렇군! 알았다!"

『받아라!』

"——파이어 재블린!"

"하압!"

나와 프란이 날린 뇌명 마술과 메아가 날린 화염 마술이 사신석의 창에 직격했지만 창의 장벽에 막혀 파괴하지 못했다. 역시 창 자체가 특수한 힘을 가지고 있는 모양이다.

직후 사신석의 창이 강력한 검은빛을 내뿜었다.

맥동하듯이 단속적으로 나오는 검은빛의 간격이 차츰 짧아져

갔다.

거기에 발키리의 시체가 반응했다.

좌우로 나뉜 발키리의 시체의 절단면이 소름이 돋듯이 부풀어 오르기 시작했다. 그리고 촉수 같은 것이 무수히 뻗어 나오나 싶더니 서로 얽혀 시체가 이어졌다.

촉수에 의해 억지로 이어진 발키리의 시체가 삐그덕거리는 움직임으로 일어섰다.

검게 탄 시체가 관절을 무시한 움직임으로 꿈틀거리는 모습은 프란과 메아가 얼굴을 찌푸릴 만큼 기분 나빴다.

혐오감에 떠밀렸는지 메아와 프란이 즉시 공격을 날렸다.

"파이어 애로!"

"하압!"

프란과 메아의 마술은 역시 장벽에 튕겨 나갔다. 전직 발키리에게는 상처가 전혀 생기지 않았다.

"그그……그…….."

크게 벌려진 발키리의 입에서 라디오의 잡음 같은 거슬리는 소리가 나왔다.

직후, 발키리의 시체가 안쪽에서 불룩하게 팽창하기 시작했다. 안쪽에서 의문의 생물이 꿈틀대는 듯한 움직임으로 일부분만이 급격하게 부풀어 올랐다.

그와 동시에 그 몸에서 강렬한 사기가 흘러나오기 시작했다.

프란의 미간에 주름이 졌고, 사기에 닿은 메아는 새파란 얼굴로 발키리였던 물체를 응시하고 있었다. 이미 단순한 사기라기보다 장기(瘴氣)라고 하는 편이 올바를지도 모른다.

감정해보니 이미 그 이름은 발키리가 아니라 사신석으로 바뀌어 있었다. 종족이 사신인, 상태가 사신화였다. 칭호에는 사신의 힘을 받은 자라고 적혀 있었다.

이것은 바르보라에서 싸운 거대화한 사술사 린포드와 완전히 똑같았다.

그 안쪽에서 나오는 사기는 시간이 지날 때마다 강해져갔다.

"그그그그——."

『프란, 힘을 아끼지 마! 전력으로 간다!』

"응! 메아, 진짜 실력으로 해!"

"아, 알았다!"

메아도 우리와 똑같이 느끼고 있었던 모양이다. 프란과 함께 사신석에게서 거리를 크게 벌리자 집중력을 높였다.

장벽이 얼마나 단단한지 알 수 없는 이상 최대 위력의 공격을 부딪칠 수밖에 없다.

"섬화신뢰!"

"하얀 불꽃이여……!"

『오오오——!』

메아는 금섬화라는 비기를 쓴 탓에 각성이 해제됐다. 한동안 재각성은 할 수 없을 것이다. 하지만 그 밖에도 공격 방법이 있는 듯했다.

조금 전까지 보여준 금색 불꽃이 아니라 본 적도 없는 하얀 불꽃이 메아의 몸을 둘러싸고 있었다. 메아에게서 나오는 분위기가 확 바뀌어서 위압감과 함께 신성함마저 느껴졌다.

금화사의 능력인가? 아니면 메아 자신의 스킬에 의한 것인가?

뭐, 느껴지는 막대한 마력을 생각하면 상당히 강력한 스킬일 것이다. 공격력도 기대가 된다.

『간다! 하아아압!』

나 역시 힘을 아끼지 않았다. 칸나카무이를 연발해주자.

모든 것을 쏟아부을 생각으로 나는 칸나카무이를 동시에 발동할 수 있도록 집중하기 시작했다.

술식을 안정시키기 위해 마력을 한계 이상으로 모았다. 이만한 마력을 한 번에 집중시키는 것은 처음일지도 모른다. 하지만 어중간한 공격은 통하지 않는 이상, 생각할 수 있는 한 최대 공격을 날려야 한다.

오싹.

등줄기를 뭔가 차가운 것이 쓰다듬은 것 같았다. 검인 내게 등줄기는 없지만. 그렇게 느낄 정도의 오한과 비슷한 뭔가가 내 정신을 덮쳤다.

최강 마술의 동시 발동은 역시 지나치게 무리일 것이다. 하지만 여기서 무리를 하지 않으면 언제 무리를 한다는 말인가.

반쯤 폭주할 것 같은 마력을 억지로 누르고 나는 술법을 완성시켰다.

『받아라아아아!』

"흑뢰초래!"

"내 적을 멸해라! 백화!"

내 칸나카무이 2연발과 프란의 흑뢰. 그리고 메아가 펼친 흰 화염이 사신석을 직격했다.

아무리 대단한 사신의 장벽도 이 엄청난 위력의 동시 공격은 막을 수 없었던 모양이다.

한순간 칸나카무이를 막아냈지만, 그 직후 착탄한 흑뢰와 백화에 먹혀 녹아내리듯이 사라져갔다.

그대로 우리의 공격이 발키리에게 직격했다.

그리고 SF 영화에서 볼 법한 무시무시한 폭발이 착탄 지점을 중심으로 일어났다.

불꽃과 소리가 아니라 섬광과 충격과 열이 퍼지는 듯한 한층 큰 폭발이었다.

"우오오?"

"음……!"

거리가 상당히 떨어져 있는데도 메아와 프란은 폭풍에 날아갈 뻔했다.

전력 공격을 날린 뒤라 자세가 흐트러져 있었던 점도 있지만, 불어오는 바람은 그야말로 태풍에 버금갔다. 그것도 순간 풍속이 뉴스에 나올 수준의.

나는 즉시 윈드 월을 거듭 펼쳐 바람과 파편을 막았다.

몇 초쯤 지나 폭심지의 상황이 보이기 시작했다.

조금 전까지 사신석이 있던 장소에는 거대한 구멍이 나 있었다. 칸나카무이를 쐈을 때 생기는 크레이터의 배 이상은 될 것이다.

"어, 엄청난 폭발이었어……."

"응."

"내가 봐도 무시무시한 위력이었다."

프란과 메아가 크레이터의 가장자리로 다가갔다.

"어때?"

"없어?"

『기척은 느껴지지 않는군.』

발키리의 기척도, 사기도 전혀 느낄 수 없었다. 아무래도 쓰러뜨린 모양이다. 괜히 날뛰기 전에 해치워서 다행이다.

"그 무서운 위력은 대체 뭐였지……. 아직도 소름이 돋아 있어."

"사신석의 창 탓이야."

"사신석……. 그렇군, 사신과 관련 있는 도구였나."

프란과 메아는 그런 대화를 나누었지만 나는 어떤 사실을 떠올렸다.

『이봐, 듀라한이 장비했던 검. 그거 사신석의 검이라는 이름이었는데…….』

"! 그거 위험해."

"왜 그러지, 프란?"

"쿠이나를 도우러 가자."

"음, 그렇군. 쿠이나가 질 리는 없지만 빨리 해치우는 게 제일이니까."

쿠이나 쪽의 상황을 확인하니 그녀와 듀라한은 아직도 전투를 계속하고 있었다.

여기에서 보기에 사신석의 검에 이상한 기색은 없지만……. 일단 빨리 지원을 하는 편이 좋을 것이다.

『알았지, 경솔하게 검을 만지지 마.』

"응!"

싸움을 펼치는 쿠이나에게 향하면서 듀라한을 감정했다.

그 손에 들고 있는 것은 틀림없이 사신석의 검이라 적혀 있었다. 하지만 그 종족은 사령이었다. 스킬에서도 사신 계통의 스킬은 찾을 수 없었다.

어째서지?

발키리는 사신석의 창을 장비한 직후 이름도 종족명도 사신이 붙은 것으로 바뀌었는데.

발키리의 말을 보아 손에 들기만 해도 영혼이 먹혀서 폭주하는 것 같았는데…….

검과 창은 효과가 다르나? 아니, 사신석뿐만 아니라 사신에 관련된 것에는 다른 이를 폭주시키는 효과가 있는 경우가 많다. 그렇다면 사신석의 검도 방심은 할 수 없을 것이다.

다만 듀라한에게 폭주할 기색은 보이지 않았다. 말 한마디 없이 묵묵히 쿠이나와 싸우고 있었다.

하지만 그것은 사령이기 때문일 테고……. 저게 폭주한 건가?

잠깐만. 듀라한의 종족이 사령이라서 사신석의 검에 혼이 먹히지 않는 것일지도 모른다. 애초에 혼이 없을 테고.

전에 부유도의 던전에서 네크로맨서인 장에게 사령에 대한 강의를 받았던 적이 있다. 그때 영혼에 대해서도 조금 배웠다.

영혼에 관한 것은 신의 영역에 들어가기 때문에 사람이 조종하는 건 보통 무리라고 한다. 생물이 죽으면 그 혼은 신의 곁으로 불려간다. 말하자면 천국으로 올라가는 것이다.

사령 마술은 얼핏 영혼을 조종하는 것처럼 보이지만 그렇지는 않다고 한다. 잔류 마력에 남은 강한 염이나 죽은 마수의 생각이 남은 시체를 조작하는 것뿐이다.

우리 앞에 있는 듀라한에게도 영혼은 들어 있지 않을 테다. 사령술사가 만든 의사 혼백이 마석의 어딘가에서 움직이고 있을 터였다.

혼이 없으면 사신석에 먹히지도 않고 폭주도 하지 않을 것이다.

『그렇다면 프란과 메아가 저 검에 베이면 위험한 건가?』

손에 들기만 해도 발키리가 그렇게 됐다. 베이면 사신이 몸속으로 들어오거나 혼에 뭔가 나쁜 영향이 생기는 거 아닐까?

아니면 사신석을 받아들이지 않으면 지배당할 일은 없는 걸까? 아니, 그건 희망적 관측이었던 모양이다.

'스승……'

『프란도 느꼈어?』

쿠이나에게서 희미하게 사기가 느껴졌다. 쿠이나의 감정 결과에는 사기 침식이라고 표시되어 있었다. 쿠이나의 어깨에 생긴 아주 미세한 상처가 검게 물들어 있는 것이 보였다.

나는 사신석의 검에 베이면 위험할지도 모른다는 추측을 프란에게 들려주며 주의하라고 전했다.

『프란, 절대로 사신석의 검의 공격은 받지 마! 발키리처럼 사신석에 몸이 좀먹을지도 몰라.』

'알았어.'

사기가 회복 마술이나 정화 마술에 어떻게 되는지도 알 수 없다.

내 말을 들은 프란은 메아에게도 주의하라고 알렸다. 다만 쿠이나가 이미 사기의 영향을 받고 있다는 점은 전하지 않는 편이 나았을지도 모르겠다.

"뭐라! 쿠이나가 이미 저 검에? 으으으! 지금 간다, 쿠이나!"

『아, 가버렸어.』

할 수 없다. 이번에는 우리가 지원해야 한다.

『프란. 아까 봤듯이 메아의 공격력은 상당해. 공격은 메아한테 맡기고, 우리는 방어와 지원에 전념하자.』

프란은 힘을 상당히 소모했다. 사신석을 쓰러뜨릴 때 섬화신뢰를 다시 사용했으니 이 이상 사용은 되도록 피하고 싶었다.

"알았어."

스스로도 나쁜 몸 상태를 이해했을 것이다. 프란은 살짝 분해하면서도 고개를 끄덕였다.

달리는 프란의 앞쪽에서 메아가 쿠이나와 듀라한의 사이로 파고들었다.

"쿠이나, 가세한다!"

"아가씨, 저 검을 주의하세요. 베일 때마다 몸에 위화감이 느껴집니다."

"알고 있다, 너는 날 지원해라!"

"네."

메아의 말을 들은 쿠이나가 순순히 뒤로 물러섰다. 이 점이 단순한 왕녀와 호위의 관계가 아니로군. 자신이 메아를 지키지 않아도 된다고 생각할 정도로 믿고 있었다.

"사령답게 고통을 느끼지 못하는 것 같습니다. 환영은 통하지만 살아 있는 상대만큼 속지는 않네요."

"그렇군. 너와는 상성이 나쁜 건가."

"처음부터 그렇게 말하지 않았습니까."

"아, 아무튼 지원이나 해!"

"알고 있습니다."

역시 주종 관계답게 두 사람의 호흡은 빈틈없이 맞았다. 메아가 화염 공격을 펼치자 쿠이나는 듀라한의 뒤에서 툭툭 공격했다. 메아의 공격은 결코 쿠이나를 방해하지 않았고, 쿠이나에 의해 균형이 무너진 듀라한의 공격은 메아에게 닿지 않았다.

두 사람의 맹공은 더욱 계속됐다.

"으랴압!"

"——."

메아가 날린 화염을 방패로 막은 듀라한에게 쿠이나가 몰래 다가섰다. 그리고 자신보다 훨씬 거대한 듀라한을 순식간에 내던졌다.

이쪽에서 보기에 한쪽 팔을 붙잡아 가볍게 비틀었을 뿐이다. 그런데도 듀라한의 몸이 둥실 떠올라 지면에 내동댕이쳐졌다. 마치 배틀 만화에 등장하는 달인 같은 기량이다.

거기로 메아가 쫓아가 화염 마술로 폭염을 내던져서 듀라한을 더욱 날려버렸다.

쿠이나를 휘말리게 하나 싶어 순간 깜짝 놀랐지만 쿠이나는 이미 폭염이 닿지 않는 장소로 물러나 있었다. 정말로 호흡이 잘 맞는 콤비다.

하지만 듀라한에게 대미지가 들어갔는지는 알 수 없었다. 피도 흐르지 않고 신음 소리도 내지 않는 상대다. 말없이 벌떡 일어서는 모습에서는 마치 무적 같은 인상마저 받았다.

아니, 대미지가 없을 리는 없겠지만 고통이나 피로를 느끼지 않는 상대다. 그러니 움직임이 둔해질 리는 없을 것이다.

전투력으로는 발키리에게 밀리지만 튼튼하고 사신석의 검도 소지하고 있다. 이 녀석도 일제 공격으로 해치우는 편이 안전할 것이다.

메아도 같은 생각을 했는지 이미 흰 불꽃을 몸에 두르며 프란과 쿠이나에게 지시를 내렸다.

"아까와 똑같아. 지금 할 수 있는 최대 공격을 날리자. 알았지, 프란?"

"응!"

"쿠이나는 녀석의 방패를 막아."

"알겠습니다."

할 일은 아까와 똑같다. 메아는 백화. 프란은 칸나카무이. 최후의 공격은 우리의 필살기, 검왕기 천단이다. 그렇게 생각하는데——.

"프란이여."

"응?"

"이 녀석은 내가 해치우겠다. 그대는 아까 발키리를 가져갔으니 괜찮겠지?"

그러고 보니 메아도 강해지기 위해 경험치를 원하고 있었다. 만티코어도 소재보다 경험치를 원했을 정도다.

하지만 듀라한에게 결정타를 날리고 싶은 건 우리도 마찬가지다. 정확히는 마석을 원하지만, 마석을 내가 먹으면 쓰러지기 때문에 똑같은 소리다.

쓰러진 뒤에 마석을 받아도 되지만, 프란이나 메아의 전력을 다한 공격을 받고 마석이 남을 리는 없었다.

"결정타를 날리는 쪽이 경험치를 받아?"

"모른다! 하지만 쓰러뜨리는 쪽이 잔뜩 받지 않겠나!"

"……저쪽에 잔뜩 있는 마수와 사인은 줄 테니까 이건 나한테 줄래?"

"뭐라? 그대 꽤나 욕심이 많구나! 뭐, 상관없나. 여기서 말싸움을 벌여도 어쩔 수가 없으니 말이다."

"고마워."

"뭘. 어린 친구의 어리광을 들어주는 것도 연장자의 의무지."

언니 같은 행동을 하고 싶은 나이일지도 모른다. 거기에 도움을 받은 듯했다.

프란과 메아가 그런 대화를 나누고 있는 동안에 쿠이나가 듀라한의 손에서 방패를 튕겨냈다. 환상 마술로 농락하며 빈틈을 만들어서 방패를 움켜쥐며 듀라한을 내던진 것이다.

"아가씨!"

"음! 그럼 간다, 프란!"

"응!"

"오오오오! 내 적을 멸하라! 백화!"

"하아아압!"

메아의 흰 불꽃보다 조금 늦게 프란이 칸나카무이를 날렸다.

상당히 무리하는 바람에 두통이 일어났지만, 참고 단 한 발을 쐈다. 내 칸나카무이에 비하면 반 정도 위력일 것이다.

아니, 조금 전까지 싸운 사신석이 이상했을 뿐이지, 보통의 적이라면 완전히 과한 공격이다. 결정타를 날리겠다고 약속했는데, 그 전에 이 공격에 마석과 함께 증발하지는 않겠지.

사신석의 검은 역시 방심할 수 없는 존재였다. 방패를 잃은 듀라한을 지키듯이 장벽을 전개한 것이다.

하지만 그래도 칸나카무이와 백화의 콤보에 버티지는 못했지만 말이다.

장벽이 파괴되고 듀라한은 대폭발에 휘말렸다.

거칠게 부는 폭풍 속에서 프란이 앞으로 나섰다. 그 눈은 격렬하게 일어나는 폭염을 똑바로 노려보고 있었다.

"하아압!"

날아오는 파편은 장벽을 튕겨내며 속도를 전혀 줄이지 않고 앞으로 비스듬히 기운 자세로 달려 나가는 프란. 하얀 폭염이 잦아들기 전에 어깨에 멘 나를 내리쳤다.

『검왕기 · 천단.』

"——."

아까 메아의 백화에 도신이 타버렸던 나지만——.

이번에는 화염과 함께 듀라한을 베었다. 흰 불꽃도, 듀라한의 두꺼운 갑옷도 전혀 문제가 되지 않았다. 두부를 베었다고 생각할 만큼 쉽게 두 동강 내버렸다. 이것이 검왕기의 위력인가.

다만 듀라한을 벤 직후 내 도신에 거미줄 모양의 금이 가기 시작했다. 기술로 인해 도신에 걸린 부하가 무시무시했던 모양이다.

솔직히 메아의 백화에 녹아 순간 회복하는 편이 대미지가 적다고 생각할 정도였다. 나라서 이 정도로 그쳤지만, 웬만한 검이었다면 기술이 상대에게 적중하기 전에 산산조각이 났을지도 모른다.

아까 프란이 발키리에게 천단을 날렸을 때와는 내 소모가 비교도 되지 않았다.

그때는 내구력이 반감하는 정도였지만, 이번에는 도신이 파괴될 위기에 빠졌다.

짐작이지만 내 검왕기의 숙련도가 부족한 탓일 것이다. 내 몸인데 프란이 더 잘 다루는 것도 이상한 이야기지만 말이다.

빠직빠직 불길한 소리를 내며 도신의 금이 퍼져갔다. 그래도 나는 듀라한의 마석을 부순 감촉을 확실히 느꼈다.

듀라한의 마석을 먹은 덕분에 엄청난 힘이 흘러들어 왔다. 발키리와 다르게 막대한 마석치다. 역시 발키리는 사신석의 창에 영혼을 먹힌 탓에 뭔가 변이가 일어났을 것이다.

마석치도 진화 직전까지 단숨에 차고 스킬도 얻었다. 사인들을 쓰러뜨린 덕분에 거의 가지고 있는 스킬이었지만 정신 이상 내성이 손에 들어온 건 클 것이다. 이런 내성 계열 스킬은 가지고 있는 것만으로 프란을 지킬 수 있으니 말이다.

"그러면 남은 녀석들을 청소하자. 프란, 이번에야말로 내 양식으로 삼겠다."

"알았어."

"좋아, 그러면 지원을 부탁한다."

"응."

"한동안 각성은 할 수 없지만 저 정도 상대라면 문제는 없겠지."

"아가씨. 이것을 받으세요."

"오오, 이건 각성 포션인가?"

"네. 이런 일도 있을까 싶어서 준비했습니다."

쿠이나가 메아에게 내민 것은 아무래도 마법약인 듯했다. 지금 어디서 꺼냈지? 잘못 본 게 아니라면 치마 속인데⋯⋯. 메이드의 치마, 의문투성이로군.

"그건 뭐야?"

"각성 포션이다."

놀랍게도 각성을 연속으로 사용할 수 있게 되는 포션이라고 한다. 육체를 크게 변화시키는 각성은 육체에 확연한 부하가 걸린다. 따라서 연속 사용은 할 수 없다. 소모한 상태로는 각성 자체가 발동하지 않는 것이다. 하지만 이 각성 포션을 쓰면 그 부하를 줄여서 각성을 가능하게 한다고 한다.

억지로 각성으로 쓰게 하는 거니 부작용이 위험하지 않나? 엄청나게 위험한 냄새가 난다.

"부작용은?"

"한 번 정도라면 문제없다. 내일부터 며칠 동안 냄새를 좀 못 맡는 정도야."

수인에게는 충분히 안 좋은 부작용 아닌가? 아니, 그 정도로 각성을 연속으로 쓸 수 있게 된다면 싼 건가.

"마수들은 꽤나 도망갔군."

메아의 말대로 통제가 잡힌 사인들은 도망치지 않고 싸우고 있었지만 마수는 꽤나 뿔뿔이 도망쳤다. 되도록 이 이상은 놓치지 않고 섬멸하고 싶었다.

피난민들에게 호위 부대가 향하고 있다고는 하나 마수를 없애는 게 가장 좋다.

『우선 발을 묶자.』

"응!"

"방법이 있는 건가?"

"맡겨줘."

우리가 그레이트 월로 만든 성벽은 아직 무사한 모습으로 남아 있다. 발키리가 몇 군데 커다란 구멍을 뚫었지만 보수는 바로 할 수 있을 것이다.

이 성벽을 이용해 마수를 섬멸하기로 했다.

사인이나 마수를 일부러 맞히지 않고 공격 마술을 날려 우리가 마수를 막기 위해 이용했던 좁은 길로 반대로 몰아갔다. 당연히 좁은 길의 출구는 막혀 있었다.

통제를 잃은 마수들은 우리의 유도에 간단히 걸려 성벽 사이에 있는 좁은 통로로 밀려갔다. 이쪽의 생각대로다.

애초에 마수들은 상당히 혼란에 빠지고 겁도 먹은 듯했다. 나와 프란에게 잔뜩 공격당한 뒤 린드에게 쫓기고 지휘관이었던 발키리와 듀라한을 쓰러뜨린 무시무시한 공격을 목격했기 때문이다.

사인들도 메아와 프란의 마술에 내몰려 마수들과 함께 그레이트 월로 만들어진 벽 쪽으로 쫓겨 갔다.

팔(八) 자형 통로로 대량의 마수가 내몰리고 그 입구를 메아과 프란이 막고 있는 상태다.

"좋다, 프란! 이로써 섬멸하기가 퍽 쉬워졌다!"

그리고 메아의 섬멸이 시작됐다.

눈을 번쩍번쩍 빛내는 흰 고양이가 마수 무리에게 달려들었다. 가까운 적은 검으로 해치우고 중원거리 적은 화염 마술 포격을 퍼부었다. 프란과 나의 콤비와 상당히 다른 전법이었다.

거기에 상공에서 지원에 나선 린드도 가세했다.

"크오오오오!"

잇달아 불태워져가는 마수들의 단말마가 좁은 길에 울려 퍼졌다.

『우리는 어떻게 할까…….』

'메아를 지원할래.'

『그야 그렇지만 하나도 안 쓰러뜨릴 수는 없잖아?』

지나치면 메아가 화를 내겠지만 눈에 띄는 마수의 마석을 조금 받는 정도는 하고 싶다. 뭐, 마수의 섬멸이 우선인 건 변함없지만.

발키리의 주인인 뮤렐리아라는 녀석도 아직 있어서 우리의 승리가 확정된 것도 아니니 말이다. 마석을 흡수해 회복도 해두고 싶다.

벽 쪽으로 몰린 마수들을 에워싸듯이 우리는 그레이트 월을 더욱 발동시켰다. 남은 마력을 생각하면 상당히 무리하였지만, 지금은 마수를 몰아넣는 게 중요하다.

"하아아압!"

『형태 변형!』

우리는 가까이 있는 마수는 마석을 먹고 멀리 있는 적에게는 마술을 날렸다. 그렇게 해서 마수를 그레이트 월의 우리로 몰아넣으면서 생명 강탈, 마력 강탈을 써서 잃은 힘을 회복시켜갔다.

『좋아, 이로써 완성이다!』

"응!"

다소 시간은 걸렸지만 사인과 마수들의 군세를 그레이트 월로 둘러싸는 데 성공했다. 남은 일은 메아가 전부 쓰러뜨리는 것을 지원하는 것뿐이다.

아니, 그것조차 필요 없을지도 모른다. 마수들이 웅성대는 거대한 장성의 우리 중앙에서 무시무시한 마력이 솟아오르는 것을 확인할 수 있었다.

메아가 금화사의 고유 스킬인 금염절화를 사용한 모양이다. 그뿐만이 아니다. 메아의 몸에서 뿜어져 나오는 불꽃은 금색과 흰색이 뒤섞인 아름다운 색을 띠고 있었다. 자세히는 모르지만 백화도 동시에 사용했을 것이다.

동료가 날리는 불꽃인데 위기 탐지 스킬에서 경고가 멈추지 않았다. 그리고 스킬이 없어도 저 백금염의 무시무시함은 충분히 감지할 수 있었다. 저기에 응축된 마력의 양이 터무니없는 것이다.

『저건 위험한데······.』

"휘말려?"

중얼거린 프란의 걱정은 적중한 모양이다.

쿠이나가 그레이트 월을 수직으로 달려 올라가는 모습이 보였다. 경쾌한 움직임으로 거대한 벽을 올라온 쿠이나는 마수들을 내려다보는 우리들의 옆에 내려서 그대로 달려 내려갔다.

"휘말린답니다. 저도 도망칠 거예요."

그런 경고와 함께.

조금 전까지 메아의 곁에서 전혀 말려들지 않고 함께 싸웠던 쿠이나가 도망쳐야 할 정도로 큰 기술이 펼쳐진다는 뜻이겠지. 린드도 상공으로 물러가는 모습이 보였다.

『프란, 우리도 도망치자.』

"응!"

쿠이나의 뒤를 따라 우리도 황급히 도망치기 시작했다. 그 직후다.

그레이트 월 반대편에서 거대한 불기둥이 솟아올랐다. 조금 떨어진 장소에서 보면 분화가 일어난 것처럼 보일지도 모른다.

너무 강력한 메아의 공격에 벽도 견디지 못했는지 흙이 부글부글 끓으면서 무시무시한 속도로 녹아내렸다. 이런 이상한 광경은 처음 봤다.

『우와…….』

저쪽에 있었으면 폭염에 휘말렸거나 그레이트 월이 녹아 생긴 용암에 삼켜졌을 것이다.

"오늘은 분발하신 모양이네요. 예상 이상의 공격이에요."

"지나쳐."

"네. 저도 그렇게 생각해요."

쿠이나와 함께 달리면서 아직도 솟아오르고 있는 금색과 흰색 불기둥을 지켜볼 수밖에 없었다.

마수의 기척은 더 이상 느껴지지 않았다. 당연하다.

저 극적인 열량이 소용돌이치는 벽 저편에서 마수도 사인도 살아남을 리가 없을 것이다. 글자 그대로 섬멸이다. 아직 천 마리 이상 남아 있던 마수들이 단 한 방의 공격에 전멸했다.

"메아는 괜찮아?"

"문제없어요. 조금 지치겠지만 자신의 불꽃에 자폭하는 일은 없으니까요. 다만 그 탓에 주위에 대한 배려가 조금 부족한 것이 곤란한 점입니다. 자신이 괜찮아서 조금 휘말려도 괜찮을 거라고 생각하는 경향이 있어요. 이건 나중에 교육적 지도가 필요하겠네요."

쿠이나의 중얼거림에는 깊은 분노가 담겨져 있는 것 같았다. 프란도 그렇지만, 무표정한 타입의 인간이 내는 분노는 무서운 법이다.

그저 휘말릴 뻔한 우리로서는 쿠이나가 메아를 확실하게 교육해주기를 바란다.

뭐, 아무튼 이로써 이 자리에서 펼쳐진 싸움은 끝났을 것이다. 겨우 한숨 돌릴 수 있겠군.

Side 사류샤

"젠장! 따라잡혔어!"

"하지만 우리로 저 군세에는……!"

어떻게든 사망자를 내지 않고 고블린의 군세를 물리치고 몇십 분이 지났다.

의기양양하게 다시 출발한 우리는 바로 찬물을 끼얹는 듯한 군세와 맞닥뜨렸다.

평원을 빠져나가는 동안에 다시 사인 무리와 마주친 것이다.

게다가 단순한 사인이 아니다. 놀랍게도 말에 타고 기사 같은 갑옷으로 몸을 감싼, 마치 군대 같은 사인들이었다. 그중에는 고블린뿐만 아니라 오크나 미노타우로스까지 있는 듯했다.

그뿐만 아니라 인간 같은 존재까지 섞여 있었다.

초조한 기색의 위병들이 말하기를 보통이 아니라고 한다. 어쩌면 바샬 왕국의 음모일지도 모른다고도 했다.

그렇다면 바샬 왕국은 사술사와 손을 잡았다는 건가? 인간의 적과? 그러면 북쪽에서 쫓아오고 있다는 마수 군세도 바샬 왕국이? 공주님은 괜찮을까?

아니, 공주님이라면 분명 괜찮을 것이다. 그보다 지금은 우리에게 닥친 위기를 어떻게든 해야 해!

"어, 어떻게든 안 될까요?!"

"무리야!"

내 물음에 돌아온 것은 짧고도 또렷한 대답이었다.

"상대는 기마야! 게다가 고위 사인까지 있어!"

"숲속이라면 어떻게든 도망칠 수 있을지도 모르지만……."

상대와 마주친 장소가 나빴던 모양이다. 평원에서는 몸을 숨길 곳도 없어서 뛰어서 도망치는 것 외에 방법은 없다. 그렇게 되면 상대가 압도적으로 빠르다.

또렷한 모습을 확인할 수 있는 거리가 되자 그 무시무시함에 다시 몸이 움츠러들었다. 거대한 마수에 올라탄 사인들은 고블린들과는 비교도 되지 않을 만큼 박력이 있었다.

그런 무시무시한 군세가 우리를 확실하게 목표로 삼아 달려오고 있었다. 아이들 중에는 울음을 터뜨리는 아이도 많았다. 누구나 알고 있는 것이다.

저 사인들이 절망을 가져오고 있다고. 더 이상 살아남을 가능성이 없다고.

그래도 위병들은 우리를 보호하듯이 앞으로 나섰다. 단련한 그들이라면 우리를 미끼로 삼으면 도망칠 수 있을지도 모르는데도 용감하게 맞서려고 했다.

"흑묘족을 먼저 보내!"

"우리가 조금이라도 시간을 벌겠어!"

우리는 결국 족쇄인가? 의욕이 생겨도 결국은 흑묘족인가?

우리도 싸우겠어! 그렇게 말하는 것은 간단하다. 하지만 도움이 될 것 같지는 않았다. 방패조차 되지 못하고 거치적거릴 것이다. 그렇다면 그들이 말하는 대로 우리만이라도 도망치는 편이——.

도망치자고 결심한 순간 전에 없던 분한 감정이 가슴속에 솟아올랐다. 그 분한 감정을 깨달았다. 나는 죽는 것이 무서운 게 아니다. 약한 채로 죽는 것이 무서웠다.

"그래…… 안 돼."

"사류샤, 왜 그러니?"

"안 돼요! 여기서 도망치면 뭐가 되겠어요?!"

또다시 약한 힘을 핑계로 도망칠 뻔했다.

"어차피 우리 다리로는 도망칠 수 없어요. 그렇잖아요?"

"그, 그건…….'

위병이 말하기 괴로운 듯이 입을 다물었다. 그들 역시 자신들이 방패가 된다 해도 흑묘족이 끝까지 도망치는 것은 절망적이라는 사실을 알고 있을 것이다.

"이대로 등을 돌려 도망치다 사냥감처럼 사냥당하는 건 사양이에요! 마지막 정도는 전사로서 싸울래요!"

나는 그 자리에서 창을 쥐었다. 위병들은 도망치라고 하지 않았다. 오히려 웃으며 나를 맞이해줬다. 그것을 본 동료들도 도망치는 발걸음을 멈추고 각각의 무기를 꺼냈다.

"또 사류샤한테 좋은 장면을 빼앗겼어."

"맞아."

모두 웃고 있었다. 그것이 허세라는 건 안다. 나 역시 그러니까.

하지만 그래도 울부짖으며 죽어가는 것보다는 훨씬 낫다.

"반격이에요!"

"그래!"

"그래야지!"

죄송해요, 공주님. 기껏 지켜주셨는데 저희는…….

"사인들이여! 짐승들을 몰살시켜라!"

인간 기사가 그렇게 외쳤다. 지금 한 말. 역시 이 녀석들은 인간 지상주의를 가진 바샬 왕국의 군대였나 보다.

"와봐! 흑묘족의 의지를 보여줄 테니까!"

내가 나 자신을 북돋우기 위해 그렇게 외친 직후였다.

"좋은 각오와 기합이다. 그것이야말로 내 동포다!"

"윙!"

"어?"

어딘가에서 들은 적 있는 여성의 목소리와 개의 울음소리. 황급히 돌아보니 그곳에는 낯익은 얼굴이 있었다.

"어, 어째서……."

놀라는 나를 제쳐두고 더욱 놀라운 광경이 펼쳐졌다.

"라이트닝 볼트!"

"크르오오오오!"

백발의 여성이 날린 전격과 커다란 검은 늑대가 날린 검은 구슬이 사인들을 흩어지게 했다. 선두에 있던 다섯 마리가 거기에 올라탄 사인과 함께 튕겨 날아갔다.

눈앞까지 다가왔던 죽음이 영웅들에 의해 산산이 부서졌다. 먹구름처럼 우리를 뒤덮었던 절망이 순식간에 갠 순간이다.

"키아라 님……."

"음! 뒤는 우리에게 맡겨라! 가자, 울시!"

"윙윙!"

어째서 키아라 님이 여기에? 왕도에서 앓아누워 계신다고 들었는데…….

그리고 울시가 키아라 님과 함께 왜 있는 거지? 공주님과 같이 간 거 아니었나? 그리고 울시가 온몸에 상처를 입은 건 어째서지?

우리가 놀람과 궁금함으로 굳어 있는 동안에도 키아라 님과 울시는 사인들을 쓰러뜨려 갔다.

10분도 지나지 않아서 사인들은 전멸했다.

"괴, 굉장해……."

이것이 우리의 영웅……. 어찌나 자랑스러운지.

"후하하하! 새로운 힘의 시운전에 딱 맞구나!"

"웡웡!"

"음? 아아! 기사들이 도망치고 있군! 뒤쫓는다, 울시여!"

"웡!"

"어? 키, 키아라 님!"

"미안하군! 나는 녀석들을 뒤쫓겠다! 곧 그린고트에서 모험가들이 올 거다. 그 녀석들에게 보호받으면 돼!"

"아니요, 저희보다도 공주님께…… 프란 님께 가주세요!"

"그것도 내게 맡겨라! 원래부터 프란에게 가세할 생각이었으니까!"

"웡!"

다행이다. 이것으로 분명 공주님도 도움을 받을 것이다.

그야 영웅과 영웅이 힘을 합치니까.

울시에게 올라탄 키아라 님이 빠른 속도로 멀어져갔다. 향하는 곳은 북쪽. 공주님이 있는 전장이다.

"키아라 님, 공주님…… 무운을 빌어요."

제2장 **요사스러운 고양이**

"후하하하! 내게 걸리면 다 이렇게 되는 법이지!"

마수와 사인을 압도적인 화력으로 섬멸하고 의기양양하게 프란과 쿠이나에게 달려온 메아.

그러나 그녀를 맞이한 건 프란과 쿠이나의 환성이 아니라 쿠이나의 차갑기 그지없는 시선이었다.

"아가씨."

"어? 쿠이나? 왠지 얼굴이 무서운데…….."

화가 난 쿠이나를 보고 메아는 눈을 멀뚱거렸다.

설마 정말 짚이는 데가 없는 건가?

"저희를 말려들게 할 뻔한 일에 대해 변명할 말씀은 없으신가요?"

그런 메아에게 쿠이나가 조용히 직언했다. 뭐, 설교라고도 할 수 있겠지.

"아니, 그게……. 너희라면 문제없이 도망칠 수 있다고 믿고 있었다. 봐라, 현재 상처도 없이 멀쩡하지 않은가!"

"그러네요. 뭐, 용암의 파도에 휩쓸려서 위험할 뻔했습니다만."

"아니, 그게…….."

"애초에 그 정도 위력의 공격을 펼칠 필요가 있으셨습니까? 프란 씨가 모처럼 가둬줬으니 더 효율 좋은 방법이 있지 않았을까요?"

"그, 그건 말이지…….."

"그리고 이쪽을 보세요."

쿠이나가 자신의 볼을 가볍게 가리켰다. 뭐지? 별일 없어 보이는데.

메아도 쿠이나가 무슨 말을 하고 싶은지 알 수 없는지 고개를 갸웃거리고 있었다.

"으음?"

"잘 보세요."

메아가 모든 방향에서 쿠이나의 볼을 관찰하고 다시 고개를 갸웃거렸다.

"아니, 보고 있기는 한데……."

"먼지가 묻지 않았습니까!"

"알게 뭐야! 전투 중에 더러워지는 건 당연하잖아!"

"적이 아니라 아군의 부주의로 더러워진다는 점이 중요합니다만."

"에에잇, 까다로운 녀석! 아무튼 지금은 앞으로 어떻게 행동을 하느냐가 중요하다!"

메아가 얼버무리듯이 외쳤다. 쿠이나도 메아가 허둥대는 모습을 보고 어느 정도 만족했는지 얌전히 그 말에 따랐다.

"그러면 차라도 마시죠."

"이봐, 전장이잖아."

전환이 너무 빠르잖아! 그보다 전장에서 차라니! 메아조차 좀 놀라고 있군. 하지만 쿠이나는 냉정하게 대답했다.

"전장이기 때문에 쉴 수 있을 때 쉬어둬야 한다고 생각합니다만."

"흐음…… 일리 있군."

"네."

납득한 거야?! 역시 메아도 별났다. 그런데 차라는 건 무슨 소리지?

내가 지켜보는 앞에서 쿠이나가 다과회를 준비하기 시작했다. 뭔가 엄청 여러 가지가 나왔다!

하지만 이상한 광경이었다. 나도 모르게 두 번 쳐다볼 만큼.

쿠이나가 어딘지 모를 곳에서 꺼낸 테이블 위에 찻잔을 솜씨 좋게 늘어놓았다. 그리고 티팟에서 김이 모락모락 나는 홍차를 따르고 차과자를 내놓으면 준비 완료다.

"아가씨, 드세요."

"음."

쿠이나가 다시 어디에서 꺼냈는지 모를 의자에 메아가 아무렇지 않게 앉았다.

내 당혹감을 무시하고 쿠이나가 차에 관한 설명을 하기 시작했다.

"이런 일도 있을까 싶어서 여기 있는 이 차는 각성 부담 경감 효과가 있는 마법차로 골랐습니다. 수신화(獸神花)의 봉오리만을 쓴 최고 품질입니다."

"호오. 그거 고맙군. 역시 대단해."

"프란 씨도 드세요. 스콘도 있습니다."

평온한 두 사람과 반대로 프란의 얼굴은 여전히 심각했다. 메아의 공격에 휘말릴 뻔한 것을 화내고 있는 것은 아니다. 그런 것이 아니라 아직 남은 동포들에 대한 위협이 걱정되어 힘을 뺄 여유도 없는 것이다.

"미안. 별동대를 쓰러뜨리러 갈게."

프란은 메아와 쿠이나의 제안을 부드럽게 거절하고 발을 돌렸다.

그러나 그 몸은 연속된 싸움으로 엉망이었다. 걸음을 내디디자, 고작 몇 걸음 만에 몸이 비틀거렸다.

『이, 이봐. 프란, 괜찮아?』

"응"

그렇게 고개를 끄덕이기는 했지만 안색은 나빴다. 전장의 긴장감과 동료를 구하고 싶다는 의지력으로 피로를 잊고 있었지만 슬슬 한계가 가까운 모양이다.

내가 알아차렸어야 했는데.

『프란, 지금은 쉬어야 해.』

"그 상태로 싸워봐야 제대로 싸울 수 없어."

"이 홍차에는 피로 회복 효과가 있는 영초를 배합했으니 꼭 드십시오. 재각성에 필요한 시간도 단축할 수 있습니다."

마치 내 말을 지원하는 듯한 타이밍에 메아와 쿠이나도 입을 열었다. 프란의 마음이 흔들리고 있는 것을 알 수 있었다.

『프란, 잠시만. 10분만 쉬어도 좋으니까 휴식하자. 나도 조금 지쳤어. 응?』

"……응. 알았어."

마지못한 태도였지만 프란은 내 제안에 동의했다.

쿠이나가 재빨리 프란에게도 의자를 꺼내줬다.

"여기 앉으세요."

"응."

휴식하기로 하자마자 차와 과자가 신경 쓰이는 모양이다. 흥미롭게 스콘의 냄새를 킁킁 맡았다.

부서지고 숯덩이가 된 마수의 시체가 널리고 아직도 용암의 열기가 가라앉지 않은 전장에서 갑자기 시작된 다과회. 광기마저 느끼는 것은 나 한 명뿐일까? 프란도 메아도 쿠이나도 당연하다는 듯이 찻잔을 기울이고 있었다.

적어도 이 의자와 테이블과 차 종류를 어디에서 꺼냈는지 신경 쓰였다. 내 눈이 확실하다면 치마 속에서 꺼낸 것처럼 보였는데…… 포션 병을 꺼내는 것과는 비교가 안 된다. 이런 것들을 넣어둘 공간은 없을 것이다.

"쿠이나, 어떻게 넣었어?"

프란도 신경 쓰였는지 컵을 들어 바닥을 확인해보거나 테이블보를 넘겼다. 하지만 수상한 점은 어디에도 없었다.

"스킬이에요. 달인 시녀의 고유 스킬, '메이드의 소양'의 효과입니다."

놀랍게도 차원 수납과 비슷한 스킬인가 보다. 다만 넣을 수 있는 물건에는 제한이 붙는다. 시녀의 업무에 빼놓을 수 없는 물건이라는 제약이 있다고 한다. 게다가 그 판단은 사용자의 의식에 따른다고 한다. 반대로 말하자면 어떤 물건이라도 그것이 업무에 필요하다고 사용자가 인식만 하면 넣는 것이 가능한 모양이다. 성질이 까다로운 스킬이다. 게다가 차원 수납이 있으면 필요 없고 말이다.

그렇게 생각했지만 이점도 있다. 시공 계열이 아닌 계통의 스킬이라 그런지 시공 마술을 방해하는 결계 속에서도 문제없이 사용할 수 있다나.

"왕궁의 달인 시녀 사이에서는 얼마나 먼 앞일을 생각해 도구를 넣어둘 수 있는지가 실력을 자랑할 부분이라고 이야기합니다.

이런 것도 있느냐고 주인이 말하는 것이 저희 시녀의 보람이기 때문에요."

보, 보람이라니. 메이드라는 직업의 깊이를 조금이나마 엿봤군.

"그러고 보니 아직 정식으로 이름을 밝히지 않았군. 네메아 나라싱하다. 일단 이 나라의 왕녀 자리에 있지. 랭크 D 모험가고 금화사다."

"응. 나는 흑묘족의 프란. 랭크 C 모험가고 흑천호야."

"크오오오!"

마침 린드가 내려왔다. 다시 가까이서 보니 크군. 몸집은 울시보다 작지만 날개도 합치면 훨씬 거대했다. 전에 전갈 사자의 숲에서 마주쳤을 때는 소형이었는데.

이런 용을 생성할 수 있는 용검 린드는 보통 마검이 아니지 않을까?

그런 생각을 하고 있는데 메아도 완전히 똑같은 생각을 한 모양이다.

"이봐, 프란이여."

"응?"

"그, 그 검은 어떤 내력이 있는 검이지?"

메아의 열띤 시선이 프란의 등에 메어진 내게 쏟아졌다.

"단순한 마검이 아니지? 이름은?"

"응?"

"호, 혹시 신검은 아니겠지?"

어쩌지. 대충 거짓말을 할까? 하지만 프란의 친구가 될 것 같은 상대이니 되도록 성실하게 대응하고 싶다. 프란의 침묵을 망설임이라고 생각했을 것이다. 메아가 말을 덧붙였다.

"아니, 잠깐만. 그것만 물으면 안 되지. 내 비밀도 가르쳐주지! 그러니 그쪽의 비밀을 밝혀라. 이건 어떻지?"

"비밀? 왕녀님인 거?"

"그런 시시한 비밀이 아니다. 더 대단한 비밀이지."

'스승……'

『그런 말을 해도 말이야…….』

프란은 메아에게 내 비밀을 밝히고 싶은 기색이었다. 메아가 어지간히 마음에 든 모양이다. 왕족인 메아에게 나에 대해 이야기하면 수왕에게도 알려질 우려가 있지만…….

'스승, 안 돼?'

『……휴우, 할 수 없네.』

'고마워.'

프란이 그런 목소리로 부탁하면 안 된다고 할 수 없지 않은가. 애초에 내가 내 정체를 숨기고 싶은 건 프란이 주목받거나 악인의 목표가 되지 않도록 하기 위해서다. 그러니까 프란 자신이 가르쳐줘도 상관없다고 느낀다면 반대할 이유는 없다.

"알았어. 그걸로 충분해."

"오오! 감사한다! 그러면 우선 내 비밀부터 밝혀야겠군!"

"아가씨. 정말 괜찮으신가요?"

"당연하지. 프란은 신용할 수 있다!"

"뭐, 아가씨의 감은 잘 맞으니 그렇게 생각하신다면 반대하지 않습니다."

그렇게 말하고 한숨을 내쉬는 쿠이나를 보고 공감했다. 그건 그렇고 왕녀라는 정체가 시시하다고 할 정도의 비밀이라. 신경 쓰이지 않는다면 거짓말이겠군.

"이 용검 린드 말인데……."

"응."

메아도 검에 관한 비밀이었나 보다. 그러니 내가 신경 쓰였던 거겠지.

등에 멘 용검 린드를 뽑아 테이블 위에 놓았다.

다시 보니 역시 아름다운 검이었다. 하지만 그뿐만이 아니다. 오히려 아름다움 이상으로 박력이 있었다.

사람을 베기 위해 만들어진 검이라는 존재 특유의 위험한 기척. 그리고 그 위태로움을 한층 더 높이는 새빨간 용 장식. 가까이서 보니 그 안에 깃든 흉악한 마력이 좋든 싫든 느껴졌다.

단순한 마검이 아니라고 생각했는데, 역시 뭔가 말 못 할 비밀이 있는 듯했다.

"멋있는 검이야."

"그렇지?! 이 검은 용검 린드. 이 린드의 매개체가 되는 마검이다!"

"크오오오오오오!"

프란이 칭찬하자 메아와 린드가 기쁜 듯이 소리를 높였다.

"하지만! 그건 세상을 속이기 위한 가짜 모습!"

"크오오!"

메아가 포즈를 척하고 취하자 린드도 날개를 펼치고 어필했다. 메아 뿐만 아니라 린드도 신이 난 모양이다.

"가짜 모습?"

"그래! 이 검의 진정한 이름은 폭룡검 린드부름."

린드부름? 기억이 있어! 아마——.

"——세상에 이름 높은 신검 중 하나다."

"!"

메아가 아무렇지 않게 프란에게 말했다.

아니, 조금 거드름을 피웠지만 신검의 정체를 밝히는 것치고는 너무 간단히 말하지 않았나? 드럼을 치라고는 하지 않겠지만 좀 더 뜸을 들여도 괜찮았을 텐데

"흐흥. 놀랐나?"

"응!"

프란이 고속으로 고개를 끄덕였다.

아니, 그건 그렇고 진짜인가? 감정에는 용검 린드라고밖에 표시되지 않는데? 내가 감정할 수 없을 만큼 고위의 상대일 가능성도 있다. 오히려 신검이라면 당연할 것이다.

자신의 손에 든 검이 의심할 여지도 없이 신검이라는 확신이 있는 모양이다. 메아는 자신만만했다.

"정말이다."

그러나 바로 그 표정을 흐렸다.

"하지만 사용자의 기량 부족 탓에 힘이 해방되지 않았다."

신검은 어중간한 힘으로 다룰 수 있는 것이 아니다. 그래서 메아로서는 린드부름의 힘을 끌어낼 수 없다나.

그런 이야기를 들으면서도 나는 메아의 이야기를 아무래도 믿을 수 없었다.

그야 신검이잖아? 지금까지도 초병기다. 국가를 뒤흔든다는 말을 잔뜩 들었다. 그 신검이다. 이 세상의 전략 병기급 존재인

신검이 눈앞 테이블 위에 떡하니 놓여 있는 것이다. 믿을 수 있을 리가 없다.

애초에 능력 역시 그렇게까지 대단하지 않았다. 소환 가능한 린드도 혼자서 국가를 어떻게 할 수 있을 정도의 힘은 없을 것이다. 기껏해야 전장 하나의 승패를 좌우할 수 있을 정도일까. 아니, 그것 역시 마검으로 생각하면 파격적인 성능이겠지만, 소문으로 들은 신검에 비하면 귀여운 수준이었다.

"정말이에요. 무려 신급 대장장이에게 직접 보여줬으니까요."

쿠이나가 그렇게 보충했다. 그러고 보니 이 나라에는 신급 대장장이가 있었지.

왕족인 메아라면 신급 대장장이와 접점이 있는 것도 당연하다. 그리고 신급 대장장이가 진짜 신검이라고 인정했다면 틀림없을 것이다.

『지, 진짜냐……!』

'굉장해!'

확실히 왕녀의 신분보다 훨씬 중요한 정보였군. 어쨌든 신검은 세계의 군사 균형과 관련 있는 존재이기 때문이다.

오히려 이렇게 쉽게 가르쳐준 것이 놀랍다. 그만큼 프란을 믿고 있다는 뜻일 것이다.

『이거 우리도 제대로 응하지 않으면 안 되겠어.』

"흐음? 뭐지? 지금 누군가의 목소리가 들렸는데?"

어딘지 모르는 곳에서 들린 내 목소리에 메아가 놀라고 있었다. 쿠이나는 표정을 읽을 수 없지만.

그런 두 사람에게 프란이 나만 알 수 있는 의기양양한 얼굴로 입을 열었다.

"지금 건 스승이 말했어."

"스승? 그대의 스승이라는 소린가? 어디에 있는 거지?"

"모습을 감추고 있는 건가요? 기척을 전혀 느낄 수 없네요……. 진짜라면 무시무시한 실력자예요."

"스승은 여기 있어."

프란이 메아와 마찬가지로 나를 뽑아 테이블 위에 놓았다. 린드의 옆에 나란히 놓인 형태다. 그리고 다시 나를 소개했다.

"이 검이 스승이야."

"검이 스승인 건가?"

당연히 의미 불명일 것이다. 메아가 팔짱을 끼고 고개를 갸웃거리고 있었다.

이대로는 프란이 4차원으로 보일 것이다. 제대로 자기소개를 하게 해야지.

"인텔리전스 웨폰인 스승. 아주 굉장한 검이야."

『안녕. 소개를 받은 스승이라는 자다. 말하는 검이라고 생각해 주면 돼.』

"오오오오! 저, 정말로 앞에 있는 검이 말하고 있는 건가?"

"놀랍네요."

눈을 동그랗게 뜨고 벌떡 일어나 흥분하는 메아와 변함없이 입으로는 "놀랐다"고 말하면서도 전혀 놀란 기색이 보이지 않는 쿠이나.

『뭐, 잘 부탁해.』

하지만 메아가 놀라는 모습은 내 예상을 살짝 뛰어넘고 있었다.

"굉장해! 굉장하군, 쿠이나. 무려 인텔리전스 웨폰일 줄이야! 하하하!"

흥분한 기색으로 일어서서 눈을 이 이상 없을 만큼 크게 뜨고 나를 응시하고 있었다. 볼은 상기되고 콧김은 거칠었다. 마치 아주 좋아하는 아이돌과 동네에서 갑자기 마주친 오타쿠 팬 같았다.

『아니, 놀라주는 건 기쁘지만 신검 소유자가 너무 오버하는 거 아냐?』

확실히 보기 드문 존재라는 자각은 있지만 신검을 가진 사람이 이렇게나 놀라도 말이야……. 왠지 부끄러워지기 시작했다.

"무슨 소리야! 그 인텔리전스 웨폰이다! 옛날이야기 속 존재란 말이다!"

아니, 신검도 그렇잖아? 오히려 신화급 초병기일 터다. 하지만 그렇지는 않은 모양이다.

"확실히 신검은 굉장하다. 하지만 실제로 몇 자루밖에 실체가 확인되지 않았다고는 하나 세상에 스물여섯 자루나 있단 말이지. 하지만 인텔리전스 웨폰은 존재 자체가 확인되지 않았어! 그걸 생각하면 오히려 스승 쪽이 희귀하다고 할 수 있지!"

뭐, 그렇게 볼 수도 있나. 나 자신은 성능 면에서 웃도는 신검에 열등감 같은 게 있으니까 "내가 더 희귀하다고" 같은 말 따위는 도저히 할 수 없지만.

"응. 스승은 굉장해."

메아의 말을 들은 프란이 기쁜 듯이 동의했다.

"음. 저 쿠이나가 경악하고 있을 정도니 말이야."

"네. 솔직히 프란 씨를 만났을 때보다 놀랐습니다."

여전히 무표정하지만 볼이 살짝 빨간가? 진짜 흥분하고 있나
보다.

"그래서 스승과 어떻게 만났지?"

"내가 노예였을 때——."

프란이 나와의 만남을 이야기했다.

암흑 노예로 운반되다가 마수에게서 도망치기 위한 미끼가 된
것. 죽을 위기에 빠졌을 때 땅에 꽂힌 나와 만난 것. 그리고 그때
부터 계속 함께 여행하고 있는 것.

울무토에서 만난 여신님은 운명은 존재하지 않는다고 했지만,
그 만남이야말로 나와 프란의 운명이었다고 새삼 생각했다. 그때
만나지 않았다면 나는 미쳐버렸을지도 모르고, 프란은 목숨을 잃
었을 것이다. 운명이 아니라면 기적이었다.

그때 이야기나 자신의 과거도 프란은 딱히 숨기지 않고 메아에
게 가르쳐줬다.

담담한 말투가 오히려 프란이 겪은 과거의 비참한 모습을 리얼
하게 상상하게 만들었을지도 모르겠다. 메아가 감동한 기색으로
닭똥 같은 눈물을 글썽이고 있었다.

"그랬구나! 너희는 극적인 만남이었구나!"

"아가씨, 이쪽을 보세요."

"음! 홀쩍!"

쿠이나가 건넨 손수건으로 눈물과 콧물을 닦았다.

"멋진 콤비다! 감동했어!"

"응!"

메아의 칭찬에 흥분한 프란이 내 능력이나 성질에 대해 더욱 이

야기했다. 신검에 맞는 정보인지는 알 수 없지만 우리에게는 최고 기밀이라고 할 수 있는 정보다. 프란도 그만큼 메아 일행을 성실하게 대하고 싶다는 마음을 가지고 있는 거겠지.

내가 마석을 흡수해 강해지는 것. 자신의 기원을 모르는 것. 신급 대장장이라면 뭔가를 알고 있을 가능성이 있다는 것. 순서대로 가르쳐줬다.

"그렇군! 그래서인가! 만티코어의 마석이 깨끗이 뽑혀 있어서 의문스러웠다."

『그런 거야.』

"하지만 역시 인텔리전스 웨폰이야. 성장할 줄이야."

"린드도 성장하고 있어."

프란의 말에 메아가 고개를 저었다.

"린드는 내 성장에 맞춰 힘이 해방되고 있는 것뿐이다. 엄밀하게는 성장하는 게 아니야. 하지만 스승은 정말로 성장하고 있어. 지금도 저렇게 강한데, 조만간 신검을 뛰어넘는 날이 오지 않을까?"

그야 신검이 목표이기는 하지만 역시 뛰어넘는 건 어렵지 않을까? 그야말로 이번처럼 마수 무리를 섬멸하는 일을 반복하지 않으면 불가능할 것이다.

하지만 프란은 자신만만하게 메아에게 단언했다.

"당연히 스승은 최고의 검이야. 언젠가 최강이 될 거야."

"후하하하! 그러면 경쟁이로군! 내 린드가 진정한 힘을 발휘할 수 있게 되는 게 먼저일까, 프란이 신검을 뛰어넘는 검으로 스승을 성장시키는 게 먼저일까!"

"흐흥. 당연히 우리가 이기지."

"우리도 지지 않는다! 언젠가는 전승에 있는 것처럼 성을 부수는 거룡으로 린드를 소환해 보이겠다!"

성을 부숴? 몇백 미터나 되는 용을 얘기하는 거야. 배보다 더 큰 크기의 수룡도 위협도 B였는데? 그 크기의 용이라면 확실히 위협도 A 이상이다. 그걸 자유자재로 부를 수 있게 된다면 무시무시한 전력이 되겠군. 역시 신검. 보통이 아니야.

하지만 프란이 나는 신검을 뛰어넘는다고 단언했다. 그렇다면 내가 하기 전부터 포기할 수는 없다. 프란의 소원대로 언젠가 그 영역에 도달하자. 새로운 목표다!

"메아는 린드를 어디서 손에 넣었어?"

"나는 그대들만큼 극적인 만남은 아니었다. 단지 모의시험으로 발굴을 마친 유적을 탐색하던 차에 발견되지 않았던 숨겨진 방을 우연히 발견해서 말이야. 거기에 린드가 안치되어 있었다."

"그 후 조금 특수한 검이라서 신급 대장장이에게 감정을 받고 신검이라고 판명되었답니다."

아니, 그건 신검에게 불려간 거 아닌가? 메아는 우연히 손에 넣은 행운이라고 생각하는 것 같지만 선택받은 거 아닐까?

쿠이나도 그렇게 생각하는지 자랑스럽게――는 보이지 않지만 신검을 입수했을 때의 이야기를 프란에게 들려줬다. 조금 전까지 사기 침식이라는 상태 이상이었는데 기운 넘치는군.

『응? 아니, 잠깐만. 쿠이나, 괜찮아?』

"뭐가 그렇죠?"

『아까 사기 침식 상태에 빠졌을 텐데……?』

시중을 들며 떠들다니, 괜찮은 건가?

"오오! 그러고 보니 그랬지! 완전히 까먹고 있었다! 괜찮은기?"

"네. 문제없습니다. 그건 그렇고 그게 사기 침식인가요. 말로는 들었지만 처음 체험했어요."

아무래도 쿠이나는 사기 침식에 대해 아는 모양이다.

"사기 침식은 강한 사기를 내는 상대와 오랜 시간 전투하는 경우에 일어난다고 합니다. 마치 숙취 같은 상태가 된다나요. 술은 즐기지 않지만 그게 숙취로군요. 그런 괴로운 상태에 스스로 빠지니까 역시 음주는 어리석은 행동이에요."

음주 역시 숙취에 빠지고 싶어서 빠지는 게 아닌데? 다만 술이 너무 맛있어서 살짝 과음하는 것뿐이야! 마시지 않을 수 없는 날도 있고! 지금의 나는 술에 취할 수 없지만!

"내버려 두면 위험한 모양이지만 사기의 근원을 제거하면 가라앉는다고 합니다. 아가씨와 프란 씨가 듀라한을 쓰러뜨린 시점에서 위화감은 모두 사라졌습니다."

그러고 보니 메아의 백화와 프란의 칸나카무이에 사신석의 검도 소멸했다. 사신석의 창보다 꽤나 약한 것 같은데……. 영혼을 빨아들이지 않기 때문인가?

내가 사신석의 수수께끼에 대해 생각하고 있는데 메아가 갑자기 입을 열었다.

"그러고 보니 스승은 왜 그런 장소에 꽂혀 있던 거지? 숲속이 잖아? 만든 대장장이가 거기에 놓아둔 건가?"

『아니, 그렇지 않아.』

나는 메아와 쿠이나에게 대좌에서 눈을 뜨고 고갈의 숲에 꽂혀 움직일 수 없어질 때까지의 이야기를 요약해 들려줬다. 염동으로 날면서 마수를 조금씩 쓰러뜨리며 노는 사이에 고갈에 숲에 꽂히고 말았다는 이야기를 적당히 했을 뿐이지만.

일단 내가 전생자라는 사실은 숨겼다. 여기까지 오면 밝혀도 상관없을 것 같지만 전생이나 이세계 같은 이야기를 믿어줄 것 같지도 않으니 말이다.

"마랑의 평원에 놓인 대좌라⋯⋯."

『아는 것 좀 있어?』

"모른다!"

『그러십니까.』

쿠이나에게도 물어봤지만 역시 모른다고 했다. 크란젤 왕국에 간 적도 없으니 어쩔 수 없나.

"그건 그렇고 들떠서 움직일 수 없게 되다니, 스승 씨는 아주 인간 같네요."

이런, 쿠이나는 예리하군. 아니, 조금만 생각해보면 의문스럽게 느껴지려나? 인텔리전스 웨폰이라고는 하나 그게 곧 인간 같다고는 할 수 없으니까. 오히려 생각하고 말하는 무기라고 하면 좀 더 무기질적인, 그야말로 알림 같은 존재를 상상할 것이다.

스스로 말하기도 좀 그렇지만, 나는 쓸데없이 너무 인간 같다. 인텔리전스 웨폰을 만들 수 있는 인간 역시 굳이 이렇게 만들겠다고 생각하지는 않지 않을까?

"스승은 원래 인간이니까 인간 같은 건 당연해."

아, 프란 씨? 그것도 밝히는 건가요? 아니, 이계에서 전생한 부분은 애매하게 단순히 인간의 혼을 검에 봉인했다고 하면 되는데요.

내가 원래 인간이었다는 말을 들은 메아와 쿠이나가 아주 놀랐다.

메아는 눈을 크게 뜨고 다시 의자에서 일어났을 정도다.

"그, 그건 정말인가?"

"응."

"영혼이란 신의 영역입니다. 즉 인간의 영혼을 검에 봉인하는 행위는 신, 혹은 거기에 준하는 존재만 가능한 행위예요."

"그래! 역시 스승은 단순한 마검이 아니로군!"

그렇군, 듣고 보니 그럴지도 모르겠군. 게다가 나는 이세계에서 전생했다. 정말로 신의 뜻이 존재하는 건가? 뭐, 이런 생각을 했는데 사실은 우연이었다는 말을 들으면 엄청나게 부끄럽겠지만. '내 전생에는 신의 뜻이 관련되어 있을지도 몰라. 아자!'라는 생각이 엄청나게 자의식 과잉이었다는 뜻이다.

"혹시 스승은 프란에게 스킬을 주는 것뿐만 아니라 스스로도 스킬을 쓸 수 있는 거 아닌가?"

『왜 그렇게 생각했지?』

"스킬은 영혼의 힘이라는 말을 들은 적이 있어서 말이야. 사람으로서 영혼을 가지고 있다면 염화나 염동과 같은 검에 관련된 스킬 외에도 쓸 수 있지 않을까 하는데."

『뭐, 쓸 수야 있지.』

"역시 그런가! 생각해보면 프란의 마술이나 스킬의 사용 간격은 이상했거든. 뭔가 비밀이 있다고는 생각했지."

우리의 경우, 프란이 검기를 발동하는 동안에 내가 무영창으로 마술을 연발하거나 한다. 고속 사고에 나열 사고가 없으면——아니, 그것들이 있어도 인간으로는 무리한 속도일 것이다.

메아도 프란의 전투를 보고 위화감을 느꼈던 모양이다. 하지만 특수한 스킬의 혜택이라고 생각한 듯했다.

"그래서 그런 연격 속도가 나온 거군. 혹시 극대 마술도 쓸 수 있는 건가? 아니, 그건 스승의 스킬인가?"

『그래.』

"그거 대단하군! 얼핏 보기에 프란 한 사람. 그러나 사실은 스승과 프란이 극대 마술을 연발할 수 있게 된다면……. 솔직히 말해서 현시점에서도 준 신검이라고 할 수 있을지도 몰라……."

『아, 하지만 메아와의 모의전에서 나는 거들지 않았어. 스킬은 빌려줬지만.』

"그건 안다. 우리는 닮은꼴이니까! 설령 스승이 도움을 준다 해도 프란이 듣지 않았겠지."

알고 계시는군. 전투광은 전투광을 이해한다는 뜻인가?

"나와 프란은 닮았어. 나이도 비슷하고 종족도 사자와 호랑이. 강력한 검을 소지하고 싸움을 원하고 있지. 프란도 그렇게 생각하지 않나?"

"응. 생각해."

메아의 말대로다. 그래서 프란도 그녀에게 친근감을 느꼈을 것이다.

"그렇지? 그렇다면 그거다. 저기, 그거 말이다!"

"응?"

메아가 모호한 말투로 영문 모를 소리를 하기 시작했다. 갑자기 얼굴을 붉히며 우물거리기 시작한 메아의 모습에 프란도 고개를 갸웃거렸다.

"알 거 아닌가!"

모르겠다. 무슨 말을 하고 싶은 거지?

그런 메아를 지원한 것은 유능한 메이드인 쿠이나였다.

"아가씨, 부끄러우신 것은 알지만 더 분명하게 말씀하지 않으면 프란 씨도 이해하지 못할 겁니다. 우리는 닮았으니까 친구가 되자고 전하지 않으면요."

"이, 이봐아아! 무슨 소리를 하는 거야!"

그런 건가. 메아가 몸을 꼬던 이유를 알았다. 짧은 만남이지만 메아의 성격이라면 그런 유의 말을 가볍게 할 수 없으리라는 것은 이해한다.

그리고 쿠이나는 분명히 일부러 그랬다. 메아를 놀리면서 굳이 나서서 지원도 했을 것이다. 6대4로 놀리는 쪽을 우선한 것 같기도 하지만.

하지만 메아가 다시 입을 열기 전에 프란이 입을 열었다.

"우리는 함께 싸웠으니까 이미 친구야."

"프, 프란……!"

친구라기보다 전우? 아니, 전우도 친구의 범위에 들어가나.

"그렇지? 우, 우리는 친구지?"

"응."

"아아, 드디어 아가씨도 외톨이 졸업이네요."

메아와 쿠이나가 이상하게 감동하고 있었다. 무표정한 쿠이나가 기뻐하고 있다고 이해할 수 있는 수준이다. 진짜로 외톨이었나 보다.

프란도 친구라고 부를 수 있는 상대가 많다고는 할 수 없는데, 그 부분도 비슷한 사람끼리 만났군.

하지만 프란의 아주 진지한 얼굴을 보고 갑자기 부끄러워진 모양이다. 메아가 빠르게 앞으로 있을 예정을 꺼냈다.

"그럼 슬슬 체력도 회복했으니 행동으로 옮겨볼까!"

"응. 별동대가 있는 곳으로 갈래."

"그쪽은 그린고트 사람들에게 맡겨둬도 문제가 없다고 생각하는데. 영주인 마르마노는 신뢰할 수 있는 남자다. 그보다 마수가 나타난 북쪽을 조사하는 편이 낫지 않을까?"

하지만 프란은 조용히 고개를 저었다.

"그건 나중에 해도 돼. 모두의 안전이 우선이야."

적을 쓰러뜨리는 것보다 동료를 지키는 쪽이 중요한 것이다.

메아와 쿠이나도 프란의 마음을 알아준 모양이다.

"흐음. 그런가. 그러면 우선 사인의 별동대를 정리하기로 하지."

"그러면 잠시 기다려주십시오."

쿠이나가 테이블 등을 요술처럼 치마 속에 넣어갔다. 차원 수납에 가까운 스킬이라면 아무렇지 않게 그 자리에서 수납할 수 있다고 생각은 하지만.

『일부러 치마 속에 넣는 것처럼 보이는 건 어째서지?』

"그것이 메이드의 소양이라서 그래요."

모르겠다. 하지만 뭔가 집착이 있다는 것은 알 수 있었다.

"갈까. 부탁한다, 린드!"

"크오오오오오!"

"지금의 린드라면 세 사람을 동시에 태울 수 있지!"

"크오!"

고속 비행이 가능한 린드의 등에 탈 수 있다면 상당히 빠르게 이동할 수 있겠군.

"이미 전투가 끝났어도 이상하지는 않은데——큭!"

"큭!"

『아니……!』

올라타기 위해 메아가 린드를 엎드리게 한 직후였다.

우리는 모두 동시에 북쪽 하늘을 올려다봤다. 무시무시한 마력을 느꼈기 때문이다. 떨어져 있어도 알 수 있는 강대한 마력이 초고속으로 접근해 왔다. 그야말로 린드와 똑같은 속도로.

"뭔가 온다!"

"응!"

그 마력의 주인은 순식간에 우리의 머리 위에 도착했다.

피부를 찌르는 듯한 공격적이고 압도적인 마력이 주위 일대를 감싸고 있었다.

『뭐야 이거……. 발키리가 귀엽게 보일 수준이잖아…….』

프란과 메아도 숨을 삼키고 굳어 있을 만큼 엄청난 마력이다. 프란과 메아는 인정하지 못하겠지만 두 사람은 분명히 마력의 주인에게 희미한 공포심을 품고 있었다.

이 단계에서도 믿을 수 없는 마력인데 다음 순간에 그 마력이 더욱 강대한 사기로 바뀌었다. 그렇다, 우리가 압도적이라고 느끼고 있었던 마력조차 억누르고 있는 수준이었던 것이다.

마치 사신 본체라도 나타났다고 생각할 만큼 깊고 불쾌하고 사악한 기척이었다.

과거에 만났던 것 중에서 가장 강력한 사인은 바르보라에서 싸운 린포드다. 하지만 녀석이 내뿜던 사기가 별 것 아니었다고 생각할 만큼 우리를 뒤덮은 사기는 농밀했다.

사기를 느낀 순간 메아와 프란의 귀가 쫑긋 서고 꼬리의 털이 확 곤두섰다.

그 사기의 주인은 상공에 여유 있게 떠 있었다.

좌우에는 종자로 보이는 그림자 여럿이 따르고 있었다.

하지만 우리가 놀란 것은 발산되는 사기의 흉악함 때문만이 아니었다. 그 사기를 내뿜고 있는 것은 귀여운 소녀였다.

나이는 10대 후반쯤일 것이다. 긴 검은 머리와 천을 겹쳐 만든 듯한 낙낙한 흰옷은 얼핏 보기에 청초하지만 몸에 걸치고 있는 장식품은 엄청나게 취향이 고약한 물건이었다. 마치 괴로운 표정으로 헐떡이는 사망자처럼 불길한 얼굴이 새겨진 팔찌. 피어오르는 장기를 디자인한 검은 펜던트. 둥근 구체를 비튼 듯한 모양의 귀걸이. 어느 것이나 섬뜩했다.

게다가 낯익은 겉모습을 하고 있었다.

"……흑묘족."

그렇다. 프란이 중얼거렸듯이 사기를 뿌리는 의문의 소녀는 흑묘족의 외견적 특징을 갖추고 있었다.

검은 고양이 귀와 꼬리에 검은 머리. 어디를 봐도 흑묘족이었다.

"불과 세 명에게 당하다니 못 써먹을 자들이네. 이제 됐어. 적어도 내 양식이 되도록 해."

소녀가 묘하게 잘 울리는 목소리로 그렇게 선고한 다음 순간. 주위에 흩어져 있던 마수들의 사체가 눈부시게 빛났다. 그리고 빛이 사라진 뒤에 마수들의 사체는 흔적도 남아 있지 않았다.

막대한 마력이 소녀에게 흘러간 것을 알 수 있었다. 아무래도 소녀가 어떤 방법을 써서 마수와 사인의 사체에서 힘을 흡수한 모양이다. 그 몸에 얽힌 사기가 약간 늘어난 것이 느껴졌다.

원래 막대한 힘을 감추고 있었기 때문에 '약간'이라는 표현을 썼지만 우리 입장에서 보면 무시무시한 양의 마력일 것이다. 100 억 엔을 가진 사람은 100만 엔이 들어와도 대단하지 않다고 생각할지도 모르지만, 서민 입장에서는 거금이다. 비유하자면 그런 느낌이다.

내가 흡수한 마석이나 차원 수납에 넣은 소재는 소녀의 영향을 받지 않았던 모양이다. 그것만큼은 불행 중 다행일지도 모르겠다.

보이지 않는 엘리베이터에라도 탄 듯이 공중에서 슝 내려오는 소녀. 소녀의 좌우에는 묘령의 미녀가 버티고 있었다. 그 뒤에는 전신 갑옷을 입은 거구의 기사 두 명이 따르고 있었다. 소녀의 힘이 너무 막대해서 눈치채지 못했지만 종자들도 강대한 힘을 가지고 있었다.

그야 당연하다.

여성 종자 두 명은 발키리, 기사 두 명은 듀라한이었기 때문이다.

나는 그 녀석들의 감정 결과에 몸을 떨었다. 왜냐하면 우리가 격전을 펼친 발키리보다 이 두 명이 더 강했기 때문이다. 듀라한의 능력은 거의 호각일 것이다. 인원으로 치자면 고작 다섯 명. 하지만 그 전력은 우리가 섬멸한 마수와 사인의 군세를 합친 것보다 더욱 컸다.

프란이 마음을 굳히고 입을 열었다. 프란이 말을 꺼내는 데 이렇게까지 망설이는 경우는 드물다. 하지만 어쩔 수 없을 것이다. 상대의 마력은 그만큼 강대했다.

"……누구야?"

수왕과 만난 일로 강자에 대한 내성이 생겼지만 눈앞의 흑묘족 소녀는 지나치게 규격 밖에 존재했다. 패닉에 빠지지 않은 프란을 칭찬해주고 싶을 정도다.

"내 이름은 뮤렐리아. 모르니?"

"알아."

"어머? 진짜?"

알고 말고, 발키리가 말한 우두머리의 이름이잖아! 이 녀석이 뮤렐리아? 감정해봤지만 스테이터스를 볼 수 없었다.

"우후후. 예의가 안 좋네? 감정은 소용없어. 통하지 않도록 해놨으니까."

감정 감지를 가지고 있는 데다 감정 차단도 소지하고 있는 건가? 게다가 천안을 무효화하는 레벨로? 진짜 정체가 뭐지?

"어디서 내 이름을 들었니?"

"발키리가 말했어."

"아아…… 그거구나."

아무래도 프란의 대답은 뮤렐리아가 원하는 대답이 아니었나 보다. 명백하게 낙담하고 있었다. 하지만 메아와 쿠이나는 경악한 모습으로 뮤렐리아를 응시하고 있었다.

"흑묘족의 뮤렐리아라고?"

"어머? 그쪽 아가씨는 나를 아는 거 같네?"

"본인인가?"

"글쎄, 네가 어떤 뮤렐리아를 말했느냐에 달렸다고 생각하는데?"

"……사신에게 홀린 왕녀."

"그야말로 정답. 바로 맞혔어."

그렇게 말하고 씩 웃었다.

그 웃음을 봤을 뿐인데 오싹했다. 그 눈은 마치 아주 깊이 파인 마른 우물처럼 바닥 없는 어둠과 공허함을 담고 있었기 때문이다.

"누구야?"

"녀석은――."

범상치 않은 상대인 건 확실할 것이다. 그렇게 생각했지만 메아의 설명을 듣고 그런 감상저도 미적지근한 상대라는 것을 확인할 수 있었다.

"녀석은 500년 전 흑묘족이 신에게 천벌을 받을 계기를 만든 인물이다."

500년 전이라고 했나? 그럼 이 소녀는 그렇게 옛날부터 살아 있는 건가? 수인족의 수명은 설령 각성에 이르렀다 해도 그렇게까지 늘어나지는 않을 텐데…….

"알고 있으면 그 아이에게 가르쳐주겠니? 나의 위대함을."

뮤렐리아가 잘난 듯이 턱을 치켜들었다.

"……거짓인지 진짜인지는 알 수 없지만――."

메아가 그렇게 말하고 뮤렐리아의 전승을 이야기했다. 굳이 거짓인지 진짜인지 알 수 없다고 말한 것은 어디까지나 전승이자 전해 들은 이야기이기 때문이다.

그렇지 않아도 흑묘족에 관한 전승이나 책은 현 수왕가에서 없앴고, 남아 있는 것도 신빙성이 상당히 낮으니 말이다.

"흑묘족이 신벌을 받은 이유는 알고 있나?"

"사신의 힘을 이용하려고 했어."

우리도 전부를 아는 것은 아니지만 종족 전체가 사신의 가호를 받으려 했다고 들었다.

"그래. 그건 알고 있나. 당시 수왕이었던 흑묘족의 족장이 사신의 힘을 흑묘족에 받아들여 종족 전체를 사인화하려고 꾸몄다. 그 계기가 뮤렐리아라고 했다."

500년 전, 당시의 흑묘족을 이끌던 수왕이 사신의 힘을 이용하려고 했을 때 대뜸 처음부터 종족 전체를 사신에게 넘기려고 한 것은 아닌 모양이다.

처음에는 자신들 수왕가의 지배를 공고히 하기 위해 왕족만 사신의 힘을 받아들일 생각이었다.

그때 왕의 야심에 불을 지른 것이 뮤렐리아였다. 원래 랭크 B 모험가로 뇌제라는 이명을 가지고 있던 뮤렐리아는 사신의 가호를 얻어 랭크 A 모험가에 필적하는 힘을 얻었다고 한다. 그뿐 아니라 일부 능력은 인간의 범주를 크게 뛰어넘었다는 말까지 들었다.

그리고 뮤렐리아의 변모를 목격한 수왕은 거기에 맛을 들여서 다른 흑묘족에게도 사신의 힘을 주는 것을 꾸몄다고 한다. 뮤렐리아는 왕의 첨병으로서 그 힘을 부려 흑묘족들에게 사신의 힘을 받아들일 것을 강요했다. 또한 왕가에 거역하는 흑묘족을 처형하는 동시에 다른 종족을 강압하기 시작했다.

"지금도 뮤렐리아의 이름은 특히 잔학하고 위험한 인물로 왕가에만 전해지고 있다. 어떤 의미에서 흑묘족이 신벌로 힘을 잃은 뒤, 다른 종족에게 버림받는 원인을 만든 인물이라고도 할 수 있지."

즉, 사신의 힘을 얻어서 신의 분노를 산 왕족 중 한 사람이자 온갖 악행의 전설을 남긴 인물이라는 거로군. 그런 녀석이 왜 이런 곳에 있는 거지?

뮤렐리아는 메아의 이야기를 줄곧 싱글거리며 듣고 있었다. 분명히 험담인데도 신경 쓰지 않는 모양이다. 하지만 도중에 갑자기 그 얼굴에서 표정이 사라졌다. 그리고 메아의 이야기를 다 들은 직후에 입을 열었다.

"내 이야기는 조금 다르지만 그건 뭐 됐어. 그보다 너는 적묘족 족장가의 사람이지?"

"음, 그렇다."

메아도 그 어조에서 뭔가를 느꼈을 것이다. 자세를 살짝 잡으며 대답했다. 아니, 생각해보면 뮤렐리아가 메아에게 좋은 감정을 품을 리가 없는 것은 당연하다.

한쪽은 욕망이 이끄는 대로 사신의 힘을 이용하려 하다 신의 분노를 받아, 역사에서 존재가 말소된 흑묘족의 왕가. 한쪽은 전 왕가를 결국 쫓아내고 존재를 역사의 무대에서 없앤 다음, 그 자리를 빼앗은 현 왕가. 우호적일 리가 없었다.

서로의 위협이 살기의 충돌로 바뀔 때까지 그리 시간은 걸리지 않았다.

"그렇구나…… 우후후후."

"너는 정말로 그 뇌제 뮤렐리아인가?"

"그래. 나는 수왕가의 제2 왕녀, 뇌제 뮤렐리아."

"너희들이 왕족이었던 건 이미 아득히 옛날 얘기다."

"인정할 수 없어! 그 쓰레기들의 자손이 현 왕가? 용서 못 해!"

뭐, 이렇게 되겠지. 게다가 뮤렐리아의 말로 보아 메아의 선조와 인연이 있는 듯했다.

메아와 마주 노려보는 뮤렐리아에게 프란이 질문을 했다.

"왜 이런 짓을 했어?"

"너, 말수가 적다는 말 자주 안 듣니? 뭐, 무슨 말을 하고 싶은지는 알아. 물론 방해꾼들을 없애고 흑묘족의 위신을 되찾기 위해서——."

『뭐라고?』

사기를 내뿜고 있고 전설은 제대로 된 내용이 아니었다. 멋대로 악인이자 적인 줄 알았는데…….

어쩌면 흑묘족을 괴로운 처지에서 구하기 위해 움직이고 있는 건가? 이번 소동으로 슈왈츠카체의 주민은 어쩔 수 없이 피난하게 됐지만, 혹시 처음부터 공격할 생각은 없었나?

하지만 그런 내 생각을 비웃듯이 뮤렐리아가 차가운 표정으로 입을 열었다.

"——같은 시시한 일을 위해서가 아니야."

역시 착한 녀석일 리가 없었다.

"어째서? 복수를 위해서가 당연하지! 나를 모욕하고 얕보고 배신한 놈들을 절대로 용서하지 않을 거야!"

그렇게 외친 뮤렐리아가 사람이 변한 듯이 웃음을 크게 터뜨렸다.

"아하하하하하하! 이 나라를 다 파괴해버릴 거야! 전부 전부 전부 전부! 저어어언부 부수고 죽이고 이 세상에서 없애주겠어!"

그 목소리를 들으니 싫어도 이해할 수 있었다. 이 소녀는 망가졌다. 사기의 영향인지 복수심 때문인지는 알 수 없지만, 정상이 아닌 것은 확실했다.

그런 뮤렐리아에게 메아가 질문을 던졌다.

"이 나라에는 네 동포인 흑묘족들도 살고 있는데?"

"그래서?"

"네가 파괴를 원하면 동족도 말려든다는 거다!"

이것은 수인에게는 상당히 큰 문제일 테다. 프란도 동족인 흑묘족에게는 무르다고 생각할 만큼 신경을 쓰고 있고, 다른 수인들도 크건 작건 같은 마음이 있을 터였다.

그러나 뮤렐리아는 진심으로 깔보는 얼굴로 내뱉었다.

"하찮아!"

"뭐라?"

"그렇게! 긍지를 잃고 다른 자에게 알랑거리며 살아가는 약한 벌레들을 동족이라고 인정 못 해. 오히려 더러울 정도야! 이참에 몰살시켜버리겠어!"

"뭐……."

"오히려 녀석들이야말로! 흑묘족들이야말로! 나를 배신한 장본인……! 다 죽여서 던전의 양식으로 삼아버렸으면 분명 기분 좋았을 거야! 놓쳐서 아쉬워! 아하하하하하하하하하하!"

우연히 던전의 관계자라는 증언을 얻었다. 게다가 지금 말투. 단순한 심부름꾼이 아닌 듯했다. 혹시 던전 마스터인가?

"……일부러 슈왈츠카체를 공격한 거야?"

프란이 살기를 숨기지 않고 미친 듯이 웃는 뮤렐리아에게 물었다. 그러자 바로 뮤렐리아가 고개를 끄덕였다.

"응, 맞아! 하지만 너는 별개야!"

뮤렐리아가 그렇게 말하고 프란을 가리켰다.

"진화한 것 같으니 내 부하로 삼아줄게."

메아와 프란, 쿠이나의 살기를 받아도 전혀 동요하지 않았다. 자신이 이 자리에서 진다는 생각을 전혀 하지 않고 있을 것이다.

그렇게 아주 거만한 뮤릴레아에게 프란이 차가운 목소리로 대답했다.

"죽어도 싫어."

그러자 뮤렐리아의 표정이 싹 바뀌었다.

"뭐? 너 지금 무슨 말 하는지 알아? 이 내가 노예로 삼아주겠다고 하는 거야. 그걸 거절한다고? 제정신이야?"

"네 노예가 될 바에야 죽는 게 나아."

"계집, 지금 당장 엎드려 사과하면 노예로 살려줄게."

뮤렐리아가 노기를 내뿜었다.

그것만으로도 모든 방위에서 벽이 따라오는 듯한 압박감이 느껴졌다. 프란의 얼굴에서 핏기가 사라지고 무릎이 희미하게 떨렸다.

평범한 모험가라면 울며 목숨을 구걸했을 것이다.

하지만 프란은 떨리는 목소리지만 분명하게 대답했다.

"네 말, 대로는, 안 해!"

이만큼 강대한 힘을 가진 상대가 내뿜는 분노다. 무시무시한 공포를 느끼고 있을 것이다.

하지만 마을 사람들을 죽인다는 말을 들은 지금의 프란은 화가 더 큰 모양이다. 분노의 감정을 힘으로 바꿔서 떨리는 자신을 질책하며 뮤렐리아를 마주 노려보고 있었다.

그런 프란에게 반응한 것은 뮤렐리아의 양옆에 있던 발키리들이었다.

"꽤 세게 나오네?"

"저 반푼이한테 고전한 주제에."

"진짜. 잔챙이의 허세만큼 보기 괴로운 것도 없다니까."

"너. 사과하려면 지금 해. 동생한테 고전한 정도의 힘으로 우리에게 이길 리가 없잖아?"

"맞아 맞아. 지금 사과하면 3일 동안 고문하는 정도로 용서해 줄게."

3일 동안 고문이라니……. 이런 위험한 녀석들에게 그런 짓을 당할 바에야 프란이 말하는 대로 죽는 편이 나을지도 모른다. 이 여자들은 어떻게 봐도 새디스트다.

그건 그렇고 반푼이 동생이라. 그건 혹시 우리가 격전을 펼쳤던 그 발키리를 말하는 건가?

"마수를 이끌던 발키리?"

"응, 맞아. 주인님께 이름조차 받지 못한 반푼이."

"그런 게 동생이라니, 오한이 난다니까!"

"주인님께 직접 호소해 군대를 받았는데 이런 계집애한테 간단히 죽고."

"우리 세 자매의 수치야."

듣고 보니 이 녀석들에게는 종족 이름뿐만 아니라 개체 이름이 존재했다. 지크루네와 로스바이세. 작명이 끝난 개체, 즉 울시와 똑같다는 뜻인가.

뮤렐리아 수준의 주인이 이름을 지었으니 힘이 상당히 올라갔을 것이다.

하지만 만나자마자 한 감정에서는 대충 스테이터스와 몇 가지 스킬을 힐끗 봤을 뿐이었다. 저 발키리와 얼마나 다르냐고 묻는다면 솔직히 상세하게 비교할 수는 없다. 사실은 다시 확인하고 싶지만 뮤렐리아는 감정 감지가 있는 듯하다. 섣부른 행동하여 자극할 수는 없었다.

알 수 있는 것은 아까 쓰러뜨린 발키리보다 스테이터스가 높고 스킬도 많은 것 같다는 점뿐이다. 전처녀 스킬을 가지고 있는 것은 확실하겠지만 말이다…….

"뭐, 수하로 두기에는 딱 좋아. 이대로 부하로 쓰자. 자신의 손으로 흑묘족을 몰살시키게 하는 것도 재미있을 것 같고."

웃으면서 무도한 소리를 한 뮤렐리아가 오른손을 프란에게 뻗었다. 직후 그 손에서 검은빛이 나왔다.

"이대로 내 지배하에 놓아도 괜찮겠지만……."

"너는 무리야!"

"건방진 벌레에게는 벌도 필요하겠지? 후후후. 특별히 내 힘을 보여줄게!"

뮤렐리아가 그렇게 말하고 갑자기 영창을 개시했다.

영창 파기나 무영창은 가지고 있지 않은 모양이다. 다만 이 영창은 익숙했다. 나도 몇 번인가 읊은 적이 있는 주문이니 말이다. 그래서 간과할 수 없었다.

『프란! 메아! 막아! 이 녀석, 칸나카무이를 영창하고 있어!』

"웅! 칸나카무이는 쏘게 두지 않아!"

"차아아앗!"

프란도 눈치채고 있었는지 내가 외치기 전에 이미 움직이고 있었다. 메아도 한 박자 늦게 뮤렐리아에게 달려들었다. 이미 무시무시한 위압감을 받고 있는 가운데 이렇게 즉시 움직이다니, 역시나 대단하다.

"어머, 주인님이 뭘 하시는지 아는 거야?"

"생각했던 것보다 마술에 대한 조예가 깊나?"

"그렇지만 주인님을 방해하는 건 안 돼."

영창을 막으려고 달려든 두 사람이지만 바로 발키리 자매와 듀라한에게 막히고 말았다. 어지간한 프란과 메아도 이 녀석들을 순식간에 돌파하지는 못했다.

하지만 그래도 상관없었다. 두 사람을 미끼로 삼아 쿠이나가 뮤렐리아에게 다가간 것이다. 나조차 순간 놓칠 정도의 환상 마술을 사용한 기습이었다. 그러나 보통 방법으로 해치울 수 있는 상대가 아니었다.

"큭! 장벽인가요!"

쿠이나가 뮤렐리아의 주위에 쳐진 장벽을 돌파하지 못하고 튕겨나가는 모습이 보였다. 규모가 아주 큰 마술을 영창하면서 접촉한 쿠이나의 팔이 진물로 큰 대미지를 입는 수준의 장벽을 칠 수 있을 줄이야…….

"──칸나카무이!"

뮤렐리아의 힘이 담긴 외침에 호응해 하늘을 찢고 하얀 번개가 쏟아졌다.

하지만 조금 이상했다.

착탄 지점이 우리에게서 먼 건 아무 상관없다. 생각해보면 힘을 보여주겠다고 말했다. 이쪽을 맞히지 않고 위협으로 쓰겠다는 거겠지.

문제는 그 하얀 번개가 묘하게 가늘어 보이는 점이었다. 뮤렐리아는 확실히 칸나카무이를 발동시켰을 터다. 하지만 내가 아는 칸나카무이와는 전혀 다른 생김새를 하고 있었다.

내가 칸나카무이를 쏘면 아주 두꺼운 하얀 번개가 쏟아진다. 그러나 뮤렐리아의 칸나카무이는 내가 발동시킨 것보다 절반 이하로 가늘었다.

처음에는 담긴 마력이 적다고 생각했다. 나는 매번 마력을 최대까지 싣고 있으니 말이다. 하지만 저만한 마력을 자랑하는 뮤렐리아에게 그런 일이 있을까?

혼란스러워하는 나를 두고 우리에게서 15미터 정도 떨어진 곳에 하얀 번개 띠가 꽂혔다.

콰아아아아아아아아아아앙!

낙뢰의 섬광과 함께 대폭발이 일어났다. 일어났지만──.

『내 것과는 전혀 다르잖아······!』

역시 마력의 차이가 아니었다. 그 폭발 방식을 보면 알 수 있었다. 이렇게 가까운 거리에 칸나카무이가 떨어졌는데 폭풍이 생각보다 압도적으로 적었다. 가볍게 자세를 잡으면 버틸 수 있을 정도다.

하지만 위력이 낮은 것은 아니었다. 떨어진 흔적을 보면 잘 알수 있었다.

저 가늘어 보이던 하얀 번개는 뮤렐리아가 힘을 모았던 것이었다.

그 결과가 땅에 뚫린 깊은 구멍이었다. 그 구멍이 충격을 모으는 역할을 완수해 폭발이 상공으로 집중됐을 것이다.

내 칸나카무이에 비해 피해 범위는 10분의 1 이하지만 착탄 지점에 있는 적에게 주는 대미지는 훨씬 위일 것이다. 내가 하급 마술을 쓸 때 하는, 숫자를 늘리거나 위력을 높이는 것과 같은 술법의 변형을 극대 마술로 해냈다.

술법을 쏘는 게 고작인 나로서는 무리인 기술이다. 애초에 누가 생각한 거지? 극대 마술이다. 그걸 개량한 것이다.

파이어 애로를 모아 위력을 상승시키는 것과는 비교할 수 없다. 이중 발동보다 난이도가 더 높을 것이다. 마술의 제어가 차원이 다르지 않고서는 불가능하다. 그리고 뇌명 마술의 숙련도도.

"어때? 내 대단함을 조금은 이해했니?"

이만한 일을 했는데도 뮈렐리아는 숨도 거칠어지지 않은 채 가슴을 펴고 오연한 말투로 말했다.

착탄 지점을 보고 프란이 숨을 삼켰다.

"흠. 지금 걸 보고 내가 무슨 짓을 했는지 알 정도의 실력은 있는 모양이네."

"……."

"어때? 여기서 죽을지 노예가 될지 선택해. 아아, 그쪽의 찬탈자 일족과 메이드는 여기서 죽여줄 테니까 꼴사납게 목숨 구걸하지 마."

프란에게는 웃음을 보일 여유가 있는데 다음 순간에 메아 일행에게는 살기가 담긴 시선을 보냈다. 이 빠른 변신이 더 기분 나빴다. 무슨 짓을 저지를지 모를 정신적 불안정함이 느껴졌다.

뭐, 프란에 대한 태도도 다시 한번 뮈렐리아의 제안을 거절하면 바뀔 것이다. 그야말로 메아와 쿠이나에게 보낸 것과 같은 눈빛을 보일 테다.

프란도 그것을 알고 있다. 하지만 그 대답은 변하지 않았다.

"아까 말했어. 죽어도 넌 따르지 않아."

따르는 척해서 시간을 벌거나 틈을 노려도 좋다고는 생각하지만……. 연기라도 싫을 것이다.

프란의 대답을 들은 뮤렐리아의 눈이 가늘어졌다. 그 안에서 살기가 한층 흐르는 것을 알 수 있었다. 드디어 완전한 적으로 인정받고 말았다.

"그래…… 그럼 죽으렴."

뮤렐리아가 그렇게 내뱉은 직후 발키리와 듀라한이 일제히 움직였다.

애초에 뮤렐리아에게 명령받기 전부터 프란이 뮤렐리아를 대하는 태도에 화가 나 있었을 것이다. 발키리 자매에게서는 살기가 줄줄 새어 나왔다.

분명 머릿속에서 프란을 죽일 계산을 세우고 있었을 게 틀림없다. 그녀들이 프란에게 달려드는 움직임은 재빠르고 막힘이 없었다. 이제 적대는 확정적이니 감정해도 상관없을 것이다.

"뮤렐리아 님의 자비를 이해 못 하는 어리석은 놈들! 죽어!"

"후회하며 죽어라!"

발키리라면 더 고결한 이미지였는데 아무래도 잔챙이 냄새가 난다. 뭐, 마수이고 주인이 뮤렐리아다. 어쩔 수 없나.

지크루네, 로스바이세의 종족 모두 발키리 네메시스란사라는 이름이었다. 레벨은 67로 아까 싸운 발키리보다 1 높을 뿐이었다. 하지만 모든 스테이터스는 100 이상 높았고, 특히 민첩은 200이나 높았다.

스킬에 궁성술은 없지만 검성술과 창성기가 제각기 있었다. 레벨 6이니 달인이라고 불러도 좋을 것이다. 폭풍 마술도 있고 빛 마술의 레벨도 높았다. 대체로 불필요한 스킬을 배제하고 보다 특화가 진행된 형태였다.

칭호는 지크루네가 천벌의 전처녀, 로스바이세가 섬멸의 전처녀. 둘 다 개인 전투력을 상승시키고 부하를 미치게 만드는 칭호인 듯했다.

그런데 아까 싸운 발키리와 비교해서 이 녀석들이 압도적으로 우수한가? 개인 전투력은 확실히 높지만 궁술도 저 레벨이고 군단 지휘 능력은 오히려 낮았다. 국면에 따라서는 이 녀석들의 쓰임새가 더 적지 않을까? 아마 단순한 전투력으로 판단하는 거겠지만.

듀라한들에게 시선을 돌리니 이 녀석들의 스테이터스는 아까 싸운 듀라한과 그리 차이가 없었다. 다만 스킬이 도끼와 검으로 달라져 있었다. 역시 공격 중시 스킬 구성인 듯했다.

프란, 메아가 발키리와 맞붙고 쿠이나, 린드가 듀라한과 대치했다. 마침 1대1 상황이었다.

가장 위험한 뮤렐리아는 뒤로 물러나 관전 모드를 취하고 있었다. 아무래도 자신의 손으로 처분을 내릴 의사는 없는 모양이다. 오히려 구경하기로 결정한 듯했다.

상당히 얕보고 있다. 상황이 어떻게 되든 자신이 개입하면 간단히 전황을 뒤집을 자신이 있는 거겠지.

하지만 이건 기회이기도 하다. 나 역시 아무리 그래도 뮤렐리아에게 이길 수 있다고는 생각하지 않는다. 이 세상에는 노력해도 어떻게 되지 않는 상대가 있기 때문이다. 바로 뮤렐리아가 그랬다.

어떻게든 도망칠 기회를 엿봐야 한다. 우선 발키리들과 싸우면서 뮤렐리아와 거리를 벌리고 디멘션 게이트로 더욱 거리를 벌린다. 그리고 린드를 타고 도망치면 벗어날 가능성은 제로가 아닐 테다.

그렇게 생각했지만——.

"아아, 맞아. 도망치지 못하도록 해야지."

뮤렐리아가 그렇게 말하고 가볍게 팔을 휘둘렀다. 그러자 반경 100미터는 됨직한 반투명의 검고 거대한 돔이 생겼다.

"시공 마술로 도망치면 성가시거든. 아아, 안심해. 막는 건 전이뿐이니까. 그러니까 이렇게 하면——."

뮤렐리아가 어딘가에서 꺼낸 창을 가벼운 몸짓으로 던졌다. 직후 공기를 찢어발기는 날카로운 소리가 울려 퍼지더니 창이 장벽을 뚫고 저쪽으로 사라져갔다. 그 비거리는 어쩌면 1킬로미터를 넘을 것이다.

"보는 대로 물리적인 물건은 막지 않으니까 뛰어서 도망칠 수는 있어. 그게 가능하다면 말이야."

그건 그렇고 일부러 전이만 막는 결계를 친 건 어째서지? 뮤렐리아에게는 우리의 스테이터스가 보이는 건가? 그렇다면 내가 인텔리전스 웨폰이라는 것도 들켰나? 뮤렐리아의 안색을 살폈지만 그 시선이 어디를 향하고 있는지 알 수 없었다.

하지만 내 스테이터스가 보인다면 전혀 주목하지 않을 리가 없다고 생각하는데……. 아니, 그건 자의식 과잉인가? 그저 전이의 깃털 때문에 쉽게 놓치는 것을 막았을 뿐일지도 모른다. 명백하게 프란 일행을 괴롭히며 즐기려 하고 있으니 말이다.

『아무튼 발키리들을 어떻게 하고 결계 밖으로 도망쳐서 전이로 도망칠 수밖에 없나…….』

뮤렐리아의 방해가 없는 1대1 상황이라면 승산은 있다.

실제로 프란과 메아는 발키리를 압도하기 시작했다. 프란은 스킬 레벨이 더 높은 데다 내 지원도 있다. 발키리의 창을 쳐내면서 반대로 대미지를 입혀갔다.

메아는 스킬 레벨이 뒤지는 탓에 무기 싸움에서는 약간 불리한 듯했다. 하지만 금염과 백화의 방어로 발키리의 힘을 깎아가고 있었다. 발키리는 자신도 창도 재생시킬 수 있는 듯하지만 재차 공격해도 다시 불타 녹고 말았다. 이 상황에서는 메아가 압도적으로 유리했다.

쿠이나도 듀라한과 호각 이상으로 싸우고 있었다. 린드는 단단한 상대에게 상당히 고전하고는 있지만 하늘을 날 수 있어서 결정적인 위기에는 빠지지 않았다. 저쪽도 괜찮을 것이다.

"큭! 이 이상한 힘은 뭐야!"

"내 창이……! 이 계집!"

발키리들이 분한 기색으로 외쳤다. 아무래도 뮤렐리아에게도 예상 밖이었던 모양이다. 눈썹을 찌푸리며 각 전투를 바라보고 있었다. 하지만 바로 기분 나쁜 웃음을 띠었다.

"호오? 제법……. 화염 내성이 있는 로스바이세의 창을 녹이다니, 꽤 하잖아. 그리고 그쪽 소녀의 검…… 진지하게 살펴봐야겠는데?"

그렇게 중얼거린 직후 뮤렐리아의 눈에 마력이 집중됐다. 뭔가 스킬을 쓰고 있는 건 확실할 것이다.

안다. 이번에는 확실히 나를 보고 있다. 마치 영혼의 밑바닥까지 꿰뚫는 듯한 날카롭고 깊은 눈빛이 나를 응시하고 있었다.

그 직후였다. 뮤렐리아가 흥분한 듯이 외쳤다.

"뭐야 이거! 인텔리전스 웨폰? 게다가 시공 마술뿐만 아니라 차원 마술까지 가지고 있잖아!"

감정 차단 일 좀 해! 아무래도 전부 보인 모양이다. 눈을 형형하게 빛내는 뮤렐리아가 우리를 향해 사기를 담은 손바닥을 뻗었다.

『프란! 내가 뮤렐리아에게 들켰어! 뭔가 온다! 주의해!』

"응!"

전이를 쓸 수 없는 지금 프란의 초반응이 생명줄이다. 하지만 다음 순간에 일어난 것은 우리의 상상 밖에 있는 일이었다.

"이리 와."

『아니……!』

눈치챈 순간 나는 프란이 아니라 뮤렐리아에게 쥐어져 있었다. 무슨 일이 일어났는지 이해할 수 없었다. 아마 어떤 스킬일 것이다. 무영창을 가지지 않은 뮤렐리아가 순식간에 발동한 것을 보아 마술이 아니라는 것은 알 수 있었다.

"! 스승!"

"스승? 아아, 이 검의 이름이구나. 이상한 이름이네."

나를 순식간에 빼앗긴 프란이 격렬하게 동요하고 있었다.

그야말로 순식간에 완전히 무방비해졌을 만큼.

『프란! 틈을 보이지 마!』

"큭!"

프란이 발키리의 발차기에 날아갔다.

즉시 장벽으로 막았는지 큰 대미지를 입지는 않았지만 재차 공격을 받았다.

"자자! 왜 그러고 있어!"

"큭!"

발카리의 공격을 피하면서 그 의식은 발키리에게 향해 있지 않았다.

아무래도 내가 신경 쓰일 것이다.

『프란! 이건 기회야!』

강대한 힘을 가진 뮤렐리아가 일부러 자신 쪽으로 나를 끌어당겨 줬다. 접근할 수고를 덜었다는 뜻이다.

『일부러 뮤렐리아에게 장비시켜 틈을 만들어 공격할 거야! 그러니까 걱정하지 마!』

'……알았어.'

내 말을 듣고 어떻게든 자신을 납득시켰는지 프란은 검을 꺼내 자세를 잡고 발키리와 맞섰다.

"움직임이 갑자기 나빠졌잖아! 마검이 없으면 못 싸우는 거니?!"

"시끄러워."

프란의 공격 횟수가 줄고 공격 허용이 늘어나기 시작했다. 아직 스킬 공유는 살아 있지만 내 지원이 없어져서 조금 전처럼 여유 있는 싸움은 할 수 없을 것이다. 하지만 이 천재일우의 기회는 놓칠 수 없다. 나는 프란을 믿고 뮤렐리아의 빈틈을 엿보았다.

"흐음. 그럼 어디——."

파직파지직!

뮤렐리아가 뭔가를 하려고 한 순간, 전격이 그 몸을 둘러쌌다. 나를 장비하려고 한 모양이다. 이것이야말로 내가 기다렸던 전개다. 이것으로 틈을 보인 순간 마술과 염동 캐터펄트로 공격해주마!

하지만 뮤렐리아에게 틈은 보이지 않았다. 놀랍게도 아무 일도 없었다는 듯이 나를 쥔 그대로 있었다.

"어머? 뭔가 찌릿했는데?"

그뿐이었다. 설마 그것뿐일 줄이야. 각성한 것도 아닌데, 뇌명 무효가 있는 건가? 흑묘족인 이상 뇌명에 대한 내성이 높아도 이상하지는 않다. 아니면 이 녀석이 너무 강해서 전혀 통하지 않은 걸까? 어느 쪽이든 말이 된다.

다만 이 녀석은 나를 장비하려고 했다. 즉 내게 흥미를 가지고 있다는 뜻이다. 이 수준의 상대를 쓰러뜨릴 수 있는 기회는 절대로 놓쳐서는 안 된다. 불리한 도박이라 해도 희박한 승산이 있다면 걸어야 한다.

『……나를 장비할 셈인가?』

"아하하하! 대단해! 말했어! 말했다고! 지금 말투, 완전히 사람이잖아! 영혼을 가지고 있는 건 보였지만 이 정도일 줄은 몰랐어! 가지고 싶어! 이 검 가지고 싶어! 이게 있으면 그 애도 분명 기뻐할 거야!"

『그 애?』

"이 검은 내 거야! 결정했어!"

마치 어린아이처럼 떠드는 뮤렐리아. 누가 네 거야! 나는 평생 프란 거다!

하지만 이 성격이라면 내 꼬임에 넘어갈지도 모른다.

『인정받지 못한 자가 나를 장비하려고 하면 신벌이 내린다. 첫 번째 번개와 비할 바가 아냐. 뭐, 너라면 신벌마저 버티고 나를 장비할 수 있을지도 모르지만.』

자존심을 건드리며 장비를 재촉했다. 신벌의 정보도 은근슬쩍 가르쳐줬다. 이로써 뮤렐리아가 나를 장비하려고 하면 벌이 내릴 테다. 전격은 막았지만 신벌은 아무리 뮤렐리아라 해도 막을 수 없을 것이다. 최악의 경우, 대미지를 주기만 해도 좋다.

그러나 내 말을 들은 뮤렐리아의 얼굴에서 표정이 사라졌다.

"……호오? 하지만 신벌이잖아? 나 역시 학습했어. 그런 말을 듣고 장비할 리가 없잖아."

쳇. 생각했던 것 이상으로 냉정하게 판단하고 있었던 모양이다. 홧김에 장비할 거라고 생각했는데…….

할 수 없다. 작전 변경이다.

『뭐야, 겁먹은 건가? 기대에 어긋나는군. 전언 철회다. 너 따위는 나를 장비할 수 없을 거다.』

이번에는 뮤렐리아를 도발해봤다. 이 녀석에게는 묘한 자존심이 있는 것 같으니 도발에 넘어올 가능성은 있을 테다.

"무리야 무리. 신벌은 이제 지긋지긋해. 신은 싫지만 더 이상 녀석들을 우습게 보지는 않아. 그건 그렇고 신벌이란 말이지……."

『……아아, 그래.』

"혹시 신검? 아니면 신의 권속? 아니, 신벌이라고 말했을 뿐 실제로는 단순한 방어 기구일 가능성이 제일 높으려나……. 뭔가 특수한 능력이 있는 건 확실한 것 같네……."

도발도 실패했나. 역시 아무 생각이 없어 보여도 상당히 신중한 모양이다.

"뭐 됐어. 그런 것보다 잠시 얘기나 할래? 인텔리전스 웨폰과 이야기하는 건 처음이야."

하지만 아직 장비시킬 기회는 있을 테다. 지금은 기회를 얻기 위해 뮤렐리아의 말에 굳이 어울려주기로 했다.

어디까지 진짜인지는 알 수 없지만 나와 대화를 나누고 싶다는 말은 진심인 듯했다. 지금은 이 녀석들의 정보도 필요하다.

『얘기해? 나랑? 뭘 얘기할 셈이지?』

"글쎄? 누가 만들었는지 알고 싶어. 신급 대장장이? 아니면 다른 인간?"

『나도 몰라. 그 기억은 없거든.』

"흐음? 그럼——."

『잠깐, 이번에는 내 차례야.』

"어머? 재미있네. 뭐가 듣고 싶은데?"

『너는 던전 마스터인가?』

"아닌데?"

『뭐? 그럼 어째서——.』

"안 돼. 이번에는 내 차례잖아."

『……알았어.』

프란은 평정을 되찾고 발키리와 호각으로 싸우고 있었다. 아직 여유가 있다. 그렇다면 여기서는 정보 수집을 진행하자. 능숙하게 번갈아 질문하는 전개로 몰고 갔으니 말이다.

"제작자는 모른다고 했는데, 어디까지 기억하고 있지?"

『내 기억은 아주 최근부터 쌓은 것밖에 없어. 장비자인 프란과 만나기 직전부터야.』

굳이 거짓말을 하지 않은 것은 뮤렐리아가 거짓말을 간파하는 타입의 스킬을 가지고 있을지도 모르기 때문이다. 아까 누가 만들었느냐는 질문에 제작자를 모른다고 대답했을 때 의심도 하지 않고 납득한 것만 봐도 거짓말 간파 계열 스킬을 가지고 있을 가능성은 높았다.

이 녀석을 상대로 신뢰를 언급하는 것도 웃기지만, 거짓말을 한 것을 들키면 질문이 이어지지 않을 가능성이 높다. 그렇다면 이쪽의 정보를 다소 주게 되더라도 저쪽의 정보를 끌어내는 편이 나을 것이다.

"흐음. 만들어진 지 얼마 되지 않은 건가? 아니면 봉인이 풀린 지 얼마 되지 않았다거나?"

『이번에는 내 차례야. 던전 마스터가 아니라고 했지? 그러면 정체가 뭐지? 던전의 힘을 이용할 수 있다는 뉘앙스의 말을 했는데…….』

"알고 싶어? 뭐, 상관은 없어. 나는 던전 서브 마스터. 마스터의 권한의 일부를 이용할 수 있어. 포인트를 이용하거나 해서."

『서브 마스터? 포인트?』

"순서를 기다려. 이번에는 나야. 네 웃긴 이름은 어떻게 된 거야?"

웃기다니……. 뭐, 어쩔 수 없나. 지금은 익숙해지고 오히려 애착도 있지만 나 역시 처음에는 이상한 이름이라고 생각했으니 말이다.

『프란이 지어준 이름이야. 나한테는 이름이 없었거든.』

"호오? 이름이 없었다고? 역시 신검은 아닌가……."

『내가 질문할 차례야. 포인트는 뭘 말하는 거지?』

뮤렐리아가 중얼거린 말이지만 묘하게 신경 쓰였다. 뭐, 나도 자기 진화 포인트를 이용하고 말이다.

"그런 게 알고 싶어? 딱히 상관은 없는데, 어차피 말 못 할 테고. 포인트라는 건 가디스 포인트. 통칭 GP라고 불리는 포인트를 말해. 던전을 적절하게 운영하면 지긋지긋한 혼돈의 여신이 줘. 그 포인트를 던전 코어를 통해 사용해서 던전을 확장하거나 마수를 소환할 수 있어──어?"

왜 그러지? 설명을 마친 뮤렐리아가 어째선지 스스로 놀라는데? 하지만 뮤렐리아의 말은 멈추지 않았다.

"포인트를 얻는 방법은 다양하게 있어. 예를 들어 던전 안에서 생물을 죽이는 것. 게다가 더 강하고 경험을 많이 쌓은 개체가 주는 포인트가 높아. 던전 마스터가 일부러 모험가를 불러들이는 이유가 그거야. 그 밖에는 지맥에서 마력을 빨아들여 포인트로 변환할 수 있지만 효율은 그다지 좋지 않아."

거기까지 설명하고 뮤렐리아가 놀란 듯이 눈을 크게 떴다. 아니, 실제로 상당히 놀란 모양이다.

"역시? 역시 말할 수 있어! 아하하하하하하! 어째서?"

뮤렐리아가 이번에는 기쁨으로 가득한 표정으로 웃음을 터뜨렸다. 진짜 왜 이러는지 모르겠다.

"저기, 너는 정체가 뭐야? 던전 관계자야?"

『뭐라고?』

"신검인 줄 알았는데 아닌 것 같고…… 혼돈의 여신 권속?"

『아니, 나야말로 알고 싶은데.』

전에 혼돈의 여신과 만났을 때 권속이라는 말을 들었지만 결국 자세한 설명은 없었다.

『어째서 그런 걸 묻지?』

"던전의 권속은 던전에 속박돼. 그 탓에 던전에 대해 다른 사람에게 얘기할 수 없어. 제한 없이 이야기할 수 있는 건 다른 던전의 권속 정도이려나?"

그러고 보니 루미나가 그런 말을 했지. 그러나 이 녀석은 내게 아무렇지 않게 말했다. 아니면 이 정도로는 제한에 걸리지 않는다는 건가? 하지만 상당히 자세한 이야기였는데.

그리고 그 제한 때문에 루미나에게는 던전에 관한 자세한 이야기를 듣지 못했다. 다만 생각해보면 그 자리에는 프란도 울시도 있었다. 두 사람이 제한에 걸렸던 것일지도 모른다.

"나는 원래 던전에 속한 존재가 아니었어. 몇 년 전에 던전의 힘과 사술사 린포드라는 남자의 힘을 합쳐 사신님의 곁에서 소환된 존재야. 린포드! 그 지긋지긋한 늙은이! 기껏해야 사술사가 사신의 무녀인 나를 지배했어! 그리고 이제 와서는 던전의 서브 마스터로 만들었어! 우리를 멸망시킨 증오스러운 신들의 권속으로 삼은 거야! 그 도둑 출신 잔챙이에게도 마스터라는 이유로 거역할 수 없어! 던전의 서약에도 거역할 수 없어! 다 지긋지긋해! 하지만 너와는 얘기할 수 있어! 이 이유를 알아내면 나는 던전의 지배에서 벗어날 수 있을지도 몰라!"

잠깐 기다려. 왠지 아주 좋아하고 있는 것 같은데, 나로서도 흘려들을 수 없는 이름이 나왔어! 뭐라고 했지? 린포드라고 하지 않았나? 사술사 노인에 이름이 린포드. 그런 존재가 여럿 있을 리가 없을 것이다.

『네가 말하는 사술사란 린포드 로렌시아를 말하는 건가? 백 살이 넘은 괴물 같은 영감을 말하는 건가.』

"어머? 알아?"

『녀석이라면 다른 대륙에서 죽었어.』

"아아! 역시! 나를 현세에 속박하는 힘이 갑자기 약해져서 무슨 일이 있었다고 생각했어! 아하하하! 꼴좋다!"

여기에 와서 린포드의 이름을 듣게 될 줄은 몰랐다. 즉 녀석이 바르보라에 오기 전에 이 나라에서 흉계를 꾸미고 있었다는 뜻이겠지.

『대체 너희는 정체가 뭐지? 목적은 복수라고 했는데, 린포드의 목적도 그랬나?』

"후후후후! 좋아! 기분이 좋으니까 특별히 가르쳐줄게!"

기분이 아주 좋아 보이는 뮤렐리아가 말을 꺼냈다. 프란 일행의 모습을 확인해보니 아까와 거의 달라지지 않았다. 앞으로 몇 분간 대화를 나눌 여유는 있을 것이다.

"시작은 사술사 린포드가 이 땅에 찾아온 거야. 그 영감은 어디에서 들었는지 수인국에 사신의 조각이 봉인되어 있는 것을 안 모양이야."

『이 나라에 사신의 조각이 있는 건가!』

"응. 우리 왕가가 이용했던 조각이. 린포드는 그 조각을 통해 사신과 교신하는 것을 노린 듯해."

하지만 발견하지는 못했다. 당연하다. 뮤렐리아 일당의 사건 이후 신이 더욱 엄중하게 봉인을 걸었으니까. 그러나 린포드는 포기하지 않고 수인국뿐만 아니라 과거에는 수인 제국의 영토였던 현재의 바샬 왕국도 샅샅이 뒤진 모양이다.

"린포드는 사신의 봉인은 발견하지 못했지만 다른 것을 발견했어."

『다른 것?』

"경계 산맥의 바샬 왕국 쪽에서 생긴 지 얼마 안 된 던전을 발견했지."

생긴 지 얼마 안 된 던전이라니, 린포드 일당이라면 순식간에 돌파했을 것이다.

"빌어먹을 영감 일당은 그 던전을 제패하고 던전 마스터를 위협해 지배하에 두었어. 목적은 던전이 모은 마력을 이용하는 것."

생긴 지 얼마 안 된 피라미 던전이라 해도 그곳은 던전. 나름대로 마력을 모아놓고 있었다. 그것을 이용하면 그럴듯한 의식을 치를 수 있다고 한다. 린포드가 한 것은 소환 의식이었다. 영령 소환이라는 과거의 영웅을 일정 시간 불러내는 소환술이 있는데, 그것의 사술 버전이었다. 과거의 사인이나 사신 신자처럼 그 영혼이 사신에게 바쳐진 자들을 불러내는 게 가능한 것이다.

"그 소환 의식에서 불려 나온 것이 다름 아닌 나야. 완전체는 아니었지만."

그때는 의식의 일부가 소환됐을 뿐이었다고 한다. 린포드를 웃도는 힘을 가진 뮤렐리아를 완전히 소환해 지배하기에는 힘이 부족하기 때문이다.

그렇게 해서 얼마 안 되는 시간만 소환된 정신체인 뮤렐리아에게서 필요한 정보를 알아낸 린포드는 마침내 사신이 봉인된 장소를 찾아냈다. 그러나 신들의 봉인을 뚫지는 못했다. 역시 신이 펼친 봉인이라는 거겠지.

"하지만 린포드는 포기하지 않았어."

그리고 린포드는 생각했다. 막대한 양의 영혼을 사신에게 받쳐서 그 봉인을 약화시키는 것을. 봉인이 약해진 상태라면 사신의 무녀인 뮤렐리아를 통해 제대로 교신할 수 있다고 생각한 듯했다.

린포드에게 원래 사신을 부활시킬 의도는 없었다. 녀석은 사신에게서 힘을 받아 보다 강해지는 것이 목적이었기 때문이다. 그러려면 그저 봉인을 파괴하기만 해서는 안 되는 모양이다.

『그래서 전쟁인 건가……?』

"그래. 영혼을 확보하기 위해서는 그게 가장 빠른 방법이야."

때마침 사신의 봉인이 숨겨져 있던 수인국과 이웃 나라인 바샬 왕국은 견원지간. 게다가 린포드가 사술로 조사한 바로, 바샬 왕은 공식적으로는 온건파이지만 뒤로는 수인 배척파였다. 그는 바샬 왕국과 접촉해 협력을 얻어냈다.

"수인과 사이좋게 지내기보다 사인과 손을 잡는 편이 낫다고 생각하는 인간이 상당히 있었던 모양이야. 뭐, 과거에 수인들이 한 짓을 생각하면 당연하지만."

속으로 어떻게 생각하든 이해가 일치해서 손을 잡게 된 린포드 일파와 바샬 왕국.

"바샬 왕국 전군과 린포드가 발견한 던전을 이용한 협격 작전. 그게 그들의 계획이었어."

이번 전쟁은 몇 년 전부터 계획된 것이다. 바샬 왕국이 린포드의 제안에 쉽게 넘어간 것은 자신들만으로는 수인국을 당해낼 수 없다는 사정도 컸기 때문이라고 한다. 양국의 전력에는 큰 격차가 있어서 바샬 왕국 단독으로는 승부가 되지 않았다.

현 국왕이 수인 배척파임에도 불구하고 온건 정책을 선택해야 했던 것도 군사력 차이가 너무 커서 사소한 분쟁에조차 나라가 위태로워질지도 모르기 때문이었다. 하지만 그 일로 바샬 왕국 백성은 불필요하게 억압을 받아서 오히려 그 내부에서는 반 수인의 싹이 크게 자랐다고 한다.

"지금은 수인이 싫다는 인간 지상주의가 지나쳐서 좀 이상해진 것 같아."

따라서 수인국을 멸망시킬 가능성은 바샬 왕국의 상층부를 환희에 빠지게 했다. 오랜 비원이 이루어지는 것이니 당연하겠지.

"모인 던전의 힘과 바샬 왕국에 제공된 노예의 영혼을 이용해서 나를 완전히 소환한 것도 이 무렵이야."

보통은 지배가 불가능할 정도로 강대한 힘을 가진 뮤렐리아지만 몇백 명의 영혼을 사신에게 바쳐서 완전한 소환 의식을 펼친 린포드라면 어느 정도 지배하는 것이 가능했다. 완전 지배가 아니라는 점에서 뮤렐리아의 무시무시함이 드러나지만 그래도 상관없었다.

뮤렐리아의 소환할 때 던전의 힘도 같이 쓰였기 때문에 린포드가 지배할 수 없었던 부분은 던전의 서브 마스터로 삼음으로써 완벽하게 지배할 수 있었다. 뮤렐리아가 아무리 강하다 해도 혼돈의 여신의 힘을 계승한 던전의 지배에서는 벗어날 수 없었다.

나머지는 전쟁을 일으켜 영혼을 모으고 사신에게 바치면 된다. 활성화한 사신과 뮤렐리아를 통해 연락을 취해 가호를 받는 것도 가능할 터다.

『혼돈의 여신님……. 뮤렐리아를 다시 어떻게 좀 해주지 않으려나?』

그렇게 생각했지만 어떨까? 애초에 신벌이 내려져서 실제로 사인이 된 흑묘족은 뮤렐리아도 포함해 깡그리 섬멸됐다. 게다가 현재는 던전의 서브 마스터다. 던전 마스터가 고블린 등의 사인을 소환해 사역하는 것과 같다고 할 수 있지 않을까? 그렇게 생각하면 신이 강림해 뮤렐리아를 다시 해치우는 전개는 기대할 수 없을 것 같기도 했다.

"던전의 서브 마스터가 된 탓에 마스터에게도 린포드에게도 거역할 수 없게 됐어……."

다만 뮤렐리아에게는 지배당해 명령받는 것뿐만 아니라 당근도 확실하게 제시되어 있었다고 한다. 그것이 던전의 힘을 이용해 뮤렐리아의 바람을 이루어주는 것이었다.

"……나를 배신한 수인들을 없애기 위해서 나는 린포드의 제안을 받아들였지."

자신을 억지로 지배하는 린포드 일당에 대한 분노보다도 수인에 대한 증오가 이긴 모양이다. 뮤렐리아의 이기적인 확신에서 오는 적반하장인지, 정말로 수인들이 뭔가 심한 짓을 했는지는 알 수 없다. 하지만 뮤렐리아가 엄청난 복수심을 품고 있는 것은 확실했다.

다만 뮤렐리아의 소환에 힘을 쓴 탓에 던전의 힘은 크게 줄어든 듯하다. 그대로는 평범한 약소 던전에 불과하다. 던전을 확장해 경계 산맥의 수인국 쪽으로 뻗어 나가야 하고, 전력도 소환해

충실하게 갖춰야 했다.

마수는 포인트를 소비해 소환하거나 던전 밖 마수를 지배해 늘리는 모양이다. 특별히 지정하지 않아도 일정 간격으로 랜덤하게 마수를 소환하는 마법진을 설치할 수 있다고 한다.

그러기 위해서도 던전을 성장시켜 강화할 필요가 있었다. 방법은 간단하다. 국내외에서 사 모은 수백 명의 노예를 던전 안에서 살해해 그 힘을 흡수시키면 된다. 던전 마스터는 도적 출신의 몸집 작은 남자로, 린포드와 바샬 왕국에 거역할 기개도 없어서 고분고분 그 작전에 따랐다.

그리고 린포드는 완벽한 사신 봉인의 약체화를 위해 방법을 연구한다면서 던전 관리를 뮤렐리아에게 맡긴 후 어딘가로 여행을 떠났다.

그 뒷이야기는 내가 알고 있다. 바르보라에서 제라이세와 함께 각종 연구를 하다가 최종적으로는 프란과 모험가들에게 퇴치되었다. 어쩌면 하나쯤 얻어걸린다는 방식으로 이곳저곳에서 비슷한 음모를 준비했던 걸까? 그건 그렇고 녀석이 바르보라에서 사신의 가호를 얻어 수인국으로 돌아와 있었다고 생각하면 식은땀이 나는군. 더 지독한 사태가 됐을 것이다.

"쿠후후후. 영감의 지배가 약해져서 혹시나 했는데, 그 영감이 진짜 죽었구나!"

린포드를 쓰러뜨려서 다시금 다행이라고는 생각하지만, 이 여자의 기뻐하는 모습을 보니 마음이 복잡하다.

원래 던전 마스터는 뮤렐리아에게 직접 명령을 내리는 일이 적고, 린포드가 죽어서 그 지배가 약해진 지금 뮤렐리아는 상당히 자유롭게 움직일 수 있는 모양이다.

뮤렐리아가 웃음을 터뜨리며 외쳤다.

"빌어먹을 영감의 지배는 풀렸어! 아하하하! 남은 건 던전의, 혼돈의 여신의 지배만 어떻게 하면 나는 자유야!"

『자유로워져서 어쩔 셈이지?』

역시 복수인가?

"우선 수인국을 멸망시켜야지! 천하고 우둔한 수인들을 몰살시켜줄 거야!"

역시 그쪽인가. 조용히 사라지고 싶다고 말할 리가 없다고는 생각했지만……. 이 녀석을 절대로 자유롭게 만들어서는 안 될 것이다.

"그러니까 네 힘은 내가 쓰겠어. 애초에 이렇게 온갖 사정을 들어놓고 거부가 허용될 거라고 생각해?"

『네가 멋대로 얘기했잖아!』

"후후후. 놓아줄 생각이 없어서 그런 게 당연하잖아?"

어쩌지? 여기서 노골적으로 거절하면 당장이라도 뮤렐리아는 나나 프란 일행을 공격할 것이다.

그렇다면 은근하게 유도해볼까? 그대로 장비하게 만든다든가——.

그런 생각을 하며 고민하고 있을 때였다. 뮤렐리아의 손에서 검은 마력——사기가 무시무시한 기세로 뿜어져 나왔다. 그리고 마치 해파리의 촉수처럼 사기가 내 검신을 기어 올라왔다.

"후후후."

『치잇!』

즉시 전력을 다한 염동으로 뮤렐리아의 팔을 뿌리치려고 했지만 꿈쩍도 하지 않았다. 완력이 뭐 이리 세!

『떨어져!』

"아하하하! 소용없어!"

뇌명 마술과 화염 마술을 발동했지만 그것도 막혔다. 역시 뇌명 무효가 있는지 뇌명 마술은 방어조차 하지 않았다. 화염 마술도 가장 위력이 큰 인페르노 버스트를 연타했지만 뮤렐리아의 장벽을 돌파하지 못했다.

시공 마술도 발동하지 않았다. 차원 수납은 쓸 수 있는 것을 보아 뮤렐리아가 펼친 결계 안에서는 시공 마술의 발동만이 방해받는 모양이다.

그러는 동안에 내 전신이 완전히 검은 촉수에 뒤덮였다. 위기 감지는 반응하지 않았지만 어떻게 봐도 해가 없을 리가 없었다.

『젠장!』

"우후후후. 괴롭지?"

뮤렐리아가 가학적인 웃음을 띠면서 그렇게 말했다.

"괴롭고 고통스럽고 무섭지? 풀어주기를 원하지?"

응? 딱히 괴롭지도 아프지도 않은데…… . 내구도에도 특별히 변화는 없었다. 하지만 내가 고민하는 동안에도 뮤렐리아는 대답도 기다리지 않고 우쭐한 얼굴로 계속 떠들었다.

"이 고통에서 풀려나고 싶어? 농담이야. 더 이상 거부할 수 있을 리가 없잖아! 크크크. 영혼을 가진 존재는 누구든 사신의 지배에서 벗어날 수 없어!"

어떻게 된 거지? 뭔가 당한 건가?

분명히 사기의 촉수가 내게 어떤 영향을 끼치고 있다는 것을 의심하지 않는 듯했다. 하지만 내게는 아무런 변화도 일어나지 않았다. 아니면 몸의 지배권을 빼앗긴 건가?

"자, 나를 찬양해!"

『…….』

딱히 명령받은 대로 움직이지도 않는 듯했다. 아무렇지 않게 거부할 수 있었다. 정신을 빼앗긴 느낌도 없었다.

"왜 그러지? 나를 찬양해!"

무슨 일이 일어나고 있는지는 알 수 없지만 여기서는 뮤렐리아에게 지배되고 있다고 생각하게 하는 편이 나을 것 같다.

『으음, 뮤렐리아 님?』

"그게 다야? 영혼이 있다 해도 어차피 검이라는 건가? 뭐 됐어. 스스로 날아. 염동이 있으니까 직접 움직일 수 있잖아?"

『네.』

나는 말대로 염동으로 공중에 뜨면서 가볍게 몸을 움직여봤다. 역시 몸도 생각대로 움직였다. 좌우로 움직이거나 일부러 염동을 끊어 몇 초 동안 자유낙하하기도 했다.

이유는 알 수 없지만 뮤렐리아의 지배는 정말로 실패한 듯했다. 하지만 나를 지배한다고 생각하고 있는 뮤렐리아가 우쭐한 얼굴로 내게 명령을 내렸다.

"뭔가 노린 것 같은데, 내 부하가 된 상태로는 아무것도 못 하겠지? 아아, 지배 무효 스킬을 가지고 있는 것 같지만 그런 건 소용없어. 사신의 힘 앞에서는 무의미하니까! 아하하하하하! 그 애에게 좋은 선물이 되겠어!"

또 '그 애'다. 대체 누구지?

뮤렐리아가 나를 지배했다고 생각하고 있는 지금이라면 가르쳐줄까?

『그 애란 누구를 말씀하시는지요?』

"로미오. 내가 사랑하는 아이……. 너는 딱 좋은 호위가 될 거야!"

아들이 있는 건가? 하지만 린포드에게 소환된 사망자에게 아이?

영문을 모르겠어! 정신 상태가 정상으로 보이지 않고, 존재하지 않을 가능성마저 있을 것이다.

『그 로미──.』

"질문은 거기까지야. 슬슬 노는 데도 질렸으니 끝내야겠어. 자신의 파트너인 인텔리전스 웨폰에 공격당하면 저 계집애는 어떤 얼굴을 할까? 아하하하하!"

이 이상은 무린가!

"자, 가라! 저 계집애를 꿰뚫어!"

그렇게 말하고 뮤렐리아는 프란을 가리켰다. 명확한 명령이지만 특별히 그 말대로 몸이 움직이지는 않는군.

다만 뮤렐리아는 아직 나를 지배하고 있다고 생각해 방심하고 있다. 이것은 기회다. 이 행운을 어떻게 살릴지 나는 온갖 패턴을 시뮬레이션했다. 이대로 뮤렐리아를 공격할까, 지배된 척해 프란에게 돌아갈까.

하지만 프란에게 돌아가도 다시 아까 본 끌어당기는 능력에 빨려 들어가면 같은 일을 반복할 뿐이다. 오히려 무방비한 지금이야말로 천재일우의 기회라고 생각해야 한다.

그러면 어떻게 공격하지? 뇌명 무효를 지니고 있을 가능성이

커서 칸나카무이는 안 된다. 염동 캐터펄트로는 해치울 수 있을지 알 수 없다. 아까부터 마석의 위치를 찾고 있지만 찾을 수 없기 때문이다. 애초에 마석이 있는지도 알 수 없었다.

원래 흑묘족이자 현재는 사인이 된 듯하지만 어쩌면 마석이 없을 가능성도 있을 것이다. 그렇다면 머리나 심장이 목표지만 그것으로 죽일 수 있을까? 그것조차도 미심쩍었다.

어쩌지? 생각해!

고속 사고와 동시 연산을 최대로 발휘해 생각했다. 몇 초나 시간을 들이면 의심을 산다. 빨리 결정해야 해! 최적의 공격 방법은 뭐지?

뇌명 마술 이외의 마술을 한계까지 올려 극대 마술을 날릴까? 애초에 뮤렐리아에게 대미지를 줄 수 있을 것 같은 방법이 그 선택지밖에 없기도 하고.

검왕기가 어떤 조건을 채워야 진화하는 이상 물리적인 스킬로 대미지를 주기는 어려웠다. 검왕기 천단은 프란의 도움 없이 써봐야 뮤렐리아에게 통할지도 알 수 없다. 나 혼자서 제대로 발동시키기조차 어렵고 말이다.

그렇다면 마술이 되어야 하는데, 남은 자기 진화 포인트는 11이다. 이것으로 끝까지 올릴 수 있는 것은 화염 마술과 대지 마술이다.

달리 쓸 만한 마술이 없는지 다시 확인해보니 빛 마술뿐만 아니라 수목 마술, 과사진 마술도 습득한 상태였다. 눈치채지 못했지만 뮤렐리아의 부하인 마수들 중에 이 스킬을 가지고 있었던 개체가 있었던 거겠지. 하지만 현 상태로는 레벨이 1이라서 선택지에는 넣지 않았다.

아니, 잠깐만. 프란을 공격하는 척하고 발키리를 공격할 수 없나? 조종당하는 바람에 사고 능력이 저하되어 발키리도 같이 공격하고 말았다는 식으로. 잘하면 자기 진화 지점까지 마석치가 쌓일지도 모른다. 자기 진화 포인트를 다시 얻으면 각종 마술을 끝까지 올릴 수 있을 것이다.

하지만 그러다 경계를 사면 다시 뮤렐리아에게 접근할 수 있을지 알 수 없다. 마술 몇 개를 끝까지 올린 것을 보고 뮤렐리아가 진심으로 방어하려고 하면 막힐 가능성이 크다. 그렇다면 쓸데없는 짓은 하지 않고 이대로 틈을 노려 공격하는 편이 나을까?

『젠장, 어쩌지……?』

그때였다. 그사이에도 뭔가 유효한 스킬이 없나 내 스킬을 검색하다가 기적적으로 어떤 스킬을 발견했다.

그것은 감정 차단이나 마수 지식처럼 포인트를 소비해서 새로 얻을 수 있는 스킬 일람 안에 어느새 추가되어 있었다. 아마 내 랭크가 15에 도달했기 때문일 것이다.

파사(破邪) : 사신의 권속에게 주는 대미지를 두 배로 만든다. 사기 봉인 효과 있음.

『파사……. 사인 특효 스킬인가!』

마술의 레벨을 이판사판 끝까지 올리는 것보다 유효한 수단으로 보였다.

『여기서는 파사 스킬밖에 없어!』

나는 상황을 타파하기 위해 스킬 일람에서 파사 스킬을 취득하기로 했다. 이 스킬을 얻어서 뮤렐리아를 공격한다. 그리고 틈을 노려 프란 일행을 데리고 도망친다.

어떤 술법이 나올지 알 수 없는 마술에 포인트를 쓰기보다 효과가 있다는 것을 아는 파사 스킬 쪽이 확실할 것이다. 자기 진화 포인트를 5 소비해 파사 스킬을 입수했다.

《파사 스킬을 획득했습니다》

알림의 목소리와 함께 내게 새로운 힘이 깃든 것을 알 수 있었다. 그러나 아직 약했다.

나는 힘을 더 바라면서 파사를 진화할 수 있는지 확인했다.

《자기 진화 포인트를 소비해 파사를 진화시킵니다. 괜찮습니까?》

좋아! 파사의 랭크를 5로 올릴 수 있는 모양이다. 이 스킬에 포인트를 더 쏟아부어도 괜찮을 것이다.

《파사현정을 획득했습니다. 프란이 칭호 사인 토멸을 획득했습니다》

파사현정 : 사신의 권속을 쫓아버리고 그 힘을 봉인하는 힘.

뭐지? 갑자기 설명이 떴어. 아니, 오히려 유니크 스킬은 이런 식의 설명이 많다. 검신의 축복도 그랬다. 반대로 기대할 수 있을 것이다.

"뭐지? 이 검, 갑자기 불길한 분위기가⋯⋯."

이런. 뮤렐리아가 내 이변을 민감하게 감지했다.

"그리고 스테이터스도 보이지 않게 됐어……?"

아마 뮤렐리아가 내 스테이터스를 보던 건 단순한 감정 스킬이 아니라 사술처럼 사신 계열 스킬 덕분일 것이다. 그 효과가 파사현정에 의해 막혔을 것이다.

아직 의심하는 사이에 공격을 시도해야 해!

『프란! 메아! 쿠이나! 린드! 지금부터 뮤렐리아에게 공격을 할 테니 그 틈을 타서 도망쳐! 준비해!』

모두의 대답을 기다릴 수는 없지만 아무런 전조도 없는 것보다는 낫겠지.

일방적으로 프란 일행에게 선언한 직후, 나는 검체를 휙 뒤집었다.

『우오오오오오오!』

손에 막 넣은 파사현정을 발동시켰다. 그러자 내 칼날이 흰 마력에 둘러싸였다. 그 빛을 직접 본 뮤렐리아가 혐오감이 담긴 목소리로 외쳤다.

"마, 말도 안 돼! 지배 못 한 거야?!"

들켰나! 하지만 이 거리라면 안 빗나간다!

놀라는 뮤렐리아에게 전력으로 염동 캐터펄트를 발동시켰다.

염동의 폭발력과 마력 방출로 인한 추진력이 합쳐져서 나는 초고속으로 뮤렐리아에게 돌진했다.

『받아라아아!』

"하지만 소용없어!"

내 칼끝이 몇 센티미터만 더 가면 직격하기 직전에 뮤렐리아는 즉시 장벽을 펼쳤다. 상상 이상의 반응 속도다.

조금 전까지라면 나는 이 벽을 돌파하지 못하고 튕겨나갔을 것이다.

하지만 내 공격은 아주 간단히 뮤렐리아의 장벽을 파괴했다. 큰 반발이나 저항도 없이 마치 젤리나 뭔가로 만들어진 벽을 뚫은 듯한 감각이었다.

그리고 나는 그대로 뮤렐리아의 몸을 깊숙이 찔렀다.

『으응?』

"커헉!"

나도 놀라는 소리를 낼 만큼 간단했다.

뮤렐리아의 몸은 사기와 마력으로 상상을 초월하는 강도를 얻었다. 화사한 외모와 달리 마수 이상으로 강인할 테다. 그야말로 일반 무기에는 찰과상 하나 입지 않을 것이다. 그런 뮤렐리아의 몸을 이렇게 간단히 꿰뚫을 수 있을 줄은 몰랐다.

게다가 뮤렐리아가 고통스러운 표정을 지으며 괴로워하고 있었다. 내가 뮤렐리아의 배를 깊숙이 찌른 직후 녀석의 체내에 있던 사기가 모조리 감소한 것을 알 수 있었다. 이것이 파사현정의 사기 봉인 효과인 듯했다.

이것은 최대 기회다. 파사현정이 사인에게 상상 이상으로 효과를 발휘하고 있다. 지금 뮤렐리아에게 줄 수 있는 대미지는 다 주는 거야!

『받아라!』

"크으윽! 이게에!"

나는 안쪽에서 태울 작정으로 뮤렐리아의 몸속에서 화염 마술을 날렸다. 하지만 마술에는 파사현정의 효과가 조금밖에 실리지 않는 모양이다.

내 도신에서 뿜어져 나온 새빨간 불꽃은 뮤렐리아가 몸에 두른 강력한 사기에 의해 사라졌다. 상처를 조금 태웠지만 큰 대미지는 주지 못했다.

"어, 어째서……. 뭔가 능력을 숨기고 있기라도 한 거야……? 으야아압!"

『크흑!』

이번에는 내가 신음할 차례였다. 자루를 쥔 뮤렐리아가 무시무시한 완력으로 나를 뽑았다. 그리고 그대로 도신에 주먹을 내리쳤다.

파사현정의 효과로 보호받고 있다고는 하나 물리적인 충격이 감소하지는 않았다. 즉시 발동한 장벽으로 대미지를 약간 완화할 수는 있었지만 내 도신은 가운데부터 산산조각이 났다.

"이 막검! 얌전히 나를 따라!"

압도적으로 수준 낮은 내게 큰 대미지를 받아서 그런지 뮤렐리아는 냉정함을 잃었다. 주위를 전혀 보지 않았다. 내가 장식 끈을 몰래 뻗고 있는 것조차 눈치채지 못한 듯했다.

『그건 절대 사양이야.』

"꺄아아아아아악!"

장식 끈이 무수한 가시로 변해 뒤에서 뮤렐리아를 덮쳤다. 하나하나의 위력은 그다지 없겠지만 뮤렐리아의 장벽을 무시하고 그 몸을 꿰뚫었다.

이것도 파사현정 덕분일 것이다. 상상 이상으로 사인에게 효과를 발휘하는 듯했다.

무수한 가시에 찔려 등이 뒤로 젖히면서 절규하는 뮤렐리아.

격통 탓에 집중이 흐트러졌는지 시공 마술 방해 효과가 있는 돔 형 결계가 허공에 녹듯이 사라졌다.

『좋아, 이로써 도망칠 수 있어!』

나는 전이를 써서 속공으로 프란에게 돌아갔다.

프란과 맞붙고 있던 지크루네는 주인의 비명을 듣고 멈춰 서 있 었다.

도망갈 기회였다.

"스승!"

『프란, 오래 기다렸지! 도망치자!』

제3장 흑뢰를 두른 늙은 고양이

　뮤렐리아 일당의 틈을 노려 도망치려 한 우리였지만, 도망치는 것보다 빨리 전장에 달려오는 그림자가 있었다. 아무래도 돔 밖에서 기척을 죽이고 있었던 모양이다.

　처음에는 적의 지원이라고 생각했지만 그 그림자에서는 사기가 전혀 느껴지지 않았다.

　각성 때의 프란에게 뒤지지 않는 속도로 달려온 인영이 놀랍게도 더욱 가속했다.

　그리고 그 몸에 두른 검은 번개를 잔상처럼 남기면서 메아와 싸우고 있던 발키리에게 달려들었다.

　"하아아아아압!"

　"아니, 어디에서――!"

　지나치게 빨라서 전투 특화형인 발키리조차 거의 반응하지 못했다. 인영이 거의 바로 뒤까지 다가왔을 때 겨우 몸을 돌리려 했지만―― 너무 늦었다.

　"컥!"

　발키리가 몸을 돌리는 것보다 먼저 그 가슴에서 날카롭게 빛나는 하얀 칼날이 삐져나와 있었다. 의문의 인영이 휘두른 검이 오른쪽 가슴을 꿰뚫은 것이다.

　"크아아아아아아아아아아악!"

　검의 번개가 칼날을 따라 전처녀의 몸을 태웠다.

"말도, 안 돼……."

그것이 네임드 발키리——로스바이세의 어이없는 최후였다.

"흥. 싱겁군."

"키, 키아라 스승님! 어째서 여기에!"

메아가 놀람 반 기쁨 반의 고함을 질렀다. 그렇다. 의문의 인영은 왕도에 있을 키아라 할멈이었다.

장신에 늠름한 표정, 쭉 뻗은 등줄기는 왕도에서 만났을 때와 다르지 않았다. 하지만 결정적으로 다른 것이 있었다. 프란도 눈치챘을 것이다. 수인이 아닌 나조차 그 변화를 알 수 있었기 때문이다.

특히 변화가 눈에 띄는 것이 머리카락일 것이다. 그 긴 머리는 모두 백발이었지만 지금은 검고 흰 줄무늬 모양으로 변해 있었다. 그것은 마치 호랑이의 줄무늬 같았다.

게다가 그 몸에는 파직 파직 튀며 공기를 태우는 검은 번개를 두르고 있었다.

그렇다, 키아라는 어느새 진화에 도달해 있었다. 흑발인 프란은 두드러지지 않지만 백발의 키아라가 각성을 쓰면 그 변화가 여실히 드러나는 거겠지. 그야말로 검은 호랑이다.

놀랄 부분은 그것만이 아니었다. 진화한 쪽이 흑호라면 그 몸에 두르는 번개는 희푸를 터다. 루미나가 그랬다.

그러나 키아라의 주위에서 춤추는 번개의 색은——검정.

그것은 흑천호에 이르렀다는 증거였다.

즉시 감정해보니 그 스테이터스는 무시무시하게 변해 있었다. 원래 키아라는 진화 전 상태로 진화 후 수인을 넘어설 만큼 강했다. 전에 소유했던 엑스트라 스킬 '투신의 총애'가 가진 성장기 스테이터스 배화(倍化)의 효과다.

그것이 흑천호가 되어 고유 스킬 '섬화신뢰'를 발동함으로써 터무니없는 수치에 이르러 있었다.

내 보조로 스테이터스가 올라간 프란조차 도저히 미치지 못할 수준이었다.

그만한 힘을 얻은 키아라가 발카리를 순식간에 해치우고 대담한 웃음을 띠면서 씩 웃었다.

"미안하다, 메아. 1대1을 방해했어."

"스, 스승님······! 그 모습은······!"

"흐흥. 사인들을 좀 말이야!"

"이로써 일당백이에요! 다른 사람들에게도 가세를——."

"진정해! 애초에 여기까지 온 게 나쁘다고 생각하는 거냐?"

"네?"

키아라의 말대로 원군은 그녀뿐만이 아니었다. 다른 모두에게도 도움의 손길이 뻗어 있었다.

"쿠이나 선배, 도와드릴게요."

"미아노아인가요."

듀라한과 싸우는 쿠이나에게는 키아라의 수행 메이드이기도 한 미아가 가세해 있었다. 미아는 애칭이고 본명은 미아노아인 모양이다.

"그걸 하겠습니다."

"그것, 인가요. 알겠습니다."

무표정하고 마이페이스인 메이드 태그가 결성됐다. 미아노아는 몽실몽실한 컬의 복숭아색 머리카락과 그윽한 눈이 매력 포인트인 작은 미소녀다.

하지만 다음 순간에는 상당히 임팩트 있는 모습으로 변했다.

"각성."

팔꿈치에서 앞쪽이 순식간에 울끈불끈 부풀어 올라서 마치 그곳만 다른 거대 생물의 팔을 이어 붙인 듯한 모습이었다. 그 표면에는 화살촉 같은 형태의 커다란 회색 비늘이 뒤덮여 있었고, 손가락에서 앞쪽은 소의 뿔과 비슷한 날카롭고 두꺼운 손톱이 자라 있었다.

다른 부분은 여전히 인간 모습이었기 때문에 팔의 이상함이 두드러졌다. 그녀의 종족은 각성 때 외견의 변화가 강하게 나타나는 종족이었다.

미아노아의 종족은 회산갑. 아마 천산갑 수인일 것이다. 완력과 방어력이 높아지고 고유 스킬은 완력 순간 배화. 완전히 물리 특화형 능력이었다.

"가겠습니다."

일직선으로 파고드는 미아노아. 하지만 그 움직임은 미끼였다.

눈에 띄는 미아노아에게 듀라한이 정신을 빼앗긴 틈에 쿠이나가 환상술도 병용해 듀라한에게 살며시 다가갔다.

거기서부터 보이는 움직임에는 망설임이 없었다. 뒤에서 두 팔을 잡아 비틀고 무릎 뒤에 발차기를 먹여 한쪽 무릎을 꿇렸다. 부드러움으로 강함을 제압한다는 말의 본보기 같은 느낌이었다. 통각이 없는 언데드가 상대라도 관절을 통해 발휘되는 힘의 흐름을 컨트롤해서 그 움직임을 방해할 수 있는 거겠지.

거기에 전속력으로 달리는 미아노아가 다가왔다. 모든 완력을 실은 오른쪽 손톱을 돌진하는 기세 그대로 듀라한의 몸통에 박아 넣었다.

"하아아압!"

"——."

뒤틀리듯이 내질러진 날카로운 손톱의 일격은 듀라한의 갑옷을 쉽게 뚫고 거대한 구멍을 뚫었다. 저거라면 마석도 산산조각이 났을 것이다.

듀라한을 관통한 손톱은 쿠이나의 직전에 멈췄다. 자신에게 힘차게 다가오는 날카로운 손톱을 봐도 쿠이나는 미동도 하지 않았다. 이것도 신뢰가 있기 때문에 가능한 일일 것이다.

공격력이 낮은 대신 움직임이 빠르고 상대를 방해하는 게 특기인 쿠이나와 움직임은 느리지만 일격필살의 힘을 가진 미아노아. 상당히 좋은 콤비다.

"미아노아, 피가 좀 튀었어요."

"선배, 그 정도는 참으세요."

"실력이 줄어든 거 아닌가요?"

"그, 그렇지 않아요."

응. 좋은 콤비다.

린드를 도우러 간 것은 낯익은 거한이었다. 이미 각성을 했는지 전신 갑옷의 틈새로 보이는 피부가 잿빛으로 물들어 있었다. 울퉁불퉁하고 딱딱해 보이는 피부다.

그리고 그 전신 갑옷을 입은 인물이 들은 적 있는 기술 이름을 외쳤다.

"충파아아아아!"

무투 대회에서 프란과 싸운 랭크 A 모험가 고드다르파가 썼던 기술이다. 우리도 꽤나 고생했던, 온몸에서 충격파가 나오는 흑철서 고유 스킬 '충파'다.

이쪽도 어느새 진화를 이룬 코뿔소 수인, 그엔다르파였다. 고드다르파와 비교하기에는 가엽지만, 그때 본 충파와 같은 기술이라고 의심할 만큼 위력이 낮았다.

하지만 왕도에서 떠날 때는 진화를 달성하지 못했다. 스스로 상상 이상의 수행을 단기간에 쌓았을 것이다. 어퍼 스윙처럼 치켜든 전투 망치의 일격과 충파를 조합해 듀라한을 상공으로 띄웠다.

"크오오오오오오!"

공중에서 움직임을 취할 수 없는 듀라한을 향해 린드가 가차 없이 달려들었다. 화염 브레스를 날린 후 꼬리로 힘껏 지면을 향해 내리쳤다.

그 시점에서 듀라한에게 상당한 대미지가 쌓였는데, 거기에 린드가 그엔다르파와 함께 추격을 가했다.

"으랴아압!"

"크오오오오오!"

지면에 박힌 듀라한에게 그엔다르파가 전추기를 날리고 린드가 높은 하늘에서 맹 스피드로 낙하하여 꼬리의 일격을 더욱 가했다.

"쳇! 이제 그만 사라져라아!"

"크오오오!"

그래도 움직임을 멈추지 않는 듀라한에게 그엔다르파와 린드가 연속으로 공격을 날려서 어떻게든 해치우는 데 성공했다.

미아노아와 달리 일격에 쓰러뜨리지 못한 점에서 레벨 차이가 느껴지는군. 역시 진화해서 강해졌다고는 하나 미아노아와 쿠이나처럼 달인 수준에는 이르지 못했다는 뜻이겠지.

"좋았어어!"

"쿠오오오오오!"

그래도 프란에게 순식간에 졌던 때보다는 훨씬 강해진 건 확실했다.

그리고 프란을 도우러 온 것은 어떤 의미에서 가장 바랐던 가세였다.

"카르르르!"

"울시!"

프란의 그림자에서 뛰쳐나와 지크루네의 발목을 물어뜯은 것은 정찰 부대를 배제하러 나갔다 돌아오지 않았던 울시였다.

전투 중임에도 불구하고 프란은 기쁨이 담긴 목소리로 울시를 맞이했다. 나도 돌아오고 울시까지 돌아와서 기분이 좋아졌을 것이다. 하지만 프란은 기분이 전투력에 영향을 주는 타입이다. 기분이 올라가서 오히려 움직임이 좋아졌다.

"이 늑대, 어디에서——."

"잡았다!"

"젠장!"

완벽하게 마석을 찔렀다——고 생각했지만 직전에 지크루네의 모습이 그 자리에서 사라졌다.

"이 이상 전력이 줄어드는 건 곤란해."

"죄, 죄송합니다, 뮤렐리아 님."

뮤렐리아가 자신의 옆으로 지크루네를 전이시켰다. 이미 내 공격으로 입은 대미지에서는 회복한 모양이다. 그래도 아까보다는 사기가 상당히 줄어들어 있었다. 파사현정의 대미지를 간단히 모두 회복할 수는 없을 것이다.

"웡!"

"울시, 어서 와."

"워웡."

뮤렐리아를 노려보는 우리에게로 울시가 달려왔다. 울시도 어딘가에서 싸웠을 것이다. 온몸에는 남은 애처로운 상처 자국이 그 싸움의 격렬함을 말해줬다.

아마 키아라 일행이 포션이나 회복 마술로 치료해줬을 것이다. 하지만 울시의 상처가 너무 깊어서 완전히는 낫지 않은 듯했다.

특히 등에서 오른쪽 옆구리에 걸쳐 남은 상처 자국은 용케 치명상을 입지 않았다고 감탄할 만큼 컸다. 그 부분은 털이 나지 않고 벗겨진 상태여서 아주 눈에 띄었다. 다른 상처도 깊은 곳은 파여 있어서 부상의 심각함을 생생하게 느낄 수 있었다.

『잠깐 기다려. 그레이터 힐!』

"이것도 덤으로."

내 마술과 프란이 뿌린 라이프 포션에 울시의 상처가 순식간에 나아갔다. 조금 남았지만 조금 전에 비하면 전혀 눈에 띄지 않았다.

다만 한 곳만 도저히 사라지지 않는 상처가 있었다.

『울시, 멋있어졌어.』

"응. 박력이 생겼어."

"웡!"

미간에서 왼쪽 눈 아래를 가르듯이 생긴 상처다. 마치 야쿠자 영화의 등장인물 같은 흉터다. 안 그래도 무서운 울시의 얼굴이 내는 박력이 한 단계 올라갔군. 지금까지는 어린아이가 울음을 터뜨릴 정도였는데 어른이라도 길을 양보할 수준으로 흉악함이 늘어났다.

아마 특수한 공격을 당한 상처겠지. 흉터를 완전히 지우려면 더 상급 마술이나 포션이 필요할 듯했다.

각각의 적을 쓰러뜨린 키아라 일행도 프란의 주위로 모였다.

그런 우리를 뮤렐리아가 분노로 가득한 눈으로 흘겨봤다. 저쪽도 부하인 지크루네의 대미지를 모두 회복시켰을 것이다.

"날 어지간히도 우습게 봤겠다!"

소모했다고는 하나 아직 압도적인 사기를 그 몸에 가지고 있었다. 뮤렐리아의 노기를 받은 우리는 무심코 자세를 잡았다.

상대가 누구인지 몰라도 순간, 그 위험성을 이해했는지 키아라도 굳은 표정으로 뮤렐리아를 올려다봤다.

"이런, 예상 이상의 괴물이로군."

그래도 전의를 유지하고 있는 건 역시 대단했다.

"너희들, 무사히 돌아갈 수 있겠다는 생각을 하는 건 아니겠지?"

뮤렐리아가 그 분노대로 위압을 날렸다. 파사현정을 가진 내게도 느껴지는 압도적인 박력이다. 키아라나 메아라 해도 얼굴을 공포로 일그러뜨리고 있었다.

"괴, 괴물……."

가장 위험해 보이는 것은 그엔다르파다. 이를 딱딱 부딪치면서 뮤렐리아를 올려다보고 있었다. 하지만 바로 겁먹고 있는 것이 자신뿐이라는 사실을 깨달았는지 땅을 밟고 기합을 다시 넣었다.

"스승님들뿐만이 아니야. 사신이…… 왕궁 메이드가 두 명이나 있어! 분명 이길 수 있어!"

"사신이라니 너무하네요."

"죄, 죄송합니다! 최, 최강 부대에 대한 동경이랄까, 칭찬하는 말입니다!"

쿠이나의 나무람을 들은 그엔다르파가 고개를 붕붕 저으면서 변명했다. 진심으로 겁먹고 있었다.

그건 그렇고 사신이라니……. 게다가 최강 부대? 아무래도 내가 생각하는 것 이상으로 왕국 메이드는 유명하고 두려움을 받고 있는 모양이다. 아니, 전원이 쿠이나와 미아노아 수준이라면 당연한가.

그동안에도 뮤렐리아의 말은 계속됐다.

"본 실력을 보이면 모두 갈기갈기 찢어버리겠지만 그 검을 이쪽으로 넘기면 보내줄게."

"……."

뮤렐리아는 역시 내게 집착을 보였다. 어지간히도 내 능력을 해석해서 던전의 지배에서 벗어나고 싶나 보다. 복수심보다 나를 얻는 것을 우선할 정도였다.

하지만 프란은 말없이 마주 노려봤다.

"흥. 고집 센 계집애네."

뮤렐리아는 가볍게 얼굴을 일그러뜨리고 그렇게 중얼거린 후 오른손을 가볍게 옆으로 휘둘렀다. 그 순간 뭔가가 내 도신의 표면에서 튕겼다.

"읏."

『뭔가에 당한 거 같은데.』

"어째서 갑자기……! 됐으니까 이쪽으로 와!"

뮤렐리아가 짜증 난 듯이 다시 손을 내밀었다. 하지만 마찬가지로 내 도신이 순간 검게 빛나는 데 그쳤다.

"어떻게 된 거지……?"

다시 나를 끌어당기려 한 모양이다. 하지만 파사현정의 효과에 술법이 막힌 듯했다. 뮤렐리아는 눈을 가늘게 뜨고 불쾌한 듯이 나를 노려봤다.

"뭐, 가지고 돌아가서 조사해보면 알겠지."

"멋대로 말하지 마."

"이제 그 검은 내 거야. 내가 그렇게 정했으니까."

"너한테 안 줘."

프란이 내 자루를 꽉 쥐었다.

"후후후. 그러면 힘으로 빼앗을 뿐이야! 지크루네, 너는 위에서 보고 있어."

"네!"

"후회하게 해주지!"

뮤렐리아가 내민 팔에서 사기가 탄환처럼 쏘아졌다. 보통이라면 반응하기조차 어려울 초고속의 일격이었다.

하지만 표적이 된 프란은 탄도를 간파하고 사기의 탄환을 베었다. 위력이 상당할 테지만 내 도신에는 흠집 하나 없었다. 뮤렐리아의 이마에 푸른 핏줄이 서는 모습이 보였다. 자신이 날린 공격을 아무렇지 않게 베어서 분노가 솟구친 모양이다.

그 직후 키아라 일행이 움직였다.

"――파이어 재블린!"

"백화!"

"크오오오오!"

"카르르르!"

키아라는 빈틈없이 영창을 했을 것이다. 뇌명 마술이 아니라 불 마술을 선택한 건 우연이겠지만 역시 대단한 전투 감각이다. 메아나 린드를 비롯한 멤버들의 공격이 뒤를 이었다.

"큭!"

뮤렐리아가 묘하게 초조한 표정으로 장벽을 펼쳤다. 하지만 자신의 장벽이 모든 공격을 쉽게 막은 것을 보고 안심한 표정을 띠었다. 그 직후에는 의기양양한 표정으로 키아라 일행에게 말했다.

"아, 아하하! 소용없어!"

아무래도 내게 사술이 통하지 않는 탓에 자신의 힘이 약해졌다고 살짝 의심에 빠진 듯했다. 실력자들의 동시 공격을 방어해서 다시 자신감을 되찾았을 것이다.

하지만 뮤렐리아의 방어력은 키아라도 예상하였다. 처음부터 공격을 미끼로 삼을 생각이었다.

"흑뢰전동!"

그렇게 중얼거린 직후 키아라의 모습은 뮤렐리아의 뒤에 있었다.

마치 순간 이동한 듯이.

나조차 키아라가 초고속으로 움직였다는 것을 한발 늦게 이해했다. 이 자리에서 전이가 아니라 고속 이동이라는 사실을 눈치챈 건 나와 프란뿐일 것이다. 쿠이나는 표정을 읽을 수 없어서 모르겠다.

그런데 지금 이동 속도는 뭐지? 흑뢰가 몸을 감──쌌다기보다 몸이 마치 흑뢰로 변한 것 같은 신속이었다. 프란이 섬화신뢰를 쓰고 스킬과 마술로 속도를 한계까지 올렸다 해도 저 속도에는 미치지 못할 테다. 그리고 직전에 중얼거린 '흑뢰전동'이라는 말.

어쩌면 흑뢰초래와 마찬가지로 섬화신뢰 상태로만 쓸 수 있는 기술인가? 프란은 쓸 수 없지만…….

뮤렐리아는 나와 프란에게 의식을 집중한 탓인지 반응이 느렸다.

"하압! 임팩트 슬래시!"

"크앗! 그렇게 나왔겠다!"

굉장하군. 키아라가 불 속성검에 검성기를 조합해 뮤렐리아에게 상처를 입혔다. 역시 아무리 강해도 무방비 상태로 공격을 받으면 대미지를 입는 것이다. 다만 키아라로서는 전력에 가까운 일격인데도 뮤렐리아는 찰과상만 입었지만. 즉시 상처가 막히고 아무 일도 없었다는 듯이 웃음을 터뜨렸다.

"아하하하하하! 지금 움직임! 설마 이 자리에 흑천호가 세 명이나 있을 줄이야! 대단하네! 500년 전에도 별로 없었어!"

"너도 그런가 보군!"

"그래! 흑천호이자 사신의 권속이기도 해! 말하자면 양쪽 힘을 가지고 있는 거지!"

"그렇군! 하아압! 흑뢰전동!"

다시 같은 기술을 썼어! 하지만 그것을 보고 확신했다. 흑천호에게는, 섬화신뢰에는 더 높은 경지가 있었던 것이다. 내가 칸나 카무이를 제대로 다루지 못했던 것처럼 프란도 흑뢰를 제대로 다루지 못했다는 뜻이겠지.

키아라는 진화한 지 얼마 되지 않았을 테다. 하지만 매일 살생을 계속해 얻은 막대한 전투 경험과 투신에게 선택받을 정도로 발군의 전투 감각을 지니고 있다. 그렇다면 얻은 지 얼마 되지 않은 스킬을 능숙하게 다루는 것도 이상하지는 않았다.

"이 할망구!"

"후하하하! 검은 잘 못 다루나?"

"치잇!"

그 뒤로 격렬한 칼싸움이 벌어졌지만 1대1에서는 역시 뮤렐리아가 압도적으로 강했다. 키아라가 검술 레벨이 더 위였지만 실력의 차원이 달랐다.

서로의 흑뢰는 뇌명 무효 덕분에 전혀 통하지 않았고, 더욱이 키아라의 참격도 뮤렐리아에게는 큰 상처를 입히지 못했다. 하지만 뮤렐리아의 공격이 한 방이라도 적중하면 키아라는 치명상을 입을 것이다.

전투광인 키아라는 즐거운 듯이 싸우고 있지만……. 보는 쪽은 조마조마했다.

『프란, 키아라에게 가세하자!』

"응."

뮤렐리아는 나와 나를 쥔 프란을 계속 경계했다. 프란이 가볍게 나를 들기만 해도 단숨에 긴장감을 높였다. 그것을 신경 쓰지 않고 프란이 뛰어나갔다.

나중에 키아라에게 혼이 날지도 모르지만 지금은 뮤렐리아를 어떻게 하는 것이 먼저다.

"하아압!"

프란은 공중 도약을 써서 키아라와 격렬하게 싸우는 뮤렐리아에게 단숨에 다가가 달려들었다.

"가까이 오지 마!"

뮤렐리아는 키아라에게 등을 돌리면서까지 프란의 공격을 피했다.

"텅 비었군!"

"크윽!"

당연히 키아라의 공격은 허용했지만 그쪽은 무시하기로 한 모양이다. 어지간히 나를 경계하는 듯했다.

"이야압!"

"죽어!"

일반적인 칼싸움이라면 검술 레벨이 높은 프란이 유리. 그러나 공중전은 비행이 가능한 뮤렐리아가 유리. 그 결과 서로의 공격을 신중하게 막는 전개가 이어졌다.

그런데 뮤렐리아의 움직임이 아까보다 상당히 나쁘군. 파사현정의 봉인 효과로 인해 사기를 다루는 능력이 저하된 듯했다. 기술 발동에 미세하게 지연 시간이 생긴 것이다. 이것은 기회였다.

『으랴압!』

"크윽! 이 장식 끈은!"

내가 조종하는 장식 끈에서 생성된 무수한 강사가 뮤렐리아를 둘러싸듯이 사방에서 덮쳤다. 뮤렐리아는 공격을 버리고 계속 피했다. 이미 내게는 사술 장벽이 무의미하다는 것을 알고 있을 것이다.

그 의식에서는 키아라나 다른 동료의 존재가 완전히 사라졌다. 키아라 일행이 자신에게 치명상을 입히는 건 불가능하다고 무의식중에 판단했을 것이다.

하지만 정말 그럴까?

"무사당하는 건 아주 유감스럽지만 덕분에 힘을 모을 시간이 있었어!"

갑자기 메아가 세 사람의 싸움에 끼어들었다.

미아노아가 던져서 여기까지 날아온 것이다. 쿠이나의 환상 마술로 직전까지 숨어 있었던 탓에 나 이외의 사람에게는 그 모습이 갑자기 나타난 것처럼 보였을 것이다.

뮤렐리아는 순간 메아를 무시했다. 하지만 바로 방어 태세를 갖추려 했다. 위험 감지 스킬 등으로 역시 무시할 수 없다고 판단한 듯했다. 그러나 그것을 우리가 방해했다.

"빈틈이 보여."

"윙!"

"큭! 방해를……!"

메아의 공격을 장벽으로 막으려 하자 프란의 공격을 막는 것이 소홀해졌다. 그림자에서 공격을 날리는 울시도 뮤렐리아에게는 보이지 않는지 상당히 짜증 나는 듯했다.

결국 뮤렐리아는 전이해 도망치는 것을 선택한 모양이다. 뮤렐리아의 모습이 사라지더니 10여 미터 떨어진 곳에 나타났다.

『안 놓친다!』

"이게! 짜증 나!"

우리도 그 직후에 전이해 뒤쫓아서 공격을 속행했다. 우리의

공격은 빗나갔지만 그래도 상관없다. 녀석의 주의를 조금이라도 메아에게서 벗어나게 하는 것이 목적이었기 때문이다.

"그렇게 도망칠 셈인가! 뮤렐리아여!"

메아는 단순한 검사가 아니다. 화염을 마음대로 조종하는 금화사다.

메아의 마력은 마수들을 순식간에 불태운 그때와 완전히 똑같이 높아져 있었다. 그리고 그 자리에서 한 걸음도 움직이지 않던 메아의 손에서 백금색 빛이 흘러넘쳤다.

"하아압, 포섬화!"

마치 SF 영화에 등장하는 레이저빔처럼 하얀빛과 금빛이 뒤섞인 광선이 쏘아졌다.

아무래도 금염과 백화를 융합하고 압축시켜서 쏜 듯했다.

사신화한 발키리를 쓰러뜨린 금섬화는 근접용 기술, 이 포섬화는 원거리용 기술일 것이다.

우리에게 의식을 향하고 있던 뮤렐리아는 백금빛 광선에 대응하지 못하고 직격당했다.

"크으으으으윽!"

장벽도 제때 펼치지 못해서 하반신이 순식간에 날아갔다.

메아가 전력을 실은 혼신의 공격이다. 저 위력의 공격이라면 그렇게 단단한 뮤렐리아의 육체라 해도 버틸 수 없는 모양이다. 배꼽 아래쪽을 잃은 모습 그대로 격통에 신음하고 있었다.

"비, 비, 빌어먹을 사자가아아아! 나중에 갈가리 찢어주겠어……!"

바로 뮤렐리아의 상처에서 살이 불룩불룩 올라와 재생을 시작했다. 동시에 주위에 사기의 안개 같은 것을 발생시켰다. 위험 감지가 마구 반응하는군. 닿으면 위험할 듯했다. 이 안개로 몸을 지키려고 하는 거겠지. 다만 그래도 나와 프란의 추격을 피하지는 못했다.

"스승, 갈게."

『그래.』

다음 순간 나와 프란의 몸에서 희푸른 빛이 피어올랐다. 마음이 편안해지는 빛을 본 덕분인지 자연히 정신이 차분해졌다. 그리고 프란의 숨결을 지금까지 이상으로 느낄 수 있었다. 동시에 내 감정이 프란에게 전해지는 것도 알 수 있었다.

이전에도 강적과 싸움에서 같은 현상이 있었다. 역시 이제 익숙해졌군.

그리고 발동 조건도 왠지 모르게 알 수 있었다.

짐작이지만 상대가 죽음을 각오할 강한 상대일 것. 그리고 그런 상대에게 나와 프란이 마음을 하나로 모아 대항하는 것이 중요하다. 그래서 마수 군단이나 발키리를 상대로는 발동하지 않았다. 그때는 프란이 흑묘족 사람들의 안부를 신경 쓰느라 초조했으니 말이다. 그런 마음의 흐트러짐이 이 푸른빛의 발동을 방해했던 거겠지.

지금은 겨우 뮤렐리아에 대한 공포가 사라지고 녀석에 대한 분노나 투지가 더 커지기 시작했다. 뮤렐리아라는 강적을 쓰러뜨린다. 그 목적으로 나와 프란의 마음이 완전히 일치한 것이다. 여전히 어디에서 솟아나는 힘인지는 알 수 없지만.

"후우우우······."

집중하고 있는 프란은 푸른빛을 알아차리지 못했을 것이다. 이

마에 맺히는 구슬 같은 땀과 깊이 반복되는 호흡이 그 집중 상태를 이야기하고 있었다.

시간으로 따지면 불과 몇 초. 하지만 그사이에 다진 모든 정신력을 담아 프란이 나를 내리쳤다.

"검왕기 천단——."

우리가 가진 카드 중에서 최고의 물리 공격이다. 지금의 우리라면 어떤 것이든 벨 수 있다. 그런 전능감마저 느낄 정도로 프란의 기량은 아주 대단했다.

사기의 안개와 같이 대기가 갈라진 것을 알 수 있었다.

"네, 네놈……!"

푸른 참격에 사기가 사라지고 순식간에 안개가 걷혔다. 그 뒤에는 천단에 왼쪽 어깻죽지에서 오른쪽 옆구리까지 베인 애처로운 모습의 뮤렐리아만이 남아 있었다.

상처에서 내장과 피가 땅을 향해 뚝뚝 떨어지는 모습이 보였다. 메아의 포섬화와 달리 상처가 불타지 않았기 때문이겠지.

하지만 고위 사인인 뮤렐리아는 끈질기게 이미 재생을 시작했다. 그러나 그 틈에 키아라가 몰래 다가갔다.

"나를 잊지 마라!"

"이, 빌어먹을 게에에!"

키아라가 흑뢰전동을 활용한 일격으로 뮤렐리아에게 달려들었다. 그 일격을 어떻게든 검으로 막은 뮤렐리아였지만 위력을 죽이지 못하고 땅에 처박혔다. 굉음과 함께 땅에 깊이 박힌 모습이 보였다.

뮤렐리아에게 복수한 키아라였지만 회복 기능을 가진 나를 장비한 프란이나 압도적인 마력을 자랑하는 뮤렐리아와 달리 섬화 신뢰는 엄청난 부담이 됐을 것이다.

공격을 날린 직후에 각성이 멋대로 해제되어 뮤렐리아의 뒤를 따르듯이 땅으로 떨어졌다.

『키아라 할멈이 위험해!』

"응."

프란이 황급히 도우려고 달려갔지만 키아라가 화난 듯이 외쳤다.

"나는, 됐다! 싸움에…… 집중해!"

"……!"

말뿐만 아니라 강한 눈빛이 온 힘을 다해 프란에게 "싸워!"라고 말하고 있었다.

그러자 프란은 바로 방향을 바꿔 뮤렐리아에게 향했다. 키아라라면 설령 마력이 다했다 해도 어떻게든 되리라는 신뢰가 있을 것이다.

주인이 위험하다고 이해한 지크루네가 프란과 뮤렐리아의 사이에 심각한 얼굴로 끼어들었다.

"못 보내!"

그 손에는 칠흑의 창이 쥐어져 있었다. 하지만 그 얼굴에는 확실히 이성의 빛이 남아 있었다. 외견적인 변화는 눈이 칠흑으로 물든 정도일 것이다.

그러나 그 움직임은 아까와 판이하였다. 프란의 참격을 막고 반격까지 날렸다. 확연하게 강해졌다. 단순히 스테이터스가 올라갔을 뿐만 아니라 감각 계열이나 무술 계열 스킬에 보너스가 들어갔을지도 모른다. 사인이 된 탓에 내 감정이 제대로 통하지 않아서 정확히는 알 수 없지만.

『사신석의 창을 쓰는데 폭주 안 하는데?』

"……어째서 폭주 안 해?"

프란의 중얼거림에 발키리가 대답했다.

"후하하하! 우리는 얼간이 동생과 달리 전처녀 중에서도 특히 신대의 힘을 계승한 존재! 전신의 권속으로 태어난 존재야! 설령 아무리 사신이 된다 해도 주인님의 힘을 받아서 폭주할 리가 없어!"

그렇군, 사신이 아직 전신이었을 때 태어난 권속인가. 같은 개체는 아니겠지만 그 계보에 오른 존재라는 뜻이겠지.

그래서 사신의 힘에도 내성이——아니, 친화성이 있을지도 모른다.

수인의 십시족이 시조가 되는 신수의 힘을 이은 것과 비슷하군.

"하아아압!"

"차아앗!"

확실히 지크루네는 강해졌다. 하지만 상대가 너무 나빴다. 파사현정의 효과가 여기서도 충분히 발휘됐기 때문이다. 나와 맞부딪칠 때마다 사신석의 창에 흠집이 생기고 지크루네의 사기가 계속 줄어들었다. 창이 사기의 근원이니 말이다. 파사현정 스킬의 봉인효과로, 지크루네에게 공급되는 힘도 줄어들 것이다.

그러나 이 이상 이 녀석에게 시간을 뺏기면 뮤렐리아가 완전히 회복할지도 모른다.

『단숨에 정리하자!』

"응! 올시!"

"크아아아아아!"

"이 늑대! 놔——!"

울시가 지크루네의 발목을 물어 그 움직임을 봉쇄했다. 움직이려 한 순간에 방해를 받아 발을 헛디뎠다.

"칫!"

넘어뜨리지는 못했지만 한순간 발키리의 움직임을 완전히 봉쇄하는 데 성공했다.

거기에 주력인 형태 변형에 의한 전 방위 공격이 날아왔다.

장식 끈을 변형시킨 강사 공격. 그것을 더욱 발전시킨 것이다. 이미지는 무투 대회 3위 결정전에서 고전했던 펠무스의 실 공격이다. 모든 방향에서 일제히 날아오는 실의 해일. 뭐, 내 경우에는 그런 양까지는 생성할 수 없기 때문에 기껏해야 잔물결 정도지만.

이 기술의 이점은 피하기 어려운 것. 결점은 실이 적어서 위력이 너무 낮은 것. 그러나 이번에는 상대가 사인이라 별개다. 파사 현정의 효과를 가진 강사는 한 가닥 한 가닥이 사인에게 엄청난 피해를 줄 수 있는 공격력을 가지고 있었다.

칸나카무이를 막기 위해 전력을 쏟은 지크루네는 그 자리에서 움직임을 멈추고 있었다. 거기로 프란의 검기와 내 강사 공격이 모든 방위에서 날아왔다.

"타아압! 임팩트 슬래시!"

『받아라!』

"크아아아아아아아——."

프란의 검기가 사신석의 창을 베었다. 그 직후, 동시에 수십 개의 참격을 맞은 듯이 발키리의 몸이 조각조각 나뉘었다. 내 강사가 온몸을 난도질했기 때문이다.

『쳇, 마석치는 적냐!』

폭주하지 않았다고는 하나 사신석의 창의 영향은 고스란히 받은 듯했다. 마석의 힘이 약해져 있었을 것이다.

재생을 마친 뮤렐리아는 부하가 난도질당한 것을 보고 이를 뿌드득 갈았다.

"정말로 이렇게 나왔다 이거지?!"

『프란! 녀석은 아직 원상태가 아냐! 지금이 기회야!』

"응!"

공중에서 다시 뮤렐리아에게 달려드는 프란. 그러나 다시 그것을 방해하는 자가 있었다.

"우오오오오오!"

"누구지?"

『인간인가……?』

그렇다. 그것은 인간 남자였다. 마치 기사 같은 차림새의 남자가 창을 들고 뮤렐리아를 막아서는 위치에 서 있었다. 아무래도 기척을 죽이고 주위에 숨어 있었던 모양이다. 뮤렐리아의 동료인가?

갈색 머리와 푸른 눈에 피부가 흰 서양인 같은 모습이다. 특징은 오른쪽 눈에 한 안대일 것이다. 그럭저럭 잘생겼는데 괴물 얼굴 같은 노란 엠블럼이 그려진 안대 탓에 상당히 우락부락한 인상으로 변해 있었다.

"그 여자는 못 건드린다!"

뮤렐리아를 지키듯이 뛰쳐나온 기사 남자를 감정해봤다.

이름 : 요한 매그놀리아　나이 : 40세

종족 : 인간

직업 : 은밀 기사

상태 : 계약

Lv : 53/99

생명 : 457　마력 : 209　완력 : 238　민첩 : 192

스킬 : 암살 6, 연기 5, 거짓말 간파 3, 은밀 6, 감지 방해 6, 궁정 작법 2, 기적 감지 3, 궁술 3, 검기 7, 검술 8, 사기 내성 7, 사교 5, 방패기 4, 방패술 6, 소음 행동 3, 독 내성 5, 독 지식 6, 마법 내성 3, 물 마술 1, 화술 5, 기력 조작, 통각 둔화

유니크 스킬 : 위험시(危險視)

칭호 : 살인자, 바샬 왕국 부기사단장

장비 : 기적 차단의 검, 천마강의 방패, 소리 제거 미스릴 전신 갑옷, 냄새 제거 외투, 음소거 팔찌, 매료 내성의 반지, 사기 차단의 마안대

　상당한 실력자였다. 직접적인 전투력은 프란 일행에게 미치지 못하지만 암투에서는 상당한 힘을 발휘할 것이다. 이른바 폭력적인 암살자가 아니라 사람 사이에 파고들어 조용히 목숨을 빼앗는 타입의 암살자다. 그 은밀성은 상당한 수준이었다. 최대 위협인 뮤렐리아에게 집중하고 있었다고는 하나 우리도 접근할 때까지 눈치채지 못했다.

　게다가 칭호에 바샬 왕국 부기사단장이라는 것이 있었다. 바샬 왕국 기사단의 구성은 모르지만 상당한 상위자인 건 확실할 것이다. 뮤렐리아는 바샬 왕국과 연대하고 있으니 원군이 있어도 이

상하지는 않았다.

요한은 프란의 검을 튕겨내고 거리를 벌린 후 뮤렐리아를 향해 외쳤다.

"지금 회복을!"

역시 뮤렐리아에 대한 지원이었던 모양이다.

"요한? 왜 여기 있어! 그쪽 임무는 어떻게 됐어!"

하지만 뮤렐리아에게서 감사의 말은 나오지 않았다. 화나고 초조한 듯한 얼굴로 요한에게 고함을 질렀다.

"면목 없군! 실패했다! 받은 군세는 전멸했다!"

"큭! 쓸모가 없네!"

"저건……. 사인을 통솔했던 기사인가……?"

"윙!"

"키아라, 알아? 울시도?"

땅에 주저앉아 쉬고 있던 키아라와 프란의 그림자에서 목만 내민 울시가 함께 요한을 보고 놀라고 있었다.

"음……. 도망친 기사들을 도중까지 쫓았지만 놓쳤지……."

놀랍게도 요한은 사인을 이끌고 흑묘족을 공격하고 있었다고 한다. 키아라와 울시가 쫓아버렸다고 하지만 프란은 분노하는 표정을 띠고 있군.

『프란, 얕보지 마. 키아라와 울시의 추적을 따돌리고 여기까지 온 상대야!』

"알아."

다른 기사를 찾기 위해 주위로도 주의를 기울였다. 기척은 전혀 느껴지지 않는데 요한뿐인가?

"뮤렐리아여! 빨리 회복해라! 우리 매그놀리아가의 염원을 성취하기 위해서도 그대는 아직 움직여줘야 한다!"

"그렇다면! 내 벽이 확실하게 돼! 로미오를 위해서도!"

"말 안 해도 그렇게 할 것이다!"

서로 신뢰하며 일부러 우스갯소리를 하는 건 아닌 듯했다. 뮤렐리아가 요한에게 보내는 시선은 정말로 불쾌해 보였고, 요한도 뮤렐리아에 대한 호의는 조금도 없는 듯했다.

그저 뭔가 이익에 따라 이어져 있을 것이다. 뮤렐리아는 요한을 벽으로 삼듯이 뒤로 물러나 의식을 집중시켰다. 회복에 집중할 셈인가?

"그렇게는 안 돼!"

"뮤렐리아에게는 손댈 수 없다!"

이 남자, 프란의 움직임에 따라붙었어. 옆쪽으로 빠져나가려 했던 프란의 앞을 막아서 방패를 들었다. 실력은 미치지 못해도 자신을 방패로 삼아서라도 뮤렐리아를 지키려 하는 기개가 보였다.

아마 유니크 스킬인 위험시의 효과일 것이다. 이미지를 조금 떠올리기 힘들지만 자신이나 동료에게 일어나는 위험을 시각으로 포착하는 스킬이었다. 위험 감지의 시각 버전이라고 할까?

"하아아압!"

『받아라!』

하지만 아무리 보일지라도 막을 수 없는 공격을 날리면 된다. 요한을 배제하기 위해서 프란의 검성기에 맞춰 바람 마술과 화염 마술을 날렸다.

하지만 그것마저도 요한은 막았다. 검은 방패기로 막고 바람 마술은 검으로 흐트러뜨렸으며 화염 마술은 아슬아슬하게 피했다. 생각 이상으로 유니크 스킬인 위험시가 강력했다.

다만 프란의 검을 받아내서 그 몸은 밀려났다. 완력은 프란의 압승이다. 모았던 염동을 요한을 향해 해방했다. 위력보다 범위를 중시해서 요한의 자세를 더욱 무너뜨리는 게 목적이다.

"큭! 피할 수가 없군!"

이것도 보이는 거겠지. 요한은 즉시 방패를 들고 버텼다. 하지만 염동에 밀려 크게 몸을 젖혔다.

『프란! 지금이야!』

"응!"

거기에 프란이 나를 내리쳤다. 자세가 무너진 탓에 버티지 못하고 요한은 검을 받은 방패와 함께 옆으로 날아갔다.

우리는 그 이상의 추격은 하지 않았다. 목표는 뮤렐리아니 말이다. 하지만 그런 우리를 방해하듯이 어디선가 마술이 날아왔다.

"에어 슬라이서!"

스무 개 가까운 바람의 칼날이 쏟아졌다. 한 발 한 발의 위력도 상당히 높았다. 회피하면서 물러선 우리가 마술을 날린 상대를 확인했다. 뮤렐리아의 뒤쪽에 마술사풍 차림을 한 남성과 그 부하로 보이는 기사 갑옷으로 몸을 감싼 사인들이 서 있었다. 인간 기사도 몇 명 섞여 있는 듯했다.

어디에 있었던 거지? 요한이 나타난 후 주위의 기척을 살폈는데……. 스킬인가.

"그 사인을 지켜라!"

"그대까지 나온 건가!"

요한이 외치자 거기에 선두에 있던 남자가 대답했다.

"후하하! 저 사인 공주는 아직 움직여줘야 하니 말입니다! 요한 님도 지금 물러나십시오!"

그렇게 외친 마술사 남자의 이름은 산호크 골디. 43세의 폭풍 기사다. 검술은 요한보다 약하지만 폭풍 마술 4와 영창 단축 6을 가지고 있어서 공수 밸런스가 잡혀 있었다. 또한 집단 은폐라는 스킬을 소지하고 있었다. 이게 집단으로 숨어 있었던 이유일 것 이다. 그리고 키아라와 울시의 추적을 피할 수 있었던 것도 이 능 력 덕분인 게 틀림없다.

골디는 다시 영창을 개시하면서 날카로운 눈빛을 프란에게 보 냈다. 이 녀석도 여차하면 뮤렐리아의 방패가 될 각오가 느껴졌 다. 새로 나타난 사인들도 뮤렐리아를 지키듯이 둘러싸고 물러나 지 않을 태세를 보였다.

"사인 뮤렐리아! 지금 회복해라!"

"말 안 해도 그렇게 할 거야!"

골디에게서도 지키려 하는 뮤렐리아에 대한 호의적인 분위기 는 느껴지지 않았다. 역시 어떤 목적을 위해서 손을 잡고 있을 뿐 일 것이다.

"프란을 지원한다!"

"웡웡!"

"우리도 가죠."

"네!"

그엔다르파와 울시, 쿠이나와 미아가 골디 일당에게 달려들었 다. 메아는 아직 일어나지 못하는 키아라를 돌보고 있군.

"여기서 수인들을 막아라! 짐승들을 죽여!"

"갸갸!"

순식간에 난전이 벌어졌다.

특히 눈에 띄는 건 울시다. 본래 크기로 돌아와 무쌍을 보이고 있었다. 이빨이 갑옷과 함께 사인을 물어뜯고 앞다리 일격이 방패와 함께 사인을 짓뭉갰다. 옆으로 흔들리는 꼬리는 여러 사인을 동시에 날려버렸다. 은밀 행동이 특기인 울시지만 정면 대결에서도 강했다.

게다가 지금의 울시는 일부러 눈에 띄듯이 요란하게 돌아다니고 있었다.

그 노림수대로 뮤렐리아의 의식이 미묘하게 울시에게 향했다. 즉, 우리에게 쏟던 주의가 순간 약해졌다는 뜻이기도 했다.

사전에 협의한 것은 아니다. 하지만 프란은 울시의 노림수를 확실하게 이해하고 있었다.

미세한 틈을 놓치지 않고 프란이 기척을 지우고 달려나갔다. 불과 한순간이라 해도 지금의 프란에게는 만금의 값어치가 있는 순간이었다.

신속의 그림자로 변한 프란이 사인들 사이를 빠져나갔다. 허를 찔린 골디 일당은 뭔가가 지나간 것을 눈치채고 황급히 몸을 돌리려 했지만 이미 늦었다.

앞으로 한 걸음이면 뮤렐리아의 등 뒤에 도착한다.

『잡았다!』

기습 성공을 확신한 우리. 그러나 프란이 검을 찌르려 한 그 순간 자세를 바로 한 요한이 뮤렐리아를 보호하듯이 뛰어들었다.

위험시로 뮤렐리아의 위기를 예측하고 몸을 방패 삼아 보호한 모양이다.

"크흭!"

"끈질겨!"

뮤렐리아의 심장을 노린 프란의 찌르기가 요한의 가슴을 꿰뚫었다. 뮤렐리아도 눈치챘지만 우리는 아직 포기하지 않았다.

"타아아아압!"

『가아!』

그대로 요한과 함께 뮤렐리아를 꿰뚫으려고 힘을 실었다.

"그렇게, 둘까 보냐아아아!"

"요한 님! 무리하지 마시오!"

골디가 외쳤지만, 요한은 멈추지 않았다.

"으랴아압!"

놀랍게도 요한은 자신의 몸에 더 깊이 검이 꽂히는 것도 마다하지 않고 그대로 전진했다. 더욱이 자신의 손을 희생하면서 내 도신을 쥐고 껴안듯이 그 자리에서 웅크렸다. 프란의 움직임을 봉쇄하려는 거겠지.

"나와 함께 해치워라!"

그 말에 한 점 망설임도 없이 골디 일당과 사인들이 프란에게 달려들었다.

이 녀석들, 너무 순순하잖아!

『쳇!』

나는 프란을 피신시키기 위해서 일단 전이로 탈출했다. 요한은 동료의 공격을 몇 번 받고 피바다에 잠겨 있었다. 공격은 실패했지만 성가신 남자는 해치울 수 있었다. 다음에는 뮤렐리아에게 닿을 수 있을 것이다.

하지만 다시 검을 잡은 프란에게 뒤에서 달려드는 의외의 상대가 있었다.

"그아아아아아!"

놀랍게도 사인과 싸우고 있었던 그엔다르파였다. 사기 침식 상태가 되어 있었다. 게다가 그 몸에서는 희미하게 사기가 피어나고 있었다.

정신을 잃고 침을 흘리면서 달려드는 그 모습은 언데드 같기도 했다.

"아하하! 저 검에 듣지 않을 뿐, 역시 사신의 지배는 통해!"

뮤렐리아가 그엔다르파에게 뭔가 한 모양이다.

다만 지배한다면 다른 녀석에게 해야 했다. 아니면 강한 녀석을 지배할 정도의 힘이 남아 있지 않았나?

아무튼 사기로 강화되었다 해도 그엔다르파로는 역부족이었다. 프란이 뭔가 할 것까지도 없이 쿠이나가 그 거구를 눌렀다.

"하여간에, 사기 침식 정도로 의식을 유지하지 못하다니, 연약하네요."

"선배도 꽤 힘들어하지 않았나요?"

"미아? 뭐라고 했죠?"

"아니요, 아무것도 아니에요."

기사와 싸우면서도 이토록 여유가 있다. 역시 최강 부대 궁정 시녀.

"쓸모없는 얼간이가! 그렇다면——?"

뭔가 말하던 뮤렐리아가 갑자기 뒤를 돌아봤다. 아무래도 그 시선은 북쪽을 향한 듯했다.

"잠깐, 무슨 소리야! 아직 우리 임무는……! 침입자?"

뭐지? 갑자기 고함쳤어.

"기다려! 지금 물러나면……! 그건── 젠장!"

누군가와 이야기하는 듯한 느낌인데……. 게다가 다투고 있는 듯했다. 뮤렐리아가 분노한 표정을 띤 채 남은 기사들에게 말을 쥐어짰다.

"나는 일단 귀환해야 해……!"

"아니! 무슨 소리입니까!"

분열인가? 뮤렐리아의 말에 골디가 허둥대며 대답했다.

"……어쩔 수 없잖아! 그 얼뜨기의 명령에는 거역할 수 없어!"

뮤렐리아가 자포자기한 듯이 외쳤다. 그리고 그 손을 요한과 골디 일당을 향해 뻗었다.

"마지막으로 도움이 되길 바라겠어."

뮤렐리아가 가볍게 손을 휘두르자 그 손에 검은 안대가 나타났다. 아까 프란에게서 나를 빼앗은 능력으로 요한이 하고 있던 안대를 끌어당긴 모양이다. 직후 엄청난 피를 흘리며 쓰러진 요한의 오른쪽 눈에서 검은 오라 같은 것이 흘러넘쳤다. 그 모습에서는 불길함만이 느껴졌다.

"구고카……."

신음하는 요한의 오른쪽 눈을 자세히 보니 그곳에는 눈알이 없었다. 대신 새까만 돌이 박혀 있었다. 어떻게 봐도 사신석이다. 저 안대로 힘을 억누르고 있었는지 단숨에 분출된 사기가 요한의 몸을 집어삼키는 것을 알 수 있었다.

『프란! 요한을 막아!』

"응!"

우리는 지켜보는 것을 멈추고 단숨에 뛰어나갔다. 그사이에도 골디가 뭔가 깨달은 얼굴로 뮤렐리아에게 말을 걸고 있었다.

"……로미오 님은 부탁해도 되겠죠?"

"응, 그것만은 맡겨줘."

그렇게 중얼거린 뮤렐리아의 손에서 검은빛이 나왔다. 그 빛에 둘러싸인 요한 일당 바샬 왕국의 기사들이 급격히 변하기 시작했다. 피부가 잿빛으로 물들고 온몸의 근육이 커졌다. 더욱이 이성을 잃은 듯이 그 눈에서는 빛이 사라졌다.

"크아아아아아아아아!"

"쿠어오오오!"

요한 이외의 기사들도 뮤렐리아에 의해 사인으로 변한 것이다. 스테이터스가 대폭 상승한 기사들이 일제히 쿠이나와 미아에게 달려들었다. 지금까지처럼 일격에 쓰러뜨릴 수 없어서 더 성가셔졌다.

『위험해!』

"응!"

쿠이나, 미아, 울시는 둘째 치고 의식을 잃고 쓰러져 있는 그엔다르파가 위험해!

하지만 그게 뮤렐리아의 목적이었을 것이다.

『프란, 뮤렐리아가 도망쳐!』

"응!"

여기서 녀석을 놓쳐서는 안 된다. 즉시 프란이 그엔다르파를 걷어찼다. 사인의 포위에서 벗어나는 대신 20미터 정도는 날아갔을 것이다. 차인 부분의 갑옷이 움푹 들어가고 입에서는 피를 토하고 있지만 죽는 것보다는 낫다고 생각해줘!

그엔다르파의 낙하지점으로 메아가 다가가는 것을 확인하고 나는 뮤렐리아의 옆으로 전이했다.

동시에 프란이 검기를 날렸다.

"하아아압! 트리플 스러스트!"

"꺄아악! 계, 계집애가!"

뮤렐리아는 프란에게 팔이 잘려 떨어지면서도 집중을 잃지 않았다.

"큭…… 결착은 또 다음에 짓자! 기억해둬!"

"웃!"

『쳇. 전이했나.』

전이해 그 자리에서 모습을 감추는 뮤렐리아. 주위에 기척도 느껴지지 않았다. 정말로 놓친 모양이다.

"어디로 갔지……?"

『녀석을 쫓고 싶지만 지금은 이 기사들이 먼저야.』

"……알았어."

뮤렐리아의 정보를 얻기 위해서도 죽이지 않고 제압해야 한다.

사인이 된 기사들은 강화되었다고는 하나 이성을 잃었다. 더 강해졌다 해도 움직임은 직선적이었다. 울시나 쿠이나의 상대가 아니었다.

"받아라!"

아니, 유일하게 제정신을 잃지 않은 기사가 있었다. 사인으로 변함으로써 상처가 아물어서 다시 일어난 요한이다. 강인한 정신력 때문일까? 아니면 사기 내성이나 사인 지배 등의 스킬 덕분일지도 모른다. 아무튼 오른쪽 눈의 사신석으로 인해 다른 기사들의 몇 배는 강화되었을 요한만이 이성을 잃지 않았다. 사기를 흘리는 오른쪽 눈을 이쪽으로 향하면서 동료나 사인들을 지휘했다.

그것을 본 쿠이나와 미아가 일제히 요한을 공격했다. 성가신 상대인 데다 정보를 얻을 수 있을 가능성도 가장 크다. 놓쳐서는 안 된다고 생각했을 것이다.

사인으로서 힘을 얻었다 해도 이쪽 멤버가 당할 리는 없다. 마지막에는 울시의 일격을 받고 의식을 점차 잃어갔다.

나는 그사이에 다른 기사에게 대응했다.

"크아아아아!"

"우아아아아!"

"시끄러워."

마비시키거나 팔다리를 부러뜨려 몸을 움직일 수 없게 한 후 꽁꽁 묶었지만——.

제정신으로 돌아올 낌새는 없었다. 눈을 부릅뜨고 계속 고함을 지르면서 구속을 풀려고 날뛰었다.

"——."

반대로 요한은 계속 입을 다물고 있었다. 이쪽은 이쪽대로 번거로울 것 같았다.

그 눈에는 절대로 아무것도 이야기하지 않겠다는 결의가 담겨 있었다. 어떤 고문을 한다 해도 입을 열게 할 수 없을 것 같았다.

"크아오오!"

"이쪽도 어떻게 해야겠네요."

그엔다르파도 아직 제정신으로 돌아오지 않았다. 사기 침식은 시간이 지나면 낫는다고 하지만 상대는 뮤렐리아다. 얼마나 강력한 사기를 흘려 넣었는지 알 수 없었다.

"일단 제정신으로 돌려놓고 싶은데 어떻게 해야 할까."

"때려도 무리겠네요."

지친 상태에서 회복한 메아와 키아라를 간호하는 미아가 팔짱을 끼고 고민하고 있었다. 실은 정화 마술도 시험해봤지만 내가 쓸 수 있는 레벨에서는 사기를 없앨 수 없는 듯했다.

역시 내 파사현정이 열쇠일 것이다.

'살짝 벨까?'

『아니, 아무리 그래도 그건⋯⋯. 뭐, 최종 수단으로 남겨두자.』

'응.'

『일단 내가 접촉해볼까.』

'알았어.'

조금은 나아질지도 모른다. 어느새 푸른빛은 사라졌지만 파사현정은 그것과 관계없고 말이다. 그렇게 생각하고 파사현정을 전개한 내 도신을 그엔다르파의 몸에 대봤다. 그 효과는 상상 이상이었다.

"크에에에에에엑!"

『우왓!』

그엔다르파가 한층 큰 절규를 내질렀다. 나도 무심코 움찔했을 정도다. 그 직후 구속을 풀려고 날뛰던 그엔다르파의 몸에서 하얀빛이 나왔다. 그 빛이 몸의 주위에서 피어나고 있던 검은 아지랑이를 없애서 사기가 흔적 없이 사라져가는 것을 알 수 있었다.

그엔다르파는 그대로 정신을 잃었지만 그 몸을 좀먹던 사기는 완전히 사라졌다. 저 절규가 좀 걱정됐지만 생명력 등은 줄지 않았다.

"이봐, 뭘 한 거야."

"사기를 없앴어."

사태를 이해하지 못한 메아는 얼굴을 딱딱하게 굳혔다. 뭐, 객관적으로 보면 프란이 검의 배를 대자 갑자기 그엔다르파가 절규하고 기절했으니 말이다. 그야 걱정이 될 것이다.

메아는 사기가 사라진 그엔다르파를 안아 일으켜 그 뺨을 가볍게 때렸다.

"이봐, 이봐. 괜찮나?"

"음…… 여기는…….."

아무래도 제정신으로 돌아온 모양이다. 대답도 분명하고 기억도 사기의 탄환을 맞은 부분까지는 확실하게 남아 있었다. 이거라면 잡힌 기사들에게 같은 시도를 해도 괜찮을 것이다.

"자."

"크아아아아악!"

프란이 나를 누른 순간 요한의 오른쪽 눈에 박힌 사신석이 부서지고 사기가 완전히 사라졌다. 요한의 사기를 없앨 수 있다면 다른 기사들도 문제없을 것이다. 얼른 정화하자. 절규가 조금 시끄럽지만 말이다.

"히야아아아아악!"

"케에에에에엑!"

"무, 무슨 일이 일어나고 있는 거야……!"

역시 아무것도 모르는 그엔다르파만이 몸을 뒤로 젖히면서 절규하는 기사들에게 굳은 표정을 보이고 있었다. 다만 프란이 악의를 가지지 않은 것은 아는지 말릴 생각은 없는 듯했다.

5분 후, 다섯 기사 모두에게서 사기가 사라져서 제정신을 차렸다. 오른쪽 눈에서 사기를 내뿜고 다른 기사와는 상태가 달랐던 요한도 전혀 문제없이 정화할 수 있었다. 뭐, 내가 했다고는 하나 그저 만졌을 뿐이라서 전혀 으스댈 수 없지만. 그것 역시 프란의 손을 빌렸으니까 실질적으로는 아무것도 안 한 거나 마찬가지다.

대단한 것은 파사현정의 위력이다. 설마 가볍게 만진 것만으로 사람을 폭주시킬 정도의 강한 사기를 없앨 수 있을 줄은 몰랐다. 그야 사인에게 치명적인 공격 수단이 될 테다.

다음 할 일은 이 녀석들을 심문하는 것이다. 전원이 침묵하는 상태로 이쪽을 노려보고 있었다.

"그럼 얌전히 이쪽의 질문에 대답하면 거친 행동은 하지 않겠다."

"────."

메아의 위압에도 기사들은 누구 하나 겁먹은 기색을 보이지 않았다. 그 눈에는 강한 각오와 수인에 대한 혐오가 떠 있었다.

"네놈들이 바샬 왕국 사람이라는 건 알고 있다. 그 사인, 뮤렐리아와의 관계는?"

"────."

"네놈들의 목적은 뭐지?"

"────."

간단한 질문에도 입을 열려고 하지 않았다. 입을 열게 만들기는 간단하지 않을 듯했다.

"할 수 없군…… 그러면 입을 열고 싶어지도록 해주지. 쿠이나."

"알겠습니다."

그리고 쿠이나와 메아의 심문이 시작됐다. 평범하게 질문하는 것부터 시작해 협박하고 고통을 주고 회복시킨 다음 더욱 고통을 줬다. 그런 과정을 반복해도 기사들의 입은 변함없이 무거웠다.

너만 살려준다고 해도, 동료에게 고통을 주고 싶지 않다면 말하라고 위협해도, 상당히 심한 고문을 당해도 기사들의 눈에 깃든 강한 빛은 사라지지 않았다. 적이지만 감탄스럽군.

"이게 마지막이다. 네놈들과 뮤렐리아의 관계는?"

"――."

기사 중 한 사람은 쿠이나에게 손가락이 하나하나 부러지면서도 이를 악문 채 신음을 낼 뿐이었다.

"휴우……. 이 녀석들의 각오는 진짜 같군. 고문으로는 입을 열 수 없겠어."

"유감스럽지만 그런 것 같네요."

덜렁거리는 남자의 손가락에서 손을 떼며 쿠이나가 메아의 말에 동의했다.

"할 수 없군. 쿠이나, 부탁해."

"알겠습니다."

"뭘 할 건데?"

"쿠이나의 비장의 수를 쓴다."

"비장의 수?"

"음. 뭐, 보고 있어라."

메아에게 들은 대로 보고 있자 쿠이나가 한 기사의 앞에서 각성했다.

상대는 이 기사들의 리더이기도 한 요한 매그놀리아다. 빈사의 중상을 입었지만 내 회복 마술로 생명의 위험에서는 벗어난 상태다. 그래도 완치되지 않고 아직 땅바닥에 누워 있지만 지금은 그편이 편한 모양이다.

"다소 약해진 편이 효과가 좋으니까요."

쿠이나가 그렇게 말하고 사용한 것은 고유 스킬인 몽환진이었다.

이 스킬은 환술의 효과에 최면의 효과도 조금 가지고 있다고 한다. 어디까지나 환술이 메인이라서 최면 효과 자체는 약한 듯한데, 그야말로 쿠이나가 모든 마력을 써서 겨우 약한 인간을 최면 상태로 만들 수 있는 정도의 힘밖에 없는 모양이다.

"그럼── 제 눈을 보세요."

"큭."

요한이 아픈 몸을 채찍질해 놀랍게도 쿠이나에게서 눈을 돌렸다.

"후후. 거짓말입니다. 눈을 딱히 보지 않아도 환술은 걸 수 있습니다."

의식을 어딘가로 집중시켜서 자신의 최면에 대한 주의를 한순간이라도 낮추는 게 목적이었나 보다. 요한은 눈을 돌리는 동작에 집중함으로써 반대로 빈틈을 보인 것이다.

쿠이나의 온몸에서 상당한 양의 마력이 발산됐다.

"──걸렸네요. 당신의 이름은?"

"요한 매그놀리아."

"나이는?"

"마흔."

"성공이네요."

쿠이나의 몽환진에 의해 최면 상태가 된 요한. 하지만 이 효과
는 오래 가지 않는다고 한다. 빨리 묻고 싶은 것을 물어야 한다.

"네놈의 소속은——."

"요한 님! 정신 차리시오!"

"부단장님에게 무슨 짓을 한 거냐! 짐승 놈들!"

쿠이나가 요한에게 질문하려고 했지만 다른 기사들이 방해했
다. 그들 입장에서 봐도 요한이 조종당하고 있다는 것을 알 수 있
을 것이다. 큰 목소리로 쿠이나를 방해하려고 했다.

"시끄러워."

"——!"

프란이 바람 마술로 소리를 차단했다. 그래도 전원이 입을 뻐
끔뻐끔 벌리고 있지만 목소리가 이쪽까지 들리지 않았다. 이로써
느긋하게 정보를 캐낼 수 있겠군.

"그럼 다시 묻죠. 당신의 소속은 어디인가요?"

"바샬 왕국."

"당신과 뮤렐리아의 관계는?"

"뮤렐리아는 우리 매그놀리아가의 시초에 큰 도움을 준 인물.
그리고 우리의 염원 성취를 위한 협력자다."

"그것을 자세히 듣기로 하죠. 뮤렐리아에 대해 아는 것을 이야
기하세요."

그리고 요한에게서 뮤렐리아와 그들의 관계를 알아냈다.

그것은 매그놀리아가에 전해지는 500년 전 뮤렐리아의 이야기이자 수인국에 전해지는 것과는 전혀 다른 이야기였다.

500년 전. 뮤렐리아는 모험가로 유명해지고 있었다. 왕족인 것을 지나치게 자랑스러워한 나머지 조금 오만하지만 성격이 그렇게까지 비뚤어지지도 않았다고 한다.

오히려 수인국에서 주류였던 수인 지상주의와 인간 배척을 마음 아파하며 인간에 대한 차별 의식을 어떻게든 하고 싶다고까지 생각했다나. 다만 왕족이지만 모험가인 그녀에게 영향력은 그다지 없었다. 거기서 그녀는 인간과 파티를 맺어 조금이라도 이미지를 개선하려고 시도했다.

그 후 그녀는 운명의 만남을 가졌다. 놀랍게도 같은 파티의 인간과 사랑에 빠진 것이다. 그러나 당시의 수인국에서 수인 왕녀와 노예 이하의 대접을 받던 인간의 사랑이 허락될 리 없었다.

그래도 포기하지 못한 그녀는 주위 사람이나 나라의 현실을 바꾸기로 했다. 모험가를 그만두고 왕궁으로 돌아간 것이다. 확실한 지위를 얻어서 발언권을 가지기 위해서.

그러나 인간 연인이 있는 뮤렐리아에 대한 비난은 혹독했다. 수인의 긍지를 잃었다. 인간에게 빠진 어리석은 자. 그 정도는 나은 편으로, 창녀, 타락한 왕녀, 인간에게 다리를 벌린 쓰레기와 같은 인정사정없는 비난에 계속 노출되는 상태에 빠졌다. 뮤렐리아에게 동조하는 수인은 전무하다고 해도 좋았다.

결국 수왕가의 망신 취급을 받았고, 왕과 사람들에 의해 그녀와 연인은 갈라지고 말았다. 그뿐만이 아니었다. 뮤렐리아의 미련을 끊기 위해서 연인에게 인간 여성 노예를 짝지어 억지로 아이를 만들게 했다. 연인은 뮤렐리아를 구실로 위협당해 따를 수밖에 없었다고 한다.

원래 인간에게 불합리한 행동을 일삼아온 모든 수인에게 분노를 품고 있었던 뮤렐리아였지만, 연인을 빼앗긴 뒤에 그것이 깊은 증오로 변해간 듯했다. 이 세상에 존재할 가치가 없다고까지 단언했던 모양이다.

이 직후다. 뮤렐리아가 사신과 접촉한 것은. 뮤렐리아가 인간과 연애 관계가 된 것을 용서해주기를 바란다면 사신의 봉인을 풀어서 그 힘을 수인국을 위해 쓰라고 다른 수인들이 수왕가에 강요한 것이다.

그녀는 아버지에게 봉인의 땅으로 끌려가 제물로 바쳐졌다. 하지만 그녀에게는 다행히도 오랫동안 봉인에 갇혀 있던 탓에 사신은 바로 부활하지 못했다. 대신에 사신은 뮤렐리아에게 힘을 줘 자신을 위해 영혼을 모으라고 명령했다.

뮤렐리아에게는 사술을 다룰 재능이 있었는지 사신의 힘을 받아도 이성을 잃고 폭주하지 않았다. 뮤렐리아는 사신을 부활시키기 위해서, 그리고 수인들에게 복수하기 위해서 움직였다. 처음에 한 것은 수왕가의 지배였다. 방식은 간단하다. 사신의 힘으로 조종하면 된다.

권력을 손에 넣은 그녀는 흑묘족들을 조종해 인간 배척파를 차례차례 탄압하고 숙청해갔다. 증오하는 수인을 학살하면서 사신에게 혼을 바칠 수도 있는 일석이조의 작전이다. 하지만 그래도 국내에서 인간 차별주의가 사라지는 일은 없었다. 오히려 인간

옹호를 억지로 밀어붙이는 뮤렐리아에 대한 반발로 인간에 대한 비난은 날이 갈수록 심해져만 갔다.

그 무렵에는 연인에게도 빈번히 암살자가 보내지게 됐다. 뮤렐리아의 정신을 흐트러뜨린 대죄인이라고 인식됐기 때문이다. 날로 심해지는 암살 공세에 마침내 뮤렐리아는 그들을 도망치게 할 결심을 했다. 도피처는 이웃 나라인 바샬 왕국. 수인국의 괴롭힘을 받던 불쌍한 나라다.

마음씨 좋은 바샬 왕은 과거의 분쟁을 잊고 가련한 뮤렐리아에게 손을 내밀었다. 그 후 그들은 손을 잡고 무도한 수인국과 싸워 승리했다.

하지만 운명은 뮤렐리아에게 한없이 비정했다. 인간을 괴롭히던 수인들이 사라지면 연인을 되찾아 함께 살 수 있다. 그렇게 생각하던 찰나였다. 신벌에 의해 뮤렐리아 일당은 목숨을 잃고 말았다.

결국 달리 갈 곳이 없었던 연인은 바샬 왕국에서 평생을 지내게 된다. 연인은 여자 노예가 낳은 아이를 후계자로 삼아 매그놀리아가를 일으켰다.

"뭐야, 그 얘기는…… 완전히 처음 듣는데."

요한의 이야기를 다 들은 메아가 심각한 얼굴로 생각에 잠겼다. 물론 사신을 부활시키려 했던 죄인인 것에 변함은 없지만 처음부터 성격이 엉망이었던 것은 아니었다.

뭐, 이 이야기가 확실하다면 말이다.

지금 이야기는 수인이 극도로 나쁘게 이야기하는 반면, 뮤렐리아나 바샬 왕국에는 이상하게 호의적이었다. 명백하게 바샬 왕국에 너무 유리했다. 아마 긴 역사가 흐르는 중에 바샬 쪽에 불리한 부분을 지우고 고쳐온 듯했다.

뭐, 역사란 그런 거겠지. 이야기하는 쪽의 사정에 따라 간단히 왜곡된다. 메아 일행이 아는 수인국이나 뮤렐리아의 역사 역시 결국은 수인국에 유리하게 고쳐졌을 테고 말이다.

진실을 아는 것은 뮤렐리아뿐이다. 메아도 그것을 알고 있는지 바로 마음을 다잡고 질문을 재개했다.

"뮤렐리아는 바샬 왕국과 손을 잡은 건가?"

"그 사인의 주인인 사술사 린포드의 요사스러운 술법에 국왕과 사람들은 홀려 있다. 욕망을 크게 키우는 술법을 쓴 듯하다. 그 린포드가 전력으로 파견한 게 뮤렐리아다."

사인과 손을 잡은 건 제정신이라고 생각할 수 없었는데, 사술에 의해 정상적인 판단력을 빼앗긴 듯했다. 바샬 왕국의 사람에게 수인국이 더 믿고 신용할 수 없는 상대라는 점도 작용했을 것이다. 또한 바샬 측에 전해지는 전승을 믿는다면 아득한 옛날에도 뮤렐리아와 손을 잡고 수인국을 물리쳤다. 그렇기에 이번에도 의외일 만큼 그녀의 존재가 바샬 왕국에 간단히 받아들여진 듯했다.

"사술의 영향이 있다고는 하나……. 그래도 사인과 손을 잡을 줄이야……."

메아의 어이없는 듯한 혼잣말에 최면이 걸린 요한이 감정 없는 목소리로 반응했다.

"짐승들보다는 낫다. 그리고 이번 수인국 침공은 바샬 왕국에 영토 획득 이상으로 어떤 의미가 있다."

"무슨 뜻이지?"

"요즘 바샬 왕국은 짐승들 나라에 군사력이 크게 뒤처져서 가벼운 분쟁조차 할 수 없게 됐다."

그 탓에 평화로워지고 있다고 오해받지만 내실은 다른 모양이다. 국내에서는 수인 배척파가 지하 조직화하고 많은 귀족이 그런 비밀 결사의 일원이 된 것이다.

결과적으로 음지에서 수인에 대한 증오를 부채질하는 무리가 늘어나고 국내에서 수인 배척 운동이 조용히 퍼지고 있었다. 이대로는 국민감정이 언젠가 폭발해 내전이나 폭동으로 발전할 가능성이 있다. 그러나 불만을 잠재우기 위해 수인국에 전쟁을 걸면 압도적인 무력에 멸망당할 우려도 있었다.

현재의 수왕이 온건파라고는 하나 바샬의 지도자들은 기본적으로 수인을 믿을 수 없을 것이다.

하지만 린포드의 권유를 받아들인다면? 전쟁에 승리해 오랜 비원인 수인국의 식민지화를 달성할 가능성마저 있었다. 지더라도 비밀 결사에 속한 과격파들을 전선으로 보내 처분할 수 있다.

사술로 늘어난 욕망에 의해 눈앞의 일밖에 보이지 않게 된 듯했다.

"그리고 결코 승산이 없지 않다. 뮤렐리아의 개인 무력과 린포드가 제공한 던전의 힘. 이게 있으면 수인국에 승리하는 것은 가능하다."

또한 만에 하나 패배했다 해도 뮤렐리아가 쓰는 사신의 힘에 조종된 것으로 꾸미면 된다. 이야기를 진행하는 방식에 따라서는 수인인 뮤렐리아를 방치했다며 수인국에 책임을 물을 수 있을지도 몰랐다. 크리슈나 왕가의 찬탈자 나라싱하가에 대한 복수. 즉 수인의 내분으로 만들면 타국의 개입을 견제할 수 있을 테다.

그리고 최악의 수단도 준비했다.

놀랍게도 싸움에 졌을 때 쓸 비장의 카드로 사신의 부활을 꾀하고 있다고 한다.

"사신의 조각으로 부활한다고……?"

"수인국 침공이 실패하고 수인국이나 주변 나라에서 반대로 공격을 받는 사태가 벌어졌을 때는 최종 수단으로 사신 부활을 시도하기로 했다."

수인국에 봉인된 사신의 조각의 봉인을 풀어 모든 것을 멸망시키면 된다고 생각한 듯했다. 수인국이나 주변국이 멸망하면 바샬 왕국을 규탄할 상대도 없어진다.

이것이야말로 제정신을 가지고 하는 행동이라고는 생각할 수 없지만, 사술의 효과로 린포드에게 유리하게 사고가 유도되었을 것이다.

그런데 이거 상당히 위험한 거 아닌가? 우리가 북쪽에서 내려오는 군세를 막은 지금 사신 부활을 노릴 것이기 때문이다.

"그래서 뮤렐리아를 도망치게 한 건가! 사신의 부활을 노리고……!"

메아가 비통한 목소리로 중얼거렸다. 자신들의 나라에 사신을 부활시키려 꾸미는 적이 숨어 있다. 게다가 그 전투력은 1대1로는 최강 수준의 상대다. 불안하지 않은 게 이상했다.

그러나 요한이 메아의 말을 부정했다.

"아니다. 그런 시시한 것을 위해서가 아니다."

뭐? 스스로 바샬 왕국이 사신의 조각을 써서 수인을 멸망시키려 하고 있다고 말했는데? 혹시 바샬 왕국과는 다른 목적으로 움직이고 있는 건가?

"그러면 어떤 이유가 있지? 우리나라를 멸망시키기 위해서 그 열쇠가 될 뮤렐리아를 도망치게 한 것 아닌가?"

"나라는 어떻게 되든 상관없다. 내 아들을 위해서…… 나아가서는 우리 매그놀리아가의 염원을 성취하기 위해서 뮤렐리아의 힘이 필요하다."

"염원……. 아까도 그 말을 했지? 그 염원이 뭐지?"

"바샬 왕국에서 탈출하는 거다."

메아의 말에 그렇게 대답하는 요한. 바샬 왕국보다 자기 가문의 목적을 우선하는 모양이다.

"탈출? 너희는 바샬 왕국을 섬기고 있는 것 아닌가?"

"멋대로 부려먹히고 있을 뿐이다. 매그놀리아의 혈통은 특수한 힘을 가지고 있다. 태어나면서부터 사기에 내성이 있고 사기를 조종할 수 있다. 옛날부터 그 힘을 바샬 왕국이 이용했다. 뮤렐리아가 놓아준 초대가 나라와 피의 계약을 맺었기 때문에 도망칠 수도 없다. 하지만 어린 내 아들이라면 아직 계약을 맺지 않았다. 계약문을 몸에 새기려면 어느 정도 자라야 하니 말이다."

즉 노예 계약 같은 것을 나라와 맺어서 요한 집안은 바샬 왕국에서 나갈 수 없다? 아니, 지금은 수인국에 있으니 어느 정도 범위부터 나갈 수 없는 형태일지도 모르겠군. 하지만 지금이라면 아들만이라도 국외로 탈출시킬 수 있을지도 모른다. 그런 말일 것이다.

"그게 뮤렐리아와 어떻게 연결되지?"

"내 아들 로미오는 격세 유전을 했다. 역대 당주를 아득히 능가할 만큼 힘을 간직하고 있지. 왕이 거기에 눈독을 들였다. 로미오를 제물 삼아 수인국에 있는 사신의 조각을 부활시키려고 한다. 즉 수인국의 사신 부활은 내 아들의 죽음과 동의어다. 그것을 막으려면 사신의 힘을 쓰지 않고 수인국을 멸망시키면 된다."

"그래서 그게 왜 뮤렐리아와 관계있다는 거냐!"

복수가 목적이라면 오히려 사신을 부활시키는 편이 빠를 터다. 애초에 뮤렐리아는 사신의 부하니까.

"뮤렐리아는 매그놀리아가의 피를 원하고 있다. 우리의 피에 숨겨진 힘을 쓴 의식을 펼쳐서 사술사 린포드의 지배에서 벗어날 수 있다고 한다. 그래서 우리와 뮤렐리아는 피의 계약을 맺었다. 우리 매그놀리아가 사람의 피를 제공하는 대신 수인국을 멸망시킨 뒤에는 로미오를 나라 밖으로 탈출시켜주기로 한 것이다."

"그렇군……. 하지만 그런 마술사의 계약으로 저 정도 사인을 잡아둘 수 있다고 생각하나? 당연히 배신당할 거다."

"그렇다 해도! 이제 그 방법밖에 없다! 이번 수인국 원정에 실패하면 매그놀리아가는 멸망한다. 바샬 왕국 놈들은 이걸 기회 삼아 우리한테 책임을 지울 것이다. 사인을 조종하는 우리가 뮤렐리아를 끌어들였다고 하면서! 수인국에서는 이 이야기를 덮고 있지만 수왕가에서 보면 우리는 배신자다. 국경 부근에 있는 우리 가문의 영지는 짐승들에게 유린당하겠지. 어느 쪽이 이기든 미래는 없다. 녀석이 우리의 마지막 희망이란 말이다!"

요한이 살짝 흥분한 듯이 외쳤다.

"저런 사인이라도 우리를 도구로밖에 보지 않는 바살 왕이나 우리를 쫓아낸 짐승들보다는 낫다!"

요한이 다시 외쳤다. 최면 상태인데 명백하게 흥분 상태에 빠져 있었다.

"위험합니다. 감정이 높아져서 최면이 풀리려 해요. 빨리 다음 질문을."

"으, 음! 뮤렐리아는 어디로 사라진 거지?"

"던전 마스터에게, 던전으로 귀환됐다."

"그렇군. 그러면——."

그 뒤 던진 질문으로 특히 중점적으로 알아낸 것은 뮤렐리아가 있는 곳과 그녀가 지배하는 던전의 정확한 장소나 그 전력에 대해서였다.

원래는 경계 산맥의 바살 왕국 쪽에 입구가 있던 던전이지만, 현재는 수인국 쪽에도 입구가 만들어졌다고 한다. 사인이나 마수의 군세가 출입하기 위한 구멍이어서 나름대로 큰 듯했다.

입구는 동굴 형태이지만 내부는 성채에 가까운 구조이고 함정도 거의 없다고 한다.

던전 마스터는 예전에 인간 남자였지만 지금은 린포드의 부하다. 또한 마스터 자신의 전투력은 낮다고 한다.

하지만 던전의 전력에 대해서는 요한도 자세히 알지 못했다.

그 후 쿠이나가 무리해 골디에게도 최면을 걸었지만 요한 이상의 정보는 손에 넣지 못했다. 그들이 오랫동안 섬긴 매그놀리아가에 강한 충성심을 품고 있는 것을 알았을 뿐이다.

"그건 그렇고 던전인가요……."

"팔이 근질근질하군."

"키아라 님, 아직 몸이 완전하지 않으니 무리를 하지 마십시오."

겨우 걸을 수 있을 정도로 회복된 키아라가 어딘가 들뜬 표정으로 중얼거렸다. 그런 키아라에게 미아노아가 못을 박았다.

"하지만 뮤렐리아인가 뭔가를 놓쳐서는 안 되지 않느냐. 다른 데서 원군도 부를 수 없을 듯하고. 우리가 갈 수밖에 없어."

"그건 그렇습니다만……."

키아라에게는 메아도 강하게는 말할 수 없는 듯했다. 걱정스러운 얼굴로 고개를 끄덕일 수밖에 없었다.

"뭐, 녀석은 던전의 서브 마스터잖아? 여차하면 분담해서 미궁을 없애면 된다. 미궁 핵을 파괴하면 마스터들은 사라지니까."

"그렇게 간단히 되리라고는 생각할 수 없습니다만."

"그렇다 해도 해야 한다. 늙은 몸 하나와 수인국의 명운. 저울에 다는 것도 우습지."

키아라의 말을 들은 메아가 등을 펴고 차렷 자세를 했다.

"……스승님의 각오를 받아들이겠습니다."

"흥. 그저 싸울 핑계가 필요할 뿐이다, 신경 쓰지 마라."

키아라는 장난스럽게 웃었지만 고개를 끄덕이는 메아의 얼굴은 진지했다. 태도와는 반대로 키아라의 말이 진심이라는 것을 알고 있기 때문이겠지. 왕녀로서 키아라에게 인사했다.

패기 없는 표정을 짓고 있는 건 그엔다르파 정도로군.

"뭐냐 너, 그 한심한 얼굴은."

그 얼굴을 눈치챈 키아라가 그엔다르파의 얼굴을 쏘아봤다.

뮤렐리아나 요한의 신상 이야기를 듣고 동정하는 마음이 생긴 모양이다.

"그게요, 스승님. 녀석들의 이야기를 들으니——."

"동정인가? 시시하군."

그엔다르파의 말을 단칼에 자르는 키아라.

"진위도 불확실한 얘기에 간단히 휘둘리다니. 그런 것보다 너도 전사라면 더 기뻐해라."

"뭐, 뭘 말입니까?"

"상대는 전설에 나올 정도의 상대다. 어차피 싸울 거라면 싸울 보람이 있는 편이 좋겠지."

"그렇게 생각하는 건 스승님뿐입니다."

그엔다르파는 어이없다는 듯이 대답했지만 자신의 처지를 모르는 모양이다. 이 자리에서는 자신이 소수파라는 것을.

"메아도 프란도 그렇게 생각하지?"

"약한 자를 괴롭히는 것보다는 강한 상대에게 도전하는 편이 즐겁지요."

"응."

키아라의 말에 고개를 끄덕이는 메아와 프란. 전투광들의 사고는 단순하군. 하지만 나도 같은 의견이다. 애초에 어떤 사정이 있든 녀석은 프란의 명확한 적이다. 그렇다면 쓰러뜨릴 뿐이다.

젊고 여린 면이 남은 그엔다르파는 이해하기 어려운 듯하지만.

"여린 면을 버려라. 녀석 때문에 수인국은 미증유의 위험에 빠졌다."

"……네."

그엔다르파의 표정은 그래도 어두웠지만 이건 본인이 넘어설 수밖에 없을 것이다. 잠시 내버려둘까.

"뮤렐리아를 쫓는다."

"네, 키아라 스승님."

기사들은 의식을 빼앗아 묶어뒀다. 그엔다르파 일행과 함께 그린고트를 출발했다는 모험가들에게 마도구로 연락을 했으니 이 녀석들의 이송과 심문은 그들에게 맡기면 될 것이다.

"그런데 던전의 위치는 대략 들었지만 어떻게 이동하죠? 린드에게 모두가 탈 수도 없고……."

메아가 턱에 손가락을 대고 생각하듯이 중얼거렸다. 확실히 경계 산맥까지 걸어가면 시간이 너무 걸릴 것이다. 키아라와 메아도 회복해서 자력으로 달릴 수는 있겠지만 그래서는 다시 몸을 혹사하게 된다.

린드와 울시에게 나눠 태울까? 다만 울시도 상당히 소모해서 되도록 쉬게 하고 싶다.

이상적인 수단은 마차지만 그런 게 있을 리도 없다.

고민하는 키아라와 메아의 앞으로 나선 것은 치마 안으로 손을 찔러 넣은 쿠이나였다.

"후후. 이런 일이 있을까 싶어서."

"그 차림으로 폼 잡지 마."

메아의 태클도 무시하고 쿠이나가 치마를 나부끼면서 꺼낸 것은 포장 달린 마차였다. 놀랍게도 돌로 만든 말까지 달려 있었다.

"은폐 소음 기능이 달린 6인승 골렘 마차입니다."

"선배 대단해요. 이런 곳에서까지 그런 대사를 작렬시킬 줄이야!"

"메이드의 소양이니까요."

지금 쿠이나의 표정은 나도 이해할 수 있다. 완전히 의기양양한 얼굴이다. 그엔다르파와 울시가 치마 속에서 마차를 꺼낸 쿠이나를 놀란 얼굴로 보고 있었다. 큰 늑대가 입을 떡 벌리고 놀라는 모습은 희극적이었다.

하지만 메아나 키아라에게는 당연한 일인지 특별히 놀란 모습도 어이없어하는 모습도 없이 마차에 올라타려고 했다.

『프란도 놀라지 않는데?』

'차원 수납과 똑같으니까.'

『뭐, 그렇기는 한데……..』

아무래도 그림이 말이야.

"하지만 다는 못 타는군. 키아라 스승님은──."

"반드시 갈 거다."

"알고 있습니다. 쿠이나, 미아노아, 프란도 간다고 치면──그엔다르파. 그대에게 기사들 감시를 맡길 수 있을까?"

메아는 그엔다르파에게 모험가들에게 인도하는 역할을 맡길 예정인 듯했다. 나도 찬성이다. 뮤렐리아를 상대로 인원을 모아도 조종당할 뿐이다. 그렇다면 소수 정예인 편이 낫다.

그엔다르파는 미묘한 입장이다. 체력이나 방어력은 있으니 방패 역할은 될지도 모르지만……. 망설임이 있는 자를 데리고 가도 거치적거릴 뿐이다. 데려가서 개죽음을 당하게 하지 않도록 여기서 역할을 줘서 두고 갈 생각일 것이다.

하지만 그엔다르파는 그 말에 다급한 기색으로 대답했다.

"기, 기다려주세요! 저도 가겠습니다."

"······갈 수 있겠나?"

"물론입니다!"

"거치적거리면 두고 가겠다."

"당연합니다."

키아라가 협박하듯이 물었지만 그엔다르파는 진지한 얼굴로 고개를 끄덕였다.

"알았다. 괜찮겠지."

"키아라 스승님, 괜찮겠습니까?"

메아가 그래도 되겠느냐고 되물었다. 하지만 키아라는 어깨를 으쓱거리면서 한숨 섞어 입을 열었다.

"타이르는 데도 시간이 걸릴 것이다. 그렇다면 데려가서 방패 대신 쓰는 편이 더 낫다."

"방패든 벽이든 마음대로 써주십시오."

"멍청한 놈! 누가 너 같은 코흘리개를 방패로 쓰겠나!"

"아니, 키아라 스승님이 방금 말씀하시지 않았습니까."

"예를 들어 그렇다는 거다 예를 들어! 하지만 자기 밑은 자기가 닦아라. 알았지?"

"네!"

그리하여 던전으로 향하는 것은 프란, 메아, 쿠이나, 키아라, 미아노아, 그엔다르파가 되었다. 더욱이 숨겨진 멤버로 나, 울시, 린드가 있군. 보통은 든든한 멤버이지만 상대는 뮤렐리아와 던전. 방심하지 말고 가야 한다.

제4장 저주받은 광귀

 북쪽을 향해 달리기 시작한 골렘 마차는 생각했던 것보다 흔들렸다. 포장되지 않은 황야를 달리고 있고 서스펜션이 있을 리도 없다. 흔들리는 것도 어쩔 수 없을 것이다.

 그래도 이쪽의 상식으로는 흔들리지 않는 편인 모양이다. 그엔다르파가 감탄하는 목소리를 내고 있었다. 왕가 납품업자의 고급 마차라서 마도구 등으로 진동을 줄이는 노력이 엿보였다.

 다시 생각해보면 이전에 탄 마차는 가도를 달렸는데도 이 정도는 흔들렸을지도 모른다. 그렇다면 역시 이 마차는 대단한 건가 보다.

 『프란. 괜찮아?』

 "응…… 괜, 찮아……."

 프란이 컨디션이 나쁜 듯이 내 질문에 대답했다. 전혀 괜찮아 보이지 않았다.

 흔들리는 마차라서 멀미를 하는 것이 아니다. 이 정도 흔들림은 프란에게는 요람이나 마찬가지일 것이다.

 그게 아니라 상당히 졸린 듯했다.

 눈을 깜빡거리면서 고개를 앞뒤로 크게 흔들고 있었다. 생각해보면 어젯밤부터 계속 싸웠다. 한잠도 못 잔 것이다.

 골렘 마차의 진동이 잠을 방해하기는커녕 불러오는 듯했다. 규칙적이지는 않지만 항상 몸이 흔들거리는 느낌이 잠을 부르는 것일지도 모른다.

평소의 프란은 수면 시간을 확실하게 지키는 타입이다. 오히려 보통 사람보다 오래 잔다. 그런 프란에게 밤샘은 힘들었을 것이다. 격전의 소모도 있을 터다. 눈을 자꾸 비비면서 필사적으로 수마에 저항하고 있었다.

『무리하지 말고 자도 돼.』

"응⋯⋯."

오히려 자는 편이 낫다. 하지만 프란은 고집스럽게 졸음과 계속 싸웠다.

『왜 그래?』

"키아라⋯⋯ 떠들래⋯⋯."

말을 더듬거릴 정도로 졸린 데도 애쓰는군. 아무래도 마차 안에서 키아라와 수다를 떨고 싶었던 모양이다.

초점이 맞지 않은 졸린 눈으로 필사적으로 키아라의 얼굴을 응시하고 있었다.

"프란, 떠드는 건 나중에도 할 수 있다. 지금은 자라."

"으⋯⋯ 그렇지만⋯⋯."

"몸을 쉬는 것도 전사의 임무다."

"알았⋯⋯어⋯⋯ 쿨."

키아라의 타이르는 말에 고개를 끄덕인 순간이었다. 프란은 무너지듯이 잠의 세계로 여행을 떠났다.

"흠, 잠들었나."

"빠, 빠르군."

그엔다르파가 놀란 기색으로 프란을 봤다. 그엔다르파는 신경

질적이라서 잠을 잘 자지 못할 것 같군. 나도 지구에서는 잠이 잘 오지 않을 때도 있어서 잘 안다.

"그만한 전투력을 지녔다고는 생각할 수 없을 만큼 자는 얼굴이 천진난만하네요."

"뭐, 강해도 아직 어린애라는 거지."

프란은 옆에 앉은 키아라의 무릎을 베개 삼아 숨소리를 내고 있었다.

그런 프란의 얼굴을 키아라가 느긋하고 부드러운 손길로 쓰다듬었다. 기분 좋은지 프란의 얼굴에는 행복한 미소가 떠 있었다. 마치 진짜 할머니와 손녀 같다.

하지만 미소 짓고 있던 키아라가 갑자기 짧은 신음을 냈다.

"웃."

"왜 그러십니까, 키아라 스승님?"

키아라가 갑자기 날카로운 소리를 내자 메아와 사람들이 무슨 일인가 싶어서 엉거주춤 일어났다. 적습인가 싶어 마차 밖 기척을 살피고 있는 듯했다.

하지만 키아라의 표정은 오히려 평온했다.

"아니, 프란의 침이 떨어져서 말이다."

"놀라게 하지 마세요."

"크크크. 어린아이가 침을 흘리는 게 몇십 년 만인지 모르겠구나."

키아라가 진심으로 즐겁게 웃었다.

"키아라 스승님에게 무릎베개해달라고 할 만큼, 죽는 걸 두려워하지 않는 사람은 없으니까요."

"부탁하면 얼마든지 해줄 텐데?"

"……아니요, 사양하겠습니다."

"훗, 뭐, 됐다. 그보다 너희도 자둬라. 보초는 내가 서마."

"키아라 스승님도 피곤하실 텐데요."

"나이를 먹으면 수면 시간이 짧아져서 곤란하거든."

"그것과 이건 다르잖습니까. 괜찮습니다. 쿠이나는 종족적으로 오랜 시간 자지 않아도 괜찮습니다. 마부석에 쿠이나가 있으면 보초도 필요 없습니다."

맥은 수면 시간이 적어도 괜찮은 모양이다. 타인을 재우는 능력만 있는 게 아니구나. 하지만 지쳤을 텐데 정말 괜찮은 건가? 여기서는 나도 손을 빌려주자. 쿠이나에게 염화를 날렸다.

『쿠이나, 난 인간형 분신을 만들 수 있어. 마부를 맡을까? 잠이 필요 없다 해도 피곤하지?』

'아아, 스승 씨인가요? 괜찮습니다. 나중에 선잠을 가볍게 자면 괜찮고 피로는 포션으로 어떻게든 됩니다.'

『그렇다 해도 정신적인 피로는 어떻게 할 수 없잖아?』

'애초에 저는 종족 특성으로 반은 자고 반은 일어나 있을 수 있으니까 마부석에서도 충분히 쉴 수 있습니다. 그리고 골렘 마차는 가벼운 지시 정도면 충분해서 수고도 들지 않고요.'

역시 맥은 수면 계열 특수 능력을 가지고 있는 모양이다.

『알았어. 그럼 나도 기척에 주의할게.』

'감사합니다.'

키아라와 이 사람들이라면 내가 인텔리전스 웨폰이라고 밝혀도 괜찮기는 할 것 같지만 프란과 의논하고 나서 해야지. 뭐, 프란은 쉽게 가르쳐줄 것 같지만.

짐칸에서는 아직도 메아가 쉬라고 키아라를 설득하고 있었다.

"쉬는 것도 전사의 임무잖습니까."

"흥. 확실히 네 말대로다. 하지만 그 오줌싸개에게 설교를 들을 줄이야."

"오줌…… 갑자기 무슨 소리를 하시는 겁니까!"

"크크, 사실이지 않느냐? 안 그런가, 쿠이나?"

"네. 혼나는 것이 싫어서 제게 명령해 침구를 바꾸려고 꾸미다 결국 폐하께 들킨 것도 좋은 추억이네요."

"말하지 마!"

"아가씨, 큰 소리를 내면 프란 씨가 깹니다."

"큭…….."

그 후 쿠이나만 남기고 모두는 잠에 빠졌다. 모두 밤을 새우며 싸워왔다. 이러니저러니 해도 피곤했을 것이다. 나는 회복 마술로 체력을 회복시켜주면서 주위의 기척에 주의를 기울였다.

＊

"보르가스! 대체 무슨 생각이야!"

"시, 시끄러워! 이, 이 몸은 던전 마스터다! 너는 내 명령에 얌전히 따르면 돼! 뮤렐리아!"

보르가스! 이 무능한 쓰레기가! 도둑들 부하라는 밑바닥의 밑바닥이었던 주제에! 빌어먹을 린포드 영감에게 나에 대한 명령권을 받았다고 건방 떨기는!

"매그놀리아 기사들은 아직 더 일하게 할 예정이었는데!"

"그런 무능한 것들은 이제 필요 없어! 내, 내가 준 사인의 군세를 전멸시켰다고!"

"네가 준 게 아니야. 내가 준 거지."

이 던전의 명령 계통은 조금 특수하다.

원래는 내 눈앞에 있는 곤충 이하의 쓰레기 남자, 보르가스가 마스터였다. 던전이 발생할 때 우연히 곁에 있었기 때문이다. 소속됐던 도적단에서 도망치려고 산에 들어왔다가 길을 잃은 모양이다.

그 후 린포드가 여기를 발견해 사술로 던전 기능을 침식하고 순수한 무력으로 협박해 보르가스와 이 던전을 지배했다.

그리고 나는 이 던전의 서브 마스터로 등록됐다. 던전과 내가 동화되어서 생긴 지 얼마 안 된 던전으로서는 있을 수 없을 정도의 힘을 얻었다.

그러나 문제도 있었다. 결과적으로 강력한 마수를 대량으로 생성할 수 있게 됐지만, 보르가스가 하는 말을 듣지 않게 됐다. 그에게 직접적인 공격은 하지 못하지만 명령을 무시하게 됐다.

반면에 마수들은 내 명령이라면 모두 따랐다. 나를 진정한 주인으로 인식하는 듯했다. 하지만 나는 보르가스의 명령에는 거역할 수 없다. 결국 녀석은 나를 통해 마수들을 복종시키는 것이 가능했다.

그래서 녀석은 자신의 던전에서 내가 거들먹거리는 것을 허용할 수 없는 모양이다. 보르가스는 항상 내게 시시한 잔심부름 같은 명령을 내리며 기분을 풀었다. 정말로 그릇이 작은 쓰레기다.

"이봐! 여기는 내 던전이야! 내가 가장 대단해!"

"시끄러워! 더러운 목소리로 떠들지 마! 귀가 썩을 것 같아!"

"이, 이 자식……!"

"그 눈은 뭐야?"

"큭…….

내 살기를 받고 보르가스가 창백한 얼굴로 입을 다물었다. 아무리 화가 나도 나를 직접 공격할 만한 배짱도 없다. 이 한심한 인간을 따라야만 하는 것은 굴욕밖에 되지 않았다.

이 이상 이야기하는 것도 불쾌하다. 얼른 용건을 듣자.

내게는 아직 해야 할 일이 있다. 요한 가문의 피의 힘으로 이 던전에서 해방되는 것이다. 그리고 그 아이——로미오를 데리고 이 땅을 탈출한다.

그것이—— 그것만이 내 바람이다.

복수? 린포드? 찬탈 왕가에서 권위를 되찾아?

모두 아무래도 좋다. 그 아이 앞에서는 무가치하다.

그 소원을 이루기 위해서라도 로미오 이외의 매그놀리아가의 사람이 살아서는 안 된다. 특히 현 당주 요한의 피에 깃든 힘은 로미오 다음으로 진해서 의식에 반드시 필요하다. 확실히 손에 넣고 싶은 것은 특히 강한 힘이 깃든 요한의 심장이다. 그것이 있으면 나는 더 높은 경지에 오를 수 있을 테다.

얼른 보르가스의 용건을 처리하고 전장으로 돌아가야 한다.

하지만 쉽게 갈 수 있을 것 같지는 않았다.

"영역에 침입자가 들어왔다."

"아까도 들었어. 그 정도 일로 나를 부른 거야? 던전 안에도 밖에도 강력한 마수를 특별히 배치했잖아? 그걸 써서 얼른 배제하면 돼.”

“그게 가능하면 고생은 안 해! 봐!”

보르가스가 수정판을 꺼냈다. 이것은 던전의 지배 영역을 마음대로 비출 수 있는 마도구다.

그곳에는 확실히 이 던전 바로 근처에서 날뛰고 있는 적의 모습이 비치고 있었다.

“이건……!”

“봐! 마수들이 전부 못 당하고 있다고!”

보르가스의 말대로 귀인족 남자가 공격을 펼칠 때마다 마수가 잇달아 쓰러져가는 모습이 보였다. 압도적인 힘이다. 이 남자는 낯이 익었다. 보르가스도 그럴 것이다. 그래서 나를 부른 것이다. 그리고 최악의 시기에 불렀다.

이 침입자에게는 내가 만전의 상태였다 해도 이길 가능성이 한없이 낮기 때문이다.

“어, 어떻게든 해!”

“내가?”

“당연하지! 평소부터 나를 잔챙이라고 했잖아! 이런 때 그 대단하신 힘을 보여 봐!”

“큭…….”

죽여버리고 싶어! 이 멍청이!

이 귀인은 생각할 수 있는 최악의 상대다. 자신 외에는 출세하기 위한 도구 정도로밖에 생각하지 않았던 그 린포드조차 절대로 손을 대지 말라고 엄명을 내렸을 만큼 위험한 인물이다.

그것은 보르가스도 알고 있을 것이다.

나까지 길동무로 삼고 난리야!

"이, 이건 명령이다! 얼른 이 귀인을 배제하고 와!"

"이 녀석이든 저 녀석이든…… 날 방해만 하고……!"

＊

던전을 목표로 출발하고 네 시간 후.

북상하던 골렘 마차는 내가 생각했던 것보다 상당히 일찍 경계 산맥 근처에 도착하려 하고 있었다. 달리는 속도는 느리지만 어떤 지형이든 지치지 않고 달리는 덕분에 도중에 휴식이 필요하지 않았기 때문이다.

한 시간 정도 전에 숙면에서 깬 프란도 포장에서 얼굴을 내밀고 가까워지는 경계 산맥을 올려다보며 감탄의 목소리를 내고 있었다. 더 자면 좋겠다고 생각하지만 아무래도 이래저래 흥분한 탓에 잠을 얕게 잔 모양이다. 그래도 피로는 충분히 회복된 듯하니 잔 보람은 있었지만 말이다.

"오오~, 크다."

『진짜 높네……. 눈 때문에 정상이 안 보여.』

아마 에베레스트 산보다 높지 않을까? 이제 여기까지 오면 크기를 파악할 수 없어서 정확한 높이는 알 수 없지만.

그런 비상식적인 높이의 산들이 산맥이 되어 줄지어 있는 모습은 압권이라는 한마디로 충분했다.

게다가 보통 산과 달리 완만한 기슭이 거의 펼쳐져 있지 않았다. 대지에서 밀려 나오듯이 위로 솟아 있었다.

멀리서는 수직으로 솟은 거대한 벽으로 보일 정도다. 마치 하늘 위에서 구름을 뚫고 땅을 향해 흘러 떨어지는 바위 폭포처럼 보이기도 했다.

다가가 보니 경사가 가파를 뿐 수직이 아니라는 것을 알 수 있었다. 그래도 보통 산과 비교하면 절벽에 가까운 모습인 것은 확실했다. 폭이 몇 킬로미터이고 높이가 두 배 정도인 마터호른? 아니, 거기까지 가면 이미 다른 건가. 서바이벌 기술을 가진 고위 모험가가 소수로 넘는 건 가능할지도 모르지만 평범한 인간이 답파하는 건 도저히 무리라는 것을 알 수 있었다.

이 산맥이 있으면 확실히 군세가 오가는 건 불가능하겠지. 수인국 사람들이 북쪽에서 공격받는 것을 전혀 생각하지 않았던 게 이해가 간다.

"이제 곧 도착하는군. 키아라 스승님, 몸 상태는 어떠십니까?"

"이제 괜찮다. 포션도 마셨고. 그건 그렇고 빠르군."

"응. 순식간이야."

"그건 두 사람이 계속 이야기를 했으니까 그렇겠죠."

메아가 말한 대로 키아라와 프란은 일어나고 계속 이야기를 나눴다. 뭐, 키아라가 과거에 쓰러뜨린 마수나 전사와의 싸움 이야기나 어떻게 위압을 쓰면 효율적으로 상대의 마음을 꺾을 수 있는지와 같은 살벌한 내용이었지만.

도저히 노인과 어린아이가 이야기할 내용이 아니다. 할머니와 손녀의 따스한 이야기를 기대했던 내가 바보였다.

다만 대단하기는 했다. 섬화신뢰에는 역시 다음 경지가 있는 듯했다. 프란이 흑뢰초래를 자연히 이해했듯이 키아라는 흑뢰전동을 누구에게 들은 적도 없이 쓸 수 있었다. 프란이 쓸 수 없는 것은 역시 전투 경험의 차이로 보였다.

자신에게 '쓸 수 있다'고 암시를 걸어도 쓸 수 있게는 되지 않았다. 뭔가가 부족했던 거겠지.

"어려워."

"뭘, 그 나이에 그 정도 경지에 올랐다. 수행을 게을리하지 않으면 바로 쓸 수 있게 될 게다."

"응. 열심히 할게."

내용은 살벌하지만 프란은 즐거워 보였다. 역시 동족과의 대화는 특별한 모양이다.

"아가씨."

"왜? 무슨 일 있어?"

마부석에 있던 쿠이나가 메아에게 말을 걸었다. 내게는 평범한 목소리로 들렸지만 메아에게는 그 목소리에 담긴 긴장이 전해진 듯했다. 즉시 임전 태세를 갖추고 쿠이나에게 되물었다.

"이상 사태입니다."

그 말을 듣고 메아와 프란이 마부석 쪽으로 고개를 내밀었다.

"저것을 보세요."

"……무, 무슨 일이 있었던 거지……?"

"!"

쿠이나가 앞쪽을 가리켰는데, 메아와 프란이 놀라는 것도 무리는 아니었다. 마차가 향하는 곳에 대량의 마수 시체가 어지럽게 흩어져 있었기 때문이다. 수백은 되는 마수의 무참한 시체가 넓은 범위에 흩어져 있었다.

"던전의 마수인가? 하지만 이 쓰러진 모습은……."

"네, 이상합니다."

"끄응."

쿠이나가 말하는 대로 마수는 이상하게 죽어 있었다. 모든 마수가 마치 위에서 짓눌린 듯이 납작하게 눌려 있었던 것이다. 울시가 살짝 겁먹은 기색으로 주위를 둘러봤다.

소형의 잔챙이도, 어떻게 봐도 강한 용과 비슷한 외모의 마수도, 사인도 모두 똑같이 땅바닥에 눌려 죽어 있었다. 게다가 범위도 넓었다.

황야를 바라봐도 주위 일대는 모두 같은 상황인 듯했다.

마차에서 내려 주위를 확인했다. 이상한 것은 마수의 시체뿐만이 아니었다.

"높낮이가 다르네요."

"응."

마수들이 죽어 있는 장소는 명백하게 이상했다. 그때까지 펼쳐져 있던 돌이 잔뜩 존재하던 황야가 갑자기 끊어지고 느닷없이 땅이 1미터 이상 높이가 낮아져 있었던 것이다.

"게다가 이건…… 땅이 너무 평탄해."

메아가 말한 대로 마수들의 시체가 흩어져 있는 땅의 낮은 쪽은 로드 롤러로 고른 듯이 지면이 아주 평평해져 있었다. 가도와 비교해도 압도적으로 이쪽이 요철이 없을 것이다. 비교하는 게 우스운 수준이다. 그야말로 포장도로 같았다.

뭐라 말하면 좋을까. 가로세로 100미터 정도의 거대한 쇠 상자를 엄청난 힘으로 땅에 박으면 이런 광경이 생길지도 모른다.

주위를 더 걷자 비슷한 높낮이를 가진 곳을 몇 군데나 발견할 수 있었다. 아무래도 이 광경을 만든 존재는 방금 본 쇠상자로 압축(가정)을 몇 번이고 한 모양이다. 그때 짓눌린 마수의 수나 질에 따라 힘을 미묘하게 조절했는지 높낮이가 조금씩 달랐다. 단차와 단차가 겹치는 부분은 계단처럼 보였다.

쓸 수 있는 소재나 마석이 없나 싶어 상당히 진지하게 살폈지만 쓸 만한 것은 남아 있지 않았다. 소재는 아무래도 다시 이용할 수도 없을 만큼 뭉개져 있었고 마석도 모두 산산조각이 나 있었다.

커다란 도마뱀 마수였던 것으로 보이는 시체를 염동으로 천천히 들어 올려봤다. 마치 전병 같은 상태였다. 단단한 비늘은 대부분이 부서졌고 남아 있는 비늘에도 금이 가 있었다. 살과 뼈는 압축되어 굳어서 단단했다.

프란이 압축된 땅을 톡톡 두드려보니 다져져서 돌처럼 딱딱해져 있었다. 나나 프란도 더 좁은 범위라면 같은 짓을 할 수 있다. 하지만 힘을 얼마나 쓰면 이렇게 넓은 범위를 단숨에 압축할 수 있을까.

"이건 대체 누구 짓이지……?"

『메아도 모르는 건가?』

"그래, 평범한 기술 같지 않아. 쿠이나, 너는 짐작 가는 게 없나?"

"없습니다."

"키아라 스승님! 스승님은 짐작 가는 것이 없으십니까?"

"있다."

메아도 쿠이나도 모르는 듯했지만 키아라는 짐작 가는 게 있는 모양이다. 무섭기까지 한 진지한 표정으로 조용히 고개를 끄덕였다.

201

역시 오래 산 사람답군. 메아도 놀라고 있었다.

"네? 이런 짓을 한 존재가 짐작 간다는 말씀이신가요?"

"그래, 짚이는 사람이 딱 한 명 있다."

키아라가 주위의 참상을 보면서 긴장감 있는 얼굴로 입을 열었다. 한 사람이라고 했으니 인간이겠지.

"누구인가요?"

"……랭크 S 모험가, '자중지란 아스라스'다."

"자, 자중지란? 그건 틀림없습니까?!"

"확실히 녀석인지는 알 수 없다. 하지만 녀석 외에 이런 짓을 할 수 있는 인간은 달리 모른다."

메아가 놀라고 있었다. 유명인인 모양이군. 아니, 랭크 S 모험가라면 당연한가. 그건 그렇고 자중지란? 상당히 위험한 이명이 붙어 있는데.

"누구? 자중지란?"

"윙?"

"랭크 S 모험가야. 모르나? 자중지란 아스라스."

"응. 왜 그렇게 이상한 이명이 붙었어?"

고개를 갸웃거리는 프란에게 메아와 쿠이나가 설명해줬다.

"옛날이야기가 되겠는데, 다른 대륙 전쟁에 참가했을 때 적은 물론 아군을 공격했다고 들었어."

"적은 궤멸, 아군에도 막대한 피해가 생겼다고 합니다."

"그것뿐만이 아니야. 그 밖에도 비슷한 일화를 몇 개나 가지고 있어."

"그래도 그가 처벌받지 않은 것은 압도적으로 강해서 늘 피해 이상의 전과를 올렸기 때문이라고 합니다."

지금 이야기가 반만 맞다 해도 성격이 꽤나 나쁘군. 적이든 아군이든 상관없이 가까이 있기만 해도 주의를 기울여야 한다. 방심하면 말려들지도 모른다.

나는 아스라스라는 녀석이 위력 높은 광역 기술을 아무 데서나 날리는 세기말 쾌락범 계열의 인간이라고 생각했지만 아무래도 아닌 모양이다.

"본인은 악인이 아니기는 하지만."

"그래?"

"물론 악의가 없으면 무슨 짓을 해도 좋은 건 아니지만……. 보통은 착실한 녀석이다."

"키아라 스승님은 아스라스 님을 만난 적이 있으십니까?"

"그래, 몇 번쯤. 악인이 아니라 해도 날뛰기 시작하면 분별이 없어지는 녀석이다. 그래서 늘 혼자서 방랑하고 있지. 만약 아스라스와 만났을 때 내가 도망치라고 하면 반드시 도망쳐라. 반드시다."

키아라가 무서운 얼굴로 프란과 사람들에게 충고했다. 키아라가 그렇게까지 말하는 건 진짜 위험하기 때문이겠지.

다만 조심하라고 해도 능력을 모르면 무엇을 주의해야 좋을지 알 수 없다.

"어떤 힘을 써?"

"그런가. 모른다고 했지. 너무 유명해서 그만 알고 있다고 생각했다."

메아가 그렇게 말하고 머리를 긁적였다. 그만큼 유명한 건가.

대체 누구지?

"신검을 써. 아스라스 님은 대지검 가이아의 소지자로 알려져 있다."

"신검!"

"웡!"

『진짜냐!』

놀랍게도 신검의 소유자였던 건가! 게다가 대지검 가이아란 말이지……. 이 참상을 일으킨 능력의 정체를 조금은 알아냈을지도 모르겠다.

대지 마술에는 중력을 조종하는 술법이 있다. 나도 그레이트 월을 습득하기 위해서 레벨을 올린 덕분에 몇 가지 쓸 수 있게 됐다.

더욱이 바위 등을 떨어뜨리는 술법도 있다. 대지검의 이름을 딴 신검이라면 그런 능력을 쓸 가능성이 크다. 중력뿐인지, 만든 바위를 조합하는 건지는 알 수 없지만 넓은 범위를 단숨에 짓누를 수 있지 않을까?

"전에 녀석이 이 광경과 완전히 똑같은 상황을 일으킨 것을 본 적이 있다. 단독으로 보면 아름답다고까지 생각할 수 있는 입방체 거석. 하지만 거기에 짓눌리는 산적들의 비명을 들었을 때는 어지간한 나도 간담이 서늘해졌다."

아무래도 내 예상은 맞은 모양이다. 다만 이만한 파괴를 일으키는 것이 가능한 녀석이 전투가 벌어지면 열이 올라 주위가 보이지 않게 된다? 이미 그것은 재해 수준일 것이다.

"대지검 가이아의 사용자, 자중지란 아스라스. 기억했어."

"이 앞에 있는지는 알 수 없지만."

확실히. 애초에 이런 짓을 한 존재가 던전으로 향했는지 아닌지도 알 수 없다. 그런 생각을 했지만——.

나아가고 10분 후.

"확실히 북쪽으로 향하고 있군."

"응."

메아가 확신하고 중얼거렸다. 잠시 나아가자 아까와 완전히 똑같은 광경을 마주하게 되었다. 다른 점이 있다고 하면 마수의 질이랄까. 죽은 마수들에 잔챙이의 모습이 전혀 없었다. 중대형 마수만이 짓눌려 죽어 있었다.

아니, 또 하나 다른 점이 있었다. 이번에는 거대한 바위의 벽 같은 것이 압살 지대의 주위에 만들어져 있었다. 가로세로 15미터, 두께 5미터 정도의 벽이다. 다가가보니 바위 하나가 아니라 두 개가 붙어 있는 것을 알 수 있었다. 게다가 그 틈새에서 검붉은 액체가 흘러나오고 있었다.

아무래도 바위와 바위 사이에 마수가 끼여 죽은 모양이다. 짐작이지만 뒷처럼 좌우에서 바위 벽에 끼워 넣었을 것이다. 마수의 시체를 끼운 채 조용히 멈춘 바위 오브제가 주위에 여덟 개나 줄지어 있었다.

"……이건 확실하군. 이것과 같은 공격을 아스라스가 날리는 것을 본 적이 있다."

마수를 섬멸한 건 아스라스가 틀림없는 모양이다. 아스라스와 던전이 싸우고 있다는 건가? 이 지역에서 이만한 마수가 나타났다면 확실히 던전이 관련되어 있을 것이다.

"뮤렐리아가 불려간 이유는 혹시 이건가?"

"그렇군요, 그 가능성은 있습니다. 아가씨, 드물게 똑똑하시네요."

"드물게라는 말은 빼! 그런 것보다 던전으로 서둘러야겠어. 잘하면 아스라스 님의 조력을 기대할 수 있어."

자중지란에게 힘을 빌리는 건가? 되도록 엮이고 싶지 않은데……. 하지만 흥분하지 않으면 갑자기 덤벼드는 일은 없다고 한다.

"하지만 아스라스의 소문을 듣자면 얌전히 힘을 빌려줄 리는 없을 것 같습니다만."

"고용하면 돼! 여차하면 미인계든 뭐든 쓸 수밖에 없어."

"……미인계?"

"그, 그 눈은 뭐야! 어쩌면 아스라스가 절벽을 좋아하는 변태일지도 모르잖아!"

"그러네요."

"흐리멍덩한 눈으로 보지 마!"

아스라스는 자유인으로 알려져 있고 상대가 누구든 마음에 들지 않으면 따르지 않는다고 한다. 그뿐 아니라 국가가 상대든 뭐든 싸움을 거는 경우도 있다고 한다. 반대로 마음에 든 상대라면 상당히 위험한 의뢰라도 흔쾌히 받아준다고 한다.

"하지만 랭크 S 모험가를 고용할 정도의 의뢰비는 없습니다."

"네 비상금을 내. 메이드의 소양 중에 저축이 있는 건 알고 있어."

"이건 여차할 때를 위해 모으고 있는 겁니다. 이런 곳에서 쓸수는 없습니다."

"지금이 여차할 때잖아!"

이야기를 들으면 들을수록 불안하기만 해지는군.

"일단 던전으로 서둘러 가자."

"네."

압살 시체가 방치된 마수의 무덤을 빠져나와 북상을 계속하는 골렘 마차.

그리고 우리는 세 번째 마수 학살 현장을 마주했다. 다만 아까 까지와는 양상이 전혀 달랐다.

"이건 또 지독하군."

메아가 중얼거리는 것도 무리는 아니었다. 주위 일대가 피바다였다. 대지를 검붉은 피가 뒤덮어서 숨이 막힐 듯한 사인들의 피 냄새가 전장에 가득 차 있었다. 코가 좋은 수인들은 불쾌할 것이다. 프란도 그엔다르파도 메아와 마찬가지로 얼굴을 찌푸리고 있었다.

아까와 마찬가지로 의문의 힘에 압살된 것이 아니라 명백하게 예리한 날붙이 같은 것에 참살당해 있었다. 그 탓에 불필요하게 사인의 체액이 대량으로 튀어나와 주위를 더럽혔을 것이다.

"아스라스?"

"글쎄. 녀석이 가진 신검 가이아는 확실히 대검의 형태를 띠고 있지만…… . 굳이 이런 살해 방식을 취할 것 같지는 않군."

프란의 중얼거림에 키아라가 고개를 갸웃거렸다. 몸을 움직이고 싶어졌다든가 피를 보고 싶어졌다든가 뭔가 돌발적으로 직접 전투를 할 이유가 생겼을 가능성도 있지만…… .

그것보다 아스라스와 다른 누군가가 사인들을 섬멸했다고 생각하는 편이 현실적이었다. 뭐, 이런 짓을 할 수 있는 존재가 아스라스 외에도 이 부근에 있다는 소리가 되지만.

『무기를 쓴 것처럼 보이기도 하는데…….』

"마수라면 무기를 쓰지 않아도 발톱으로 할 수 있을지도 몰라."

『아아, 그렇겠네. 그리고 이쪽 사체. 이건 사람이 한 것처럼 안 보여.』

참살된 시체에 섞여서 목이 비틀려 베인 시체나 가랑이부터 가슴 언저리까지 힘껏 찢긴 듯한 시체가 있었다.

역시 아스라스가 쓰러뜨렸다고 짐작되는 마수들과는 살해 방식이 크게 달랐다.

『잔챙이뿐만이 아니야.』

"응. 고블린 제네럴이 있어. 저쪽은 고블린 소서러."

아무래도 이 참상을 만든 존재는 인간이든 마수든 죽인 뒤에는 흥미가 별로 없는 모양이다. 나름대로 귀중한 소재가 벗겨진 적도 먹힌 적도 없이 그대로 방치되어 있었다.

게다가 마석도 그대로 남아 있었다. 나는 프란에게 고블린 제네럴의 마석을 줍게 해 몰래 흡수했다. 하지만 마석치를 1밖에 얻을 수 없었다.

『어째서지?』

고블린이라고는 하나 상위종이라면 3~10 정도의 마석치는 흡수할 수 있을 텐데…….

『프란, 울시, 다른 것도 부탁해.』

"응."

"웡!"

오크 메이지나 고블린 소서러 등 마석치가 나름대로 높아 보이는 마석을 주웠다. 그리고 몰래 흡수해봤다. 그러나 마석치는 1

이었다.

『이상하네..』

'왜 그래?'

『마석에서 흡수한 마석치가 너무 적어..』

'발키리 때처럼?'

그렇다. 사신석의 창을 장비해 폭주한 발키리와 똑같다. 역시 사신의 힘이 뭔가 관련되어 있는 건가? 사신석의 창은 영혼을 먹는다고 했다. 그 탓에 발키리의 마석의 힘이 약해졌다고 하면 이 사신들도 누군가에게 영혼을 먹혔을 가능성도 있었다.

『프란, 울시, 절대 방심하지 마..』

"응."

영혼을 먹다니 평범한 상대가 아니다. 주위의 기척을 살폈다. 하지만 수상한 기척은 발견할 수 없었다. 이미 이 주변에서는 이동했을 것이다. 울시의 코로도 이상한 점은 발견하지 못한 듯했다.

"다들 여기서부터는 더 신중하게 가자."

"그래야지."

메아와 키아라도 이 살육의 범인은 아스라스가 아니라고 결론 내린 모양이다. 심각한 얼굴로 주변 기척을 살피면서 다시 골렘 마차를 출발시켰다.

쿠이나나 울시를 척후로 내보내자는 의견도 나왔지만 무엇이 숨어 있을지 알 수 없다. 여기서는 은밀 기능이 달린 마차에 탄 채 뭉쳐서 이동하기로 했다.

한동안 긴장했지만 습격당하는 일은 없었다. 학살의 주동은커녕 보통 마수조차 달려들지 않았다.

어젯밤 던전의 마수가 출격했을 때 도망친 건지, 아스라스 같은 강자가 전투한 기척에 겁먹고 도망친 건지. 아무튼 소모를 피하고 싶은 우리로서는 행운이었다.

"여러분, 저것을 보세요."

쿠이나가 다시 마차를 세우고 마부석에서 포장 안으로 말을 걸었다.

"음, 뭔가 발견했나?"

"저것이 요한 매그놀리아가 말한 표식인 거암일 겁니다."

쿠이나가 가리킨 것은 하늘을 꿰뚫는 기암 하나였다. 마치 뒤틀린 용의 뿔 같은 형태를 한 뾰족한 거암이었다.

"그렇다면 이 앞에 던전으로 이어지는 동굴이 있겠군."

"네, 저 숲 앞으로 보입니다."

확실히 요한에게 들은 던전의 입구를 찾기 위한 표시와 똑같았다. 요한의 정보에 의하면 바위 앞에 있는 숲을 빠져나간 곳에 던전이 있다고 한다.

"여기서부터는 걸어서 가시죠."

"그렇군. 키아라 스승님, 선두를 부탁드리겠습니다."

"내게 맡겨라."

"맨 뒤는 쿠이나다."

"네."

선두와 최후미에 탐지 능력이 높고 경험도 풍부한 두 사람을 배치하는 것은 이치에 적합했다. 납득할 만한 인선이었다.

전원이 기척을 죽이면서 경계 산맥의 들판에 펼쳐진 숲속을 걸었다. 나아갈 방향을 헤매는 일은 없었다. 길이 있지는 않지만 대량의 마수가 이동해 그 발자국 등의 흔적이 잔뜩 남아 있었기 때문이다. 그것을 더듬어서 전혀 헤매는 일 없이 길을 나아갈 수 있었다.

다만 지금의 우리라면 던전의 마력을 더듬어 찾아갈 수 있을 것도 같은데. 그렇게 할 수 없었지만.

던전에 따라서도 다른 듯하지만 던전 마스터가 비교적 똑똑한 종족인 경우, 마력이 은폐되어 있는 경우가 많다고 한다.

던전에는 각종 시설이나 기능이 있다고 하니 마력이 밖으로 흘러나가지 않도록 하는 방법이 있을 것이다. 던전 마스터의 목적에 따라서 은폐하느냐 마느냐는 달라지지만 이번에는 확실히 숨길 목적인 듯했다.

그런 던전의 경우, 함정이 많아지는 경향이 있어서 상당히 성가시다고 한다.

경계 산맥 부근 특유의 키 크고 비교적 밀도가 작은 탓에 목재로는 적합하지 않은 나무들. 그 사이를 빠져나가 산맥 기슭에 도착한 때였다.

키아라가 갑자기 발걸음을 멈췄다.

그리고 근처 덤불에 몸을 숨겼다. 프란과 다른 사람들도 과연 즉시 그 행동을 따랐다.

"키아라 스승님, 혹시⋯⋯."

"아아, 봤다."

활짝 열린 시야 앞에 그것은 갑자기 나타났다.

우리가 응시하는 곳에는 대량의 사인 시체가 흩어져 있었다. 그리고 그보다 더 앞. 경계 산맥의 표면에 큰 입을 쩍 벌린 거대한 동굴이 보였다.

『주위에 마력은 안 느껴져.』

"응."

상당히 거대한 동굴이다. 입구만 해도 높이 15미터 이상은 됐다. 가로 폭은 40미터 이상 되지 않을까? 입구 부근에 조그만 마을이라도 있을 법한 넓이였다.

우리는 동굴 입구로 몰래 다가갔다.

입구 부근에는 이끼가 낀 거대한 바위들이 있고, 천장에서 마상창 같은 두꺼운 종유석이 늘어서 있었다. 비경을 소개하는 버라이어티 방송에서 들어가기만 해도 낭떠러지를 내려가야 하는 위험한 동굴을 소개하거나 하는데, 여기는 간단히 들어갈 수 있었다. 완만한 경사가 있어서 걸어도 들어갈 수 있게 되어 있었던 것이다.

얼핏 보기에 천연 동굴인 듯하지만 바위 등의 배치가 조금 부자연스러워 보였다. 명백하게 통로가 된 듯한 루트가 존재했다. 애초에 입구의 경사도 부자연스럽다면 부자연스러웠다. 누군가의 뜻이 반영되었다고 생각해도 좋을 듯했다.

"상당한 대군이 드나든 흔적이 있군. 게다가 상당히 대형 마수의 발자국도 남아 있어."

키아라가 코를 킁킁거리면서 동굴 앞 지면을 가볍게 만졌다. 언뜻 보기에 땅이 짓밟혔을 뿐이지만 키아라 수준이 되면 상대가 어느 정도 숫자로 지나다녔는지 알 수 있는 모양이다.

"여기가 던전의 입구인 건 틀림없는 것 같다."

"그런가요. 그럼 빨리 들어가죠."

"그래. 여기서부터는 던전의 중추다. 조심해라."

"네."

그리고 다시 키아라를 선두로 동굴 안을 신중하게 나아가는데──.

"웃, 저건……."

"등불이네요……."

"피 냄새가 나."

키아라가 멈추고 메아와 프란이 제각기 반응했다. 확실히 동굴 앞이 변해 있었다. 종유동이 끊어지고 갑자기 석조 건조물로 바뀐 것이다. 벽에는 램프 같은 것이 설치되어 정말로 성채나 뭔가의 통로로 보였다.

게다가 다시금 대량의 마수의 시체가 있었다. 여기서는 사인들이 짓눌려 죽어 있었다. 바닥뿐만 아니라 벽이나 천장까지 검붉게 물들어 있었다. 사방의 벽에 뭉개진 사인의 시체가 들러붙어서 피가 흐르는 모습은 이상하다는 한마디로 족했다.

"이건 아스라스 님의 소행이네요."

"그래, 그건 그렇고 대단하군. 보통은 던전 안의 좁은 통로에서는 대규모 공격을 쓰기 힘든데……."

메아와 키아라가 그것을 보고 신음했다. 광범위 공격이라면 자신까지 말려들 가능성이 크니 말이다. 하지만 중력 조작이라면 주위에 피해가 적게 끝난다. 자폭도 하기 어려울 것이다.

그렇게 생각하면 불이나 물, 바람에 비해 흙 마술은 던전 안에서 쓰기 쉬울지도 모른다.

프란도 그렇게 생각한 모양이다.

"대지 마술은 던전에서 강해?"

하지만 프란의 말에 키아라가 고개를 갸웃거렸다.

"일률적으로 그렇다고 말할 수 없다."

"어째서?"

"던전 안에는 흙이 없는 곳도 많다. 동굴을 이용하기라도 하지 않는 한은 말이지."

던전의 벽은 돌이었다 해도 던전의 지배 아래 있다. 그것을 조종하는 것은 아주 어려운 듯했다. 시험해봤지만 지면을 바늘로 만드는 술법은 소비 마력이 평상시보다 상당히 많아졌다.

마력으로 생성한 흙덩어리를 발사하는 타입의 술법이라면 몰라도 대지를 조종해 적을 공격하는 술법은 쓰기 어려울 듯했다. 그렇게 생각하면 중력 조작 계열 술법을 배울 수 있는 대지 마술까지 육성하지 않으면 흙 속성은 쓰기 어려울지도 몰랐다. 울무토의 던전에서는 이렇게까지 심하지는 않았다고는 생각하지만, 그것도 던전에 따라서 제각기 다를 것이다.

"음!"

"지금 건!"

"응, 굉장한 마력."

아스라스가 벌인 학살 현장을 빠져나와 더 나아가고 있는데 프란과 사람들이 자세를 잡을 만큼 거대한 마력이 느껴졌다. 동시에 쿠쿵 하는 묵직한 진동이 벽을 흔들었다.

"누군가가 큰 마술을 썼군."

"아스라스 님일까요?

"아마도. 우리도 서두르자."

가는 도중에 경계했던 우리의 예상과 반대로 함정은 전혀 없었다. 도중에 갑자기 막다른 곳이 되더니 아래로 내려가는 계단이 나타났다.

"흠…… 수인국 쪽 던전은 한동안 외길이 나온다고 하지 않았나?"

"네, 그럴 겁니다."

애초에 이 던전의 메인 부분은 바샬 왕국 쪽에 존재한다. 수인국 쪽으로 확장된 부분은 어디까지나 경계 산맥을 넘어 침공하기 위한 지하도 취급만 받는다고 했다. 함정이 없는 것도 그 탓이겠지.

"어째서 이런 계단이……. 애초에 이렇게 좁아서는 마수가 지나갈 수 없다."

키아라의 말대로 아래로 내려가는 그 계단은 완전히 인간 크기였다. 기껏해야 미노타우로스까지일 것이다. 오우거는 힘들지도 모른다.

하지만 그건 이상하다. 우리가 들어온 동굴의 출입구를 마수 대군이 드나드는 데 쓴 것은 확실하다. 그렇다면 그 녀석들은 어디서 온 거지?

아니면 던전 안이라면 전이시킬 수 있는 건가? 그렇다면 입구 쪽으로 더 가까이 전이시키면 된다. 이 부근에도 마수들이 행군한 흔적이 잔뜩 남아 있는 건 이상했다.

"이해할 수 없는 것투성이로군……. 하지만 여기서 물러서서는 안 된다. 쿠이나, 선도를 만들 수 있나?"

키아라의 말에 쿠이나가 한 걸음 나와 고개를 끄덕였다.

"네. 잠시 기다려주십시오."

선도를 만들어? 무슨 소린가 생각하며 보고 있으니 쿠이나가 환상 마술로 소인 같은 물체를 생성했다. 보기에는 유치원생 크기의 마네킹이라고 해야 할까.

그건 그렇고 쿠이나의 환상 마술은 여전히 대단하군. 기척이나 열기마저 느껴졌다. 그렇군, 이 녀석을 앞장서게 하는 건가. 함정을 속일 수 있는지는 알 수 없지만 숨은 몬스터라면 충분히 속일 수 있을 것이다.

"여전히 대단한 실력이로군."

"감사합니다."

"좋아, 가자."

던전 내부의 구조는 그야말로 미궁이라는 호칭에 걸맞은 것이었다. 미로처럼 뒤얽히고 갈라진 좁은 통로가 끝없이 이어졌다. 은밀성 높은 마수나 함정도 넘쳐났다.

뭐, 마수는 대부분 죽고 함정은 대부분 해제가 완료됐지만. 아니, 해제라기보다 기동이 완료됐다고 하는 편이 정확하다.

아무래도 먼저 간 누군가가 죄다 걸린 모양이다. 아스라스는 랭크 S 모험가지? 함정 감지 능력이 없는 건가?

그렇게 생각했는데 일부러 그런 듯했다.

"그 녀석, 방식이 전혀 성장하지 않았구나. 아마 골렘이나 뭔가를 앞세웠을 거다."

우리와 마찬가지로 선도역을 사용한 자폭 해제가 아스라스의 기본 방침이라고 한다.

뭐, 편하니 말이다. 전에 부유도 던전에서도 장이 같은 짓을 했으니 고위 모험가에게는 익숙한 방법이겠지.

"하지만 그중에는 열기를 감지하는 타입도 있을 텐데……. 뭐, 아스라스라면 어떻게든 되려나."

그렇게 우리는 함정에 하나도 걸리지 않았다. 게다가 마수의 납작한 시체를 더듬어 가면 헤맬 일도 없었다.

"그건 그렇고 이상하네요. 그 요한이라는 남자의 정보에 이 정도 대미궁이 있다는 정보는 없었습니다."

"최면이 걸리지 않은 건가?"

거짓 정보를 가르쳐준 것이냐면서 프란이 고개를 갸웃거렸다.

그러나 쿠이나는 고개를 저으며 부정했다.

"아니요. 그것은 연기가 아니라 완전히 걸린 것이었습니다."

내 허언의 이치에도 반응은 없었다. 그때의 요한은 진실을 가르쳐줬을 터다.

"그러면 그 남자도 이 미궁을 몰랐다는 뜻인가?"

"아마 그렇지 않을까 합니다. 이 장소에 대해 몰랐다고 생각합니다."

키아라의 말에 쿠이나가 동의했지만 나는 또 하나의 가능성을 생각했다. 그것은 아스라스의 습격에 맞춰 던전이 확장된 것이다.

침입한 강한 적의 발을 묶기 위해 함정이 잔뜩 설치된 미궁을 급히 생성한다. 던전 마스터를 주인공으로 한 라이트 노벨에서 흔히 나오는 전개다.

그렇게 생각하면 요한이 몰랐던 이유도, 마수들의 흔적이 갑자기 끊어지고 인간용 미궁이 갑자기 나타난 이유도 설명된다.

뮤렐리아의 설명을 돌이켜보면 포인트를 써서 던전을 확장한다고 했다. 울무토의 던전에서 루미나가 방을 순식간에 만든 것을 본 적도 있다. 지불하는 포인트에 따라서는 미궁을 순식간에 만드는 것도 가능하지 않을까?

상상일 뿐이고 그것을 알아도 공략에 진전이 있을 리는 없지만.

한 시간 후.

아스라스로 짐작되는 침입자의 흔적을 수색하면서 미궁을 계속 걸은 결과 겨우 끝이 보이려 했다.

앞쪽에 지금까지와는 명백하게 분위기가 다른 거대한 문이 보인 것이다. 보통 던전이라면 저게 보스 방이 될 것이다.

그건 그렇고 길었다. 도중에 마수와는 손에 꼽을 정도로만 전투하고, 함정도 고작 몇 번 맞닥뜨렸을 뿐인데 이렇게 시간이 걸렸다. 만약 함정이나 마수가 모두 완벽한 상태였다면 이것의 몇 배는 시간이 걸렸을 것이다.

이동 중 몇 번인가 강대한 마력을 감지할 때가 있었다. 역시 던전 어딘가에서 누군가가 싸우고 있는 모양이다.

그리고 우리는 눈앞에 있는 거대한 문 앞에서 같은 마력의 파장을 감지했다.

이 앞에서 무시무시한 마력을 가진 자들이 격렬한 전투를 벌이고 있는 듯했다.

"보통 던전이라면 보스와의 싸움이 한창일 때 다른 모험가는 안에 들어갈 수 없는 경우가 많은데……."

"열릴 것 같네요."

키아라와 쿠이나가 문에 접근해 그 구조를 조사했다.

"함정은 없습니다."

"이건 만지면 열리겠군."

간단히 열리는 모양이다.

"그러면 가죠! 지금이라면 아직 아스라스 님에게 가세할 수 있을지도 모릅니다!"

"가세? 바보 같은 소리 하지 마라. 녀석에게 그런 건 필요 없다. 잘 들어라, 한마디 해두마. 아스라스에게 조심성 없이 접근하지 마라. 내가 좋다고 할 때까지는."

메아의 말에 키아라는 무서울 만큼 진지한 표정으로 못을 박았다.

"방심하면 죽는다. 아스라스한테는."

키아라가 그렇게까지 말할 만큼 위험인물. 그것을 다시금 뼈저리게 느꼈다.

그엔다르파가 침을 꿀꺽 삼키면서 그 거구를 부르르 떨었다.

"키아라 스승님. 저 자중지란은…… 그렇게 무서운 분입니까?"

"당연하다. 이 던전에서 가장 경계해야 할 상대를 가르쳐주마. 그건 던전 마스터도 뮤렐리아도 아니다. 분별이 사라진 아스라스다. 기억해둬라."

키아라가 모두를 협박하듯이 낮은 목소리로 말했다. 아니, 협박이 아니라 진실일 것이다. 키아라에게서는 강한 긴장감이 전해져왔다.

"알겠습니다."

"응. 알았어."

"……."

메아와 프란도 얌전한 얼굴로 고개를 끄덕였다. 그엔다르파는 이미 말이 안 나오는 듯했다. 숨을 삼키고 고개를 연신 끄덕였다.

여기서도 평소 같은 메이드들은 대단하군. 그야말로 강철 같은 정신력이다.

아니, 메아 역시 여기서 얌전히 있을 성격이 아니었다.

"하지만 여기서 염치없이 기다리고 있을 수도 없습니다!"

"나도 안다. 애초에 안에 있는 게 아스라스라고 확정된 것도 아니니 말이다."

"그렇다면!"

"가는 수밖에 없겠지."

그리고 여전히 무서운 표정으로 키아라가 천천히 문을 만졌다.

~~구구구구~~──.

땅울림을 내면서 열린 문의 저편에는 큰 원형의 넓은 방이 있었다. 처음에 받은 인상은 로마의 콜로세움이었다. 뭐, 땅은 돌바닥이고 천장은 돔 형태였으니 말이다.

내가 이 장소를 보고 콜로세움을 떠올린 것은 큰 방의 중앙에서 무시무시한 투기가 흘러나오고 있었기 때문이다.

대검을 든 거구의 남성과 전장 20미터에 가까운 트리케라톱스 같은 마수가 대치하며 긴박한 분위기를 내고 있었다.

문밖에서도 느껴진 압도적인 마력은 이 두 존재에게서 나오고 있었을 것이다.

마수의 위협도는 어림잡아도 C. 우리도 별 탈 없이 이기기 어려운 레벨이다. 어쩌면 위협도 B에 이를지도 모른다. 던전이라는 요소를 지키고 있으니까 오히려 그 정도는 당연하다.

그렇다면 우리도 사력을 다하지 않으면 크게 다칠 정도의 상대일 테다. 다만 지금은 아주 흉악한 마수라고 생각할 수 없을 만큼 온몸에 상처를 입고 있었다.

다섯 개 달린 뿔 중에서 이미 세 개가 떨어져 나갔다. 여섯 개 있는 다리도 네 개로 줄고 잘린 다리에서는 검푸른 피가 뚝뚝 떨어지고 있었다. 온몸을 뒤덮은 두꺼운 갑옷 같은 껍질은 몇 군데나 찢어져서 틈 사이로 살이 보였다.

조심스럽게 말해서 빈사 상태였다. 재생 스킬이 발동하지 않을 만큼 힘을 소모했다. 이대로 내버려 둬도 과다 출혈로 죽을 것이다.

반면 이마에 뿔이 난 거구의 남자에게는 상처가 전혀 없었다. 그뿐 아니라 숨을 거칠게 몰아쉬지도 않았다. 명백하게 위협도 C 랭크 이상일 마수를 압도하고 있었다.

"부오오오오오오오……!"

마수는 분노의 포효를 질렀지만 움직이지 않았다. 아니, 움직일 수 없었다. 이렇게까지 싸워서 힘을 소모한 데다 남자에 대한 깊은 공포심이 생겼을 것이다. 콧김 거칠게 살기 담긴 시선을 남자에게 향하고 있지만, 그 자리에서 앞으로 나가려고는 하지 않았다.

그런 마수의 상태를 잠시 관찰한 남자가 들고 있던 대검을 어깨에 얹었다. 그리고 왼손을 마수에게 향했다. 마력이 급격하게 높아지는 동시에 남자의 중얼거림이 들렸다.

"으깨져라."

"보오오오오오오오오오오——."

직후 마수가 마치 보이지 않는 거대한 손에 잡힌 듯이 좌우에서 뭉개지는 모습이 보였다. 움직이지도 못하고 마수의 처량한 비명만이 큰 방에 울렸다.

몸이 삐걱거릴 정도로 강력한 압박 탓에 눈이나 혀가 튀어나오고 온몸의 상처에서는 피가 뿜어져 나왔다. 그 체액도 결국에는 보이지 않는 벽에 막혀 그 자리에 고일 수밖에 없었지만.

몇 초 후 마수는 남자가 날린 어떤 공격에 보기에도 무참하게 압살되고 말았다. 정면에서 보면 마치 널빤지처럼 보였다.

즉시 남자를——아스라스를 감정했는데 그야말로 괴물이었다. 처음 보는 스킬을 잔뜩 가지고 있었고, 칭호도 위험한 것만 있었다.

과연 수왕에 필적할 스테이터스였다.

이름 : 아스라스　나이 : 148세

종족 : 귀인 · 재앙귀

직업 : 전귀사

Lv : 82/99

생명 : 2987　마력 : 1009　완력 : 1519　민첩 : 599

스킬 : 악식 6, 위압 10, 운반 6, 은밀 5, 해체 7, 회복 속도 상승 7, 괴력 10, 격투기 6, 격투술 6, 환경 내성 7, 기척 감지 6, 경기공 9, 고속 재생 7, 강력 10, 재생 10, 상태 이상 내성 9, 순발 6, 정신 이상 내성 4, 속성감 8, 대검술 10, 대검기 10, 대검성술 8, 대검성기 8, 대지 마술 6, 도약 6, 흙 마술 10, 연기공 3, 패기 6, 벌채 7, 물리 장벽 6, 마술 내성 6, 마력 감지 4, 요리 6, 함정 해제 5, 함정 감지 5, 기사회생, 기력 조작, 근육 강체, 정신 고양, 대지 강화, 직감, 통각 무효, 드래곤 슬레이어, 마력 조작, 완력 대상승

유니크 스킬 : 이블 킬러, 괴력난신, 귀기, 귀신의 축복

엑스트라 스킬 : 신검 개방

고유 스킬 : 광귀화, 암귀

칭호 : 이블 킬러, 살육자, 신검에 인정받은 자, 토술사, 던전 공략자, 드래
    곤 슬레이어, 동료 살해, 배틀 마니아, 마수 섬멸자, 랭크 S 모험가

장비 : 지검 가이아, 지룡각의 머리띠, 강룡 껍질로 만든 큰 갑옷, 운룡 가죽
    으로 만든 전투복, 신기루용의 외투, 정신 침정화의 팔찌, 노기 소산
    의 반지

육체의 능력만으로도 지나치게 압도적일 만큼 강했다. 강력한
고위 스킬을 이렇게나 가지고 있었다. 랭크 S 모험가라는 것도 납
득이 가는 스펙이다.

나는 엄청난 강자를 앞에 두고 오랜만에 공포를 맛보았다.

이 정도 힘이 이쪽으로 향할 우려가 있기 때문이다. 무슨 일이
있어도 프란만은 반드시 지켜야 한다. 결의를 새롭게 다지면서
아스라스를 관찰했다.

눈으로 보고 알 정도로 흥분하거나 제정신을 잃은 것처럼 보이
지는 않았다.

그 시선은 압사된 거대 마수에게 향해 있었다.

보이지 않는 힘에 좌우에서 짓눌려 납작해진 마수의 시체가 천
천히 땅바닥에 쓰러졌다.

그 땅울림에 메아와 그엔다르파는 제정신을 차렸다.

눈앞에서 일어난 사건은 그녀들에게도 충격적이었던 모양이
다. 고작 몇 초 동안의 일이라고는 하나 던전이라는 적지에서 무
방비한 모습을 보였으니 말이다.

무심코 앞으로 나가려고 한 메아의 어깨를 키아라가 힘껏 잡았

다. 그 얼굴에 뜬 진지한 표정을 보고 메아도 상대가 어떤 존재인지 떠올린 모양이다.

"죄, 죄송합니다."

"됐다. 하지만 잠시 거기 있어라."

키아라만이 천천히 앞으로 나섰다.

프란과 나머지 사람들은 언제든지 움직일 수 있도록 중심을 가볍게 앞으로 옮기면서 적의가 없는 것을 나타내기 위해 무기를 들지 않았다. 적대하는 것만큼은 절대로 피하고 싶은 상대. 거대한 마수를 수수께끼의 힘으로 압살한 남자를 보고 프란과 사람들은 그 인식을 한층 더 키웠다.

키아라가 긴장을 숨기고 마음 편한 모습으로 귀인에게 말을 걸었다.

"아스라스, 오랜만이군."

"으응? 너는──."

의아한 기색으로 이쪽을 힐끗 쏘아보는 아스라스의 박력에 키아라 이외의 전원이 몸을 움찔 떨었다.

하지만 바로 그 위압감은 흔적도 없이 사라졌다.

"혹시 키아라인가? 완전히 할망구가 됐잖아!"

직전까지 심각했던 얼굴이 거짓말처럼 풀어져서 사람 좋은 웃음을 키아라에게 보냈다.

"흥. 너는 똑같구나."

"와하하하하하! 귀인이니 말이야."

"흠, 일단은 멀쩡한가⋯⋯. 다들 이리 와라!"

아무래도 아스라스는 분별을 잃은 상태가 아닌 모양이다. 키아

라가 프란과 사람들을 손짓으로 불렀나. 그것을 본 아스라스가 놀리듯이 히죽 웃었다.

"뭐지? 소풍 인솔이라도 하는 건가?"

"애들이기는 하지만 나름대로 장래가 유망한 꼬맹이들이어서 말이야. 시중꾼 같은 거지."

프란과 나머지 사람들은 아스라스의 분위기에 당황하고 있는 듯했다. 이 녀석이 '자중지란'이라는 이명까지 가질 만큼 흉악한 모험가로는 보이지 않을 것이다.

나는 아스라스 본인이 아니라 등에 멘 이상한 크기의 대검에 눈길이 가 있었다.

진홍색 자루만으로도 1미터에 가까울지도 모른다. 키가 2미터가 넘는 아스라스가 비스듬히 멨는데도 땅에 닿을 것 같았다.

그 검에서 눈을 뗄 수 없었다. 단순히 크기만 한 것은 아니었다. 무시무시한 존재감과 위압감을 그 안에서 내뿜고 있었다. 떨릴 뻔한 내 도신을 필사적으로 억눌러야 했다.

『……이게 신검인가…….』

이름 : 지검 가이아

공격력 : 2000 보유 마력 : 6000 내구도 : 10000

마력 전도율 SS

스킬 : 신지 속성(神地屬性) 부여, 대지 마술 강화, 대지 마술 부여, 대지 무효, 마력 극대 회복, 마력 통제

무심코 감정했는데 굉장했다. 단순한 공격력을 비교하면 압도

적으로 밀렸다. 게다가 대지를 조종하는 힘에 특화된 만큼 그쪽 능력도 엄청났다.

그래도 나는 의문을 느꼈다. 초병기라고 불릴 정도인가? 그 힘은 인정한다. 하지만 엄청나게 우수한 마술사가 몇 명 있으면 대항할 수 있을 것 같기도 했다. 게다가 이름이 지검 가이아라고 적혀 있었다.

대지검이 아니었나? 아니, 린드와 마찬가지로 힘이 완전히 해방되지 않은 것일지도 모른다. 아스라스의 엑스트라 스킬에 있던 신검 개방이 수상하다. 신의 힘이 발휘되면 지금 이상의 초성능을 얻을지도 모른다.

그런 생각을 하는데 아스라스의 눈이 이쪽으로 향했다.

"누군가가 감정했군."

드, 들켰다. 감정 감지도 가지고 있지 않은데 어떻게 알았지?

"여기가 근질근질하거든. 보이고 있다는 느낌을 내 직감 스킬이 가르쳐주는 거지."

"미안하군. 던전 안에서는 경계를 풀지 말라고 가르치고 있거든."

아스라스의 말에 메아와 그엔다르파가 위축됐다. 하지만 그 직후에 나온 아스라스의 웃음소리가 자리의 딱딱한 분위기를 풀었다.

"와하하하하하! 그야 당연하겠지! 딱히 화내는 건 아냐. 이 심각한 얼굴은 타고났거든. 단순히 확인했을 뿐이다. 그건 그렇고 그 광견——이 아니라 광호 같았던 키아라가 타인을 위해서 머리를 숙이다니 놀랐다! 꽤나 둥글어졌군!"

"전혀 성장하지 않은 너한테 듣고 싶지 않다."

"말이 심하군. 뭐, 사실이기는 해! 그렇게 간단히 변할 수 있는 게 아니거든."

"그렇다면 아직도 찾고 있는 건가?"

"그래……."

아무래도 키아라와 아스라스에게는 서로를 이해하는 분위기가 있었다. 사전에 협박을 받고 어떤 괴물일까 했는데 입이 거칠고 얼굴 무서운 아저씨였다. 알레사 길드의 드나드론드가 생각나는 군. 뭐, 아스라스가 몸집도 뿔도 더 크지만.

긴장감이 풀렸는지 메아가 의문을 입에 담았다.

"저기, 아스라스 님은 뭔가 찾는 것이 있으십니까?"

"뭐, 그렇지. 나는 저주를 풀기 위해서 여러모로 찾는 게 있다."

"저주인가요?"

메아가 고개를 갸웃거렸다. 나도 처음에 아스라스를 감정했지만 특별히 상태에 저주라는 표기는 없었다고 생각하는데. 아스라스가 왠지 가냘픈 목소리로 저주에 대해 설명해줬다.

"아아, 축복으로서 저주……. 내게는 어떤 고유 스킬이 있다. '광귀화'라는 건데, 이 스킬을 봉인하기 위해서 나는 각지를 돌아다니고 있지."

"그건 어떤 스킬인가요?"

"발동하면 일부 능력이나 스킬의 위력이 몇 배로 오르고 회복력도 차원이 다르게 상승한다. 전투력만 보면 몇 배라고 해도 좋겠지."

뭐야 그 터무니없는 성능은! 어디가 저주라는 거지?

메아도 나와 같은 생각을 했는지 고개를 갸웃거리고 있었다.

"네? 그러면──."

"하지만 그런 엄청난 스킬에 아무런 단점도 없다고 생각하나?"

아스라스는 거기까지 말하고 바닥을 솟아오르게 해 만든 대에 털썩 앉았다.

"그래, 단점이 있다. 그것도 엄청난 게……."

자조하는 듯한 웃음을 띠는 아스라스. 웃고 있는데 내게는 마치 절망하고 있는 것처럼 보였다. 그만큼 지금의 아스라스에게서는 비장감이 감돌고 있었다.

그런 아스라스 대신 이어 설명한 것은 키아라였다. 아스라스를 보는 그 눈에는 애처로워하는 듯한 분위기가 있었다.

"아스라스의 광귀화는 전투를 반복하면 발동한다. 게다가 발동 타이밍을 자신이 선택할 수 없고, 발동 중에는 흉포화해서 이성도 날아가 적과 아군의 구별도 하지 못하게 된다. 그런데도 전투에 관한 지혜만은 문제없이 활성화해서 파괴를 벌이게 된다. 신검마저 마음대로 다루지. 확실히 이 녀석에게는 저주일 거야."

그래도 오랜 경험으로 어떻게든 발동하는 시기를 감지할 수 있게 되어서 그동안에는 아무도 만나지 않는 변경에 틀어박혀 남몰래 날뛰고 있다고 했다.

그것은 확실히 저주다. 아무리 대단한 스킬이라 해도——아니, 너무 대단하기 때문에.

칭호의 동료 살해가 애처로워 보이는군.

하지만 이 스킬, 나라면 지울 수 있지 않을까? 스킬 테이커로 빼앗으면 된다. 그 후 장비하지 않으면……? 혹시 장비 해제 불가인 경우가 최악이지만.

그러나 내 고찰은 바로 소용없는 것으로 밝혀졌다.

"확실히 스킬을 지울 수 있는 모험가가 있지 않았습니까?"

"그래. 랭크 A 모험가, 검은 사마귀 말레피센트지. 스킬 이레이저라는, 상대의 스킬을 지우는 스킬을 가지고 있다. 물론 시험해봤지."

"소용없었나요?"

"성공은 했어. 녀석의 스킬을 1년 정도 쓸 수 없게 된 것을 대가로 내 고유 스킬 '광귀화'는 사라졌지……. 이틀만."

"네?"

"고유 스킬이란 건 그 녀석의 존재에 깊이 관련된 스킬이다. 사라지든 빼앗기든 시간이 지나면 어느새 부활한다. 스킬을 지우는 스킬이나 빼앗는 능력도 시험해봤지만, 결과는 같았다."

즉 내가 빼앗아도 바로 부활한다는 뜻인가.

"이 스킬을 얻은 건 평범한 귀인 전사였던 내가 무슨 업보인지 재앙귀로 변이했을 때다."

"변이? 진화가 아니라?"

프란의 의문에 아스라스가 자세히 대답해줬다.

"진화는 레벨이 최대에 이르렀을 때 새로운 경지로 나아가는 거다. 변이는 레벨 이외의 어떤 조건을 채우면 이상한 뭔가로 변하는 것을 말하지."

역시 사람 좋은 아저씨로밖에 보이지 않는군.

진화 쪽이 어려운 만큼 능력의 상승률이 더 높다고 한다.

"다만 내 재앙귀는 조금 특수해서 말이야. 귀인이라 해도 실제로 존재하는지 의문스러웠던 환상의 변이체야. 이성을 잃고 모든 것을 없애는 불길한 귀신. 설마 내가 될 줄은 꿈에도 몰랐지만."

광귀화의 능력을 생각하면 전승은 옳았다는 말일 것이다. 게다가 지금은 신검의 소유자이기도 하다. 군대를 섬멸했다는 소문은 오히려 귀여운 것이었다. 왜냐하면 지금의 아스라스가 몇 배나 강해지고 신검을 휘두르기 때문이다.

나라가 멸망해도 이상하지 않다.

"그런 이유로 내 광귀화는 여간해서는 없어지지 않아. 어떤 의미에서 재앙귀의 존재 정의 자체 같은 스킬이고. 유감이지만 귀인이 변이할 수 있는 건 평생 한 번뿐이야. 다시 변이해 스킬을 없애는 방법도 쓸 수 없어. 그래서 나는 스킬을 봉인하는 방법을 찾고 있어. 물론 단기간만 없앤다면 방법은 있다. 하지만 내가 원하는 건 영구적으로 스킬을 봉인할 수 있는 방법이야."

"아스라스 님은 그 방법을 찾으러 이 던전에 오신 건가요?"

"뭐, 던전은 이 세상의 이치에서 벗어난 장소야. 가능성은 있겠지. 여기뿐만 아니라 나는 각지의 던전을 돌고 있어. 그리고 부탁도 받았거든."

"무슨 소리인가, 아스라스."

키아라가 물었다.

"부탁? 즉 누군가의 의뢰를 받아 이 던전에 왔다는 건가? 그런데 그게 누구지?"

"뭐, 키아라와 그 동료라면 상관없나. 신이야."

"뭐라고?"

키아라가 어이없다는 듯이 되물었다. 어지간한 키아라도 수긍할 수 있는 말이 아니었나 보다. 그 모습이 재미있었는지 아스라스는 빙긋이 웃으면서 말을 계속했다.

"크크크. 아무래도 신들은 신검에 묘하게 신경을 쓰고 있는 같아서 말이야. 늘 보고 있는 것 같아."

그야 사용하기에 따라서는 사신보다 위험한 존재가 될지도 모르니 감시 정도는 할지도 모른다.

"그리고 무슨 일이 있으면 신탁을 날려. 뭐, 부려먹기에는 딱 좋다는 거겠지."

"그 말은 신에게 뭔가 명령을 받았다는 건가?"

"아니, 그렇게까지 엄청난 건 아니야. 이번에도 이 장소의 위치 정보가 일방적으로 보내졌을 뿐이거든."

"저기, 그건 명령 아닌가요?"

신이 거기로 가라고 말하듯이 장소 정보를 직접 보내줬으니까 확실히 메아의 말대로 명령으로 보였다. 하지만 그렇지는 않은 모양이다.

"제대로 된 명령을 받은 건 지금까지 두 번밖에 없어. 그리고 부탁은 과거에 몇 번 무시한 적도 있지만 딱히 질책은 없더군."

"무, 무시하신 건가요! 신탁을!"

"달리 빠질 수 없는 중요한 임무 중이었거든. 하지만 벌도 내려 오지 않았으니 화나지 않았다는 거겠지."

대담한 남자로군. 명령이 아니라 해도 신의 부탁을 무시하다니. 저 키아라조차 불안하게 되묻고 있는데.

이 세상 사람치고는 드물다. 아니, 생각해보면 원하지 않는 스킬로 고생하고 있으니 신에게 의외로 삐딱하게 나오고 있는 것일지도 모른다.

그런 아스라스에게 아직 불안해 보이는 얼굴을 한 키아라가 물었다.

"그건 정말 벌이 없는 건가? 단순히 아직 벌이 내려오지 않은 것 아닌가?"

"하하하, 로렌시아의 비극처럼 말인가?"

"그, 그래."

"로렌시아의 비극은 뭐야?"

"오? 흑묘 아가씨는 혹시 다른 대륙 출신인가?"

"응."

"그런가, 그럼 모르는 것도 무리는 아닐지도 모르겠군."

로렌시아의 비극이란 이 대륙에서 150년 전에 일어난 사건이라고 한다. 일의 발단은 다시 50년—— 즉 현재에서 200년 전으로 거슬러 올라간다.

당시 수인국의 남쪽에 로렌시아 왕국이라는 작은 국가가 있었다. 국왕은 젊고 애국심이 지나치게 강했다고 한다. 그래서 늘 수인국에 뒤처져서 속국처럼 취급받는 것을 참을 수 없었다.

어떻게든 수인국의 영향력을 배제하고 그 지배에서 벗어날 수 없을까?

로렌시아 국왕은 어느덧 그런 생각을 하게 됐다.

그런 국왕이 무슨 짓을 했을까? 바보 같은 권력자가 생각하는 것은 어디든 같을지도 모른다. 로렌시아 국왕은 사술사를 불러 그 남자를 통해 사신에게 영혼을 바쳐서 사인을 소환하려고 했다. 본인도 사술에 빠져 사술사가 됐다고 해서 놀랐다.

하지만 사신을 소환하는, 그런 가당찮은 생각은 하지 않았다. 번식력 강한 고블린을 수인국에 대량으로 보내 혼란과 피폐를 초래하는 것이 목적이었다고 한다.

국민에게 무거운 세금을 부과해서 모은 돈으로 제물용 노예를 사 모으고, 부족한 부분은 세금을 내지 못한 국민을 산 제물로 바치는 폭거를 저지른 로렌시아 국왕.

하지만 그의 목적은 마지막까지 이뤄지지 않았다.

국왕을 쓰러뜨리기 위해 봉기한 국민들에 의해서 로렌시아 왕국은 내란에 돌입했기 때문이다. 결국 왕은 붙잡히고 다른 사술사들은 목이 달아났다.

이때 어떤 교섭이 오갔는지는 알 수 없지만 국왕은 처형되지 않았다.

왕가는 해체되고 나라는 로렌시아 공화국으로 이름을 바꿔서 민중에 의한 의회 정치로 체제를 바꿨다. 전 왕가는 노예 신분으로 전락해 변경으로 추방당해서 개척되지 않은 황야를 개간할 것을 명령받았다고 한다.

언제 끝나는지도 모르는 가혹하고 엄격한 고역의 시작이었다. 덤벼드는 흉악한 마수와 열악한 환경. 이 형벌을 들은 사람들은 머지않은 미래에 전 왕가 사람들이 모두 죽어서 이 이야기가 끝난다고 생각했을 것이다.

하지만 전 왕가는 거기서 끝나지 않았다. 마음을 고쳐먹고 개간에 매진했다. 몸이 가루가 되도록 일해서 믿을 수 없는 속도로 개간을 진행해 로렌시아 공화국의 생산 능력 향상에 크게 이바지했다고 한다. 그뿐만이 아니라 고아원 운영이나 부상자의 재취직 등 자선 사업도 펼쳤다.

50년이 지날 무렵 로렌시아 공화국에서 전 왕가를 나쁘게 말하는 사람은 적어졌다. 그리고 의회의 만장일치로 그들은 노예에서 해방됐다.

사실은 여러모로 정치적인 요소가 얽힌 듯하지만 여기서는 그다지 상관없다면서 생략했다. 중요한 것은 로렌시아가가 정말로 개심해서 공화국에 받아들여졌다는 점이다. 전 국왕은 그 무렵 저명인사 대접을 받았다.

그러나 그들의 죄를 잊지 않은 존재가 있었다.

그 존재는 신들이다.

놀랍게도 어느 날 갑자기 신벌이 로렌시아가에 내려졌다. 죄상은 사신을 이용해 사인을 대량 소환한 것. 누구나 왜 이제 와서 이러느냐고 생각했을 게 틀림없다.

하지만 완전히 개심해서 사람들의 경애마저 받았던 전 왕가는 신벌에 의해 끔찍하게 죽고 말았다. 남은 것은 전 왕가의 피를 직접 잇지 않은 분가 일족뿐이었다고 한다. 이것이 크롬 대륙에서 유명한 '로렌시아의 비극'이다.

"이 얘기에서 알 수 있는 건 신들이 아주 느긋하다는 것이다."

"느긋해?"

"원래 영겁의 시간에 존재하는 신과 우리 인간은 시간의 감각이 다를 거다. 이때 역시 우리에게는 50년이나 지나서 내린 벌로 보인다. 하지만 신들이 봤을 때 50년이라는 세월은 별거 아닐 거다. 어쩌면 순식간에 벌을 내렸다고 생각했을지도 몰라."

그렇군, 그런 일은 있을 수 있을지도 모른다. 예를 들어 사람과 벌레를 비교하면 시간의 가치관이 전혀 다를 것이다. 사람에게는 짧은 시간이라도 벌레에게는 평생에 해당할지도 모른다.

그와 똑같은 게 신과 인간이라고 말할 수 있을 것이다.

"하지만 그러면 너도 아직 벌을 받지 않았을 뿐인 거 아닌가?"

"카하하. 괜찮아. 신의 사도에게 직접 확인했으니까!"

"뭐? 너 신의 사도를 만난 건가?"

"그래. 두 번 내려온 신명을 전하러 왔을 때. 역시 신명을 내릴 때는 사도가 강림하더군. 그때 지금까지 무시했는데 괜찮으냐고 묻자 상관없다더군."

"이렇게 무모할 수가……. 하지만 어째서 그런 무시를 받아도 개의치 않는 애매한 신탁을 내리는 거지?"

"글쎄. 나도 잘은 모르지만……. 사도가 말하길, 겸사겸사 내렸다더군."

"겸사겸사?"

신의 사도에게 들은 이야기를 바탕으로 아스라스가 자신의 추측을 이야기했다.

신들로서는 어지간한 사건은 내버려 두는 모양이다. 다만 사인이 얽힌 경우에는 조금 걱정한다. 반드시 해결해야 하는 건 아니지만 관여할 수 있으면 해두자. 그렇게 생각한다고 한다.

거기서 신검 사용자가 등장한다. 평소부터 감시하고 있는 데다 신검을 통해서 신탁을 즉시 내리기 쉽다. 즉 감시하는 김에 부려 먹을 생각인 듯했다.

"뭐, 아까도 말한 대로 신들은 느긋해서 말이야. 사건이 일어날 것 같은 장소의 근처에서 신탁을 받을 수 있는 데다 사건을 해결할 수 있는 사람을 찾아 신탁을 내리려 하면 그것만으로 몇십 년이나 걸리잖아?"

신벌을 내리는 데 50년이라는 세월이 걸렸다. 그렇다면 신탁을 내리는데도 몇십 년이나 걸릴지도 모른다.

"그래서 바로 연락할 수 있는 신검 사용자를 심부름꾼으로 삼으려고 한 거야. 이번에는 던전이 얽혀 있는 것 같아서 움직여보자고 생각했지."

심부름꾼이라니……. 왠지 신검의 고마움이…….

그러나 그렇게 생각한 건 나뿐인 모양이다. 메아나 그엔다르파가 명백하게 선망의 눈빛으로 아스라스를 보고 있었다. 남에게 명령받는 것을 좋아하지 않을 것 같은 키아라조차도 특별히 의문을 느끼는 기색은 없었다.

신이 실제로 존재해서 공경하는 마음을 모으는 이쪽 세계에서는 신에게 명령받는 일은 아주 명예로울 것이다. 신에게 부탁을 받을 정도의 존재로 인정받는 대접을 받을 게 틀림없다.

『이봐, 메아는 신탁받은 적 없어?』

'스승인가? 아니, 없다. 아마 나는 아직 진정한 소유자로 인정받지 못했을 거다. 검에도 신에게서도.'

그런가, 놀란 기색으로 이야기를 듣고 있어서 살짝 신경이 쓰였다. 뭐, 아직 신검의 진정한 힘을 발휘할 수 없는 것 같으니 그 탓이겠지.

'나도 언젠가 반드시 인정받고 말겠어……!'

Side 리그다르파

"여전히 멋진 솜씨로군. 단기간에 이런 성벽을 쌓다니."

"오오, 리그다르파 공. 당신이야말로 수고가 많습니다."

내 앞에서 인간종 장년 남성, 류시아스 로렌시아 공이 미소를 지었다. 그 유명한 로렌시아의 비극으로 멸망한 로렌시아가의 분가 사람으로, 우리 수인국의 궁정 마술사 중 한 명이다. 큰 벽의 류시아스라 하면 이 대륙에서도 굴지의 대지 마술사로 유명하다.

이렇게 온화한 웃음을 띠는 사람이 대지를 융기시켜 몇백 명의 적 병사를 순식간에 장사 지낸다고는 도저히 생각할 수 없다. 하지만 그 웃음 뒤에 강한 투지를 숨기고 있는 건 잘 알고 있다. 나와 또래에 30년 전 첫 출전 이래 몇 번이고 전장에서 함께한 친구이기도 하기 때문이다.

"무리한 거 아니오?"

이 성벽을 쌓는 데 그레이트 월이라는 술법을 사용했을 텐데, 상당한 마력을 썼다고 들었다. 더욱이 전투까지 치렀으니 그 소모는 엄청날 것이다.

"뭘요, 제가 있을 곳을 지키기 위해서입니다. 이미 저희 로렌시아가는 사술사의 후손으로 유명해졌으니까요. 어느 나라에서든 따돌림받는 사람입니다. 그런 저를 중용해주는 곳은 수인국 정도겠죠."

"그렇소?"

"네. 그리고 무모한 건 그쪽도 마찬가지 아닌가요? 백서족의 용감한 돌파는 성벽 위에서도 잘 봤습니다. 설마 만 명이나 있는 적진에 수백 명의 보병으로 돌입할 줄은 몰랐습니다."

"후하하. 형이 없는 지금 어설픈 전투는 할 수 없으니 말이오."

내 이름은 리그다르파. 백서족의 족장이자 수왕님의 측근인 금강벽 고드다르파의 동생. 그리고 이번 대 바샬 왕국전의 부사령관이기도 하다. 선두에 서서 아군을 고무하는 것은 당연한 의무였다.

"그런데 어쩐 일입니까? 전장에서 옛정을 돈독하게 하려고 일부러 찾아오는 성격은 아닐 텐데요. 뭔가 성가신 일이라도 생겼나요?"

"예리하군. 이걸 보시오."

"이건──."

류시아스가 사령부에서 보내온 서류를 훑어봤다. 읽어나가자 그 얼굴에는 강한 곤혹과 희미한 초조함이 떠올랐다. 기분은 이해한다. 나도 마찬가지였다.

"크리슈나 왕가인가요? 과문해서 처음 듣습니다만."

"듣자하니 500년 전에 우리 수왕국을 다스렸던 왕가라더군. 하지만 현재의 나라싱하가의 반역으로 왕위를 빼앗겼다고 서류에는 적혀 있었소."

사령관인 대장군과도 이야기했지만 이 이야기가 사실인지 아닌지는 상관없다. 아니, 상관없지는 않지만 이 자리에서 논의해봐야 별수 없는 일이다.

전혀 거짓은 아니라고 생각한다. 나라싱하 왕가가 왕위에 오른 당시의 상황에는 확실히 수상한 점이 있으니 말이다. 역대 족장에게는 거기에 관한 전승이 전해져 온다.

하지만 현재 우리에게는 좋은 주인이라서 솔직히 이제 와 다시 문제 삼아서 어쩌자는 거냐는 마음이 있다.

하지만 국가 간의 전쟁에 그런 과거 사건을 꺼내 정당성을 주장하는 일은 흔하다. 이것을 좀체 무시할 수 없다. 전후 처리에 은근히 영향을 주기 때문이다.

500년이 짧은지 긴지는 알 수 없다. 우리 수인에게는 옛날이라고 할 수 있지만 장수종 중에는 기억하는 자가 있어도 이상하지는 않을 정도로 최근 일이기는 하다.

다만 적어도 바샬 왕국이 정말로 크리슈나 왕가의 사람을 옹립해 그 인물을 전면에 내세운다면 전후 교섭에서 성가신 일이 벌어지는 것은 확실했다. 바샬 왕국이 이야기를 끌고 가는 방식에 따라서는 주변국이 이쪽 편이 되지 않을 가능성도 있다.

"게다가 현재는 사인으로 변했다고 합니다만⋯⋯."

"그렇소. 그 인물은 나라싱하가에 쫓겨난 크리슈나가의 당주에 의해 사신에게 바쳐져 무녀로 선택받은 가련한 여자라고 적혀 있소."

"철저하게 나라싱하 왕가를 찬탈자로 규탄하고 크리슈나가의 피를 잇는 여성을 가련한 존재로 여기게끔 하는 내용이군요."

"과거의 은의가 있어서 어쩔 수 없이 힘을 빌려주고 있다고도 적혀 있소. 찬탈 왕가를 규탄하고 정당한 왕가의 권리를 회복하는 것이야말로 이웃 나라의 의무라고도."

사인과 손을 잡은 바샬 왕국은 제정신이냐고 따지고 싶지만, 승산이 있어서 한 행동일 것이다. 그리고 이 서류는 우리나라뿐만 아니라 다른 나라에도 뿌려진 듯하다.

우리 사령부보다 앞서 서류가 보내진 주변국에서 사령부로 문의가 다수 왔다. 그쪽 처리도 해야 할 것이다. 각국도 신중하게 사태를 지켜보고 싶은 듯하다. 아무래도 서류 이외의 루트로도 같은 이야기가 각국에 흘러가고 있는지, 어떤 나라도 이 서류가 완전히 엉터리라고는 생각하지 않는 모양이다.

"사신의 힘에 손을 대는 건 어리석은 짓이라는 생각밖에 안 드는군요."

"실감이 담겨 있구려."

"그야 뭐. 어릴 때부터 고생했으니까요. 사술사의 자식이라며 돌을 맞지 않는 날이 없었습니다."

"사술사 린포드인가."

"제가 열 살이 되기 전에 모습을 감춰서 기억은 적습니다만. 지금 생각하면 정신적으로 병들어 있었던 것 같습니다. 늘 기분 나쁜 웃음을 띤 노인이었습니다. 저는 수왕님이 거둬주셨지만, 아버지는 몇십 년 동안 사술사의 자손이라고 멸시받았으니 어쩔 수 없을지도 모르겠습니다만……."

"아직 못 찾은 거요?"

"네. 저는 아버지가 연로하실 때 태어난 자식이라, 살아 계셨다면 백 살 가까울 겁니다. 이미 어딘가에서──."

"미안하구려. 무례한 소리를 했소."

"괜찮습니다. 애초에 찾는 것도 이 손으로 포기하게 만들기 위해서니까요. 그것보다 지금은 그 서류에 대해 의논하죠."

"아아, 그래야겠소."

전쟁은 유리하게 흘러가고 있는데 골치 아픈 일이 일어났다.

*

설명을 마친 아스라스가 자신이 만든 의자에서 천천히 일어났다.

"그럼 의문은 풀렸나? 그러면 이제 돌아가라."

"네?! 무슨 말씀을 하시는 겁니까!"

"여기는 나 혼자서 충분하다. 키아라, 이 녀석들을 데리고 돌아가."

"알았다."

"키아라 스승님! 어째서입니까! 힘을 합치면 좋은 것 아닙니까!"

메아가 놀란 목소리를 냈지만 키아라는 고개를 가로저을 뿐이었다.

"아스라스. 이제 슬슬 올 때가 됐지?"

"그래. 아마도. 내게 죽고 싶지 않으면 바로 여기를 나가."

그것은 아스라스의 광귀화가 발동 임박했다는 소리인가? 그렇다면 확실히 위험했다. 지금 상황에서도 충분히 강한데 여기서 몇 단계 더 강해져 폭주하는 것이니 말이다. 키아라가 순순히 동의한 것도 당연했다.

"메아, 간다."

"……알겠습니다."

"프란도 알았지?"

"……응."

메아도 프란도 마지못해 고개를 끄덕였다. 메아는 사명감이 강해서 아스라스에게만 모든 것을 맡기는 게 불만일 것이다. 또한 자신이 도움이 되지 않는다는 사실도 그녀를 초조하게 만드는 원인인 듯했다. 아까도 자신이 신검의 주인으로 인정받지 못한 것을 분하게 여기고 있었다.

프란은 단순히 아스라스의 힘을 볼 수 없는 게 아쉬울 것이다. 하지만 어쩔 수 없다. 이러다 아스라스의 폭주에 말려들면 최악이다.

여기에 있는 전원이 저항해도 어떻게 되지 않을 것이다. 그 정도로 아스라스는 강했다.

『프란, 서두르자.』

"응."

키아라도 살짝 초조한 목소리로 쿠이나와 사람들에게 지시를
내렸다.

"서두르자. 쿠이나, 문을 열어줘."

"네. 미아노아가 후위를 맡아주세요."

"알겠습니다, 선배."

쿠이나를 선두에 세우고 입구로 서둘렀다. 미아노아를 마지막
에 둔 것은 메아가 어리석은 짓을 저지르지 못하도록 감시하기
위해서일 것이다. 뭐, 말도 안 된다고는 생각하지만 혼자서 아스
라스에게 돌아가거나 말이다.

"……큭."

쿠이나가 우리도 알 수 있을 만큼 초조한 표정을 짓고 있었다.

"왜 그래, 쿠이나."

"열리지 않습니다."

"뭐라고?"

"이 방에 들어왔을 때는 확실히 여닫는 것이 가능했습니다."

안에서는 열리지 않는 구조라고 생각했지만 쿠이나는 우리와
달리 여닫을 수 있는지를 확실하게 확인했다고 한다. 하지만 지
금은 열리지 않게 된 듯하다.

이거 위험한 거 아닌가? 나는 디멘션 게이트를 시도해봤다. 던
전 밖으로 나가지 못해도 이 방에서 도망칠 수 있으면 상관없다.

하지만 마술이 발동조차 되지 않았다.

『──어떻게 된 거지?』

시공 마술을 발동하려 해도 마력을 제대로 모을 수 없었다.

나는 봉인 무효 스킬을 가지고 있지만 그것도 소용없었다. 시공 마술이 봉인된 것이 아니라 사용은 할 수 있어도 발동하지 않도록 방해받고 있기 때문이다.

'스승?'

『전이가 방해받고 있어.』

이 감각은 익숙했다. 뮤렐리아가 펼친 전이 방해 결계다. 내가 거기에 생각이 미친 순간이었다.

"아하하하! 그 문은 닫혔으니까 이제 나갈 수 없어. 결계를 펼쳤으니까 전이도 소용없고!"

"그 목소리는!"

"뮤렐리아?"

갑자기 방에 울린 목소리에 메아와 프란 어린 콤비가 자세를 잡았다.

"정답!"

뮤렐리아가 전이해온 곳은 우리 자리에서 아스라스를 사이에 둔 반대편이었다. 사신의 힘으로 펼친 결계라서 그 가호를 받는 뮤렐리아만은 전이가 가능한 거겠지.

그 얼굴에는 보기만 해도 이쪽을 불안하게 하는 광적인 웃음을 띠고 있었다. 하지만 그 몸에서 나오는 사기가 희미하게 약해진 것 같기도 했다.

파사현정의 영향인가? 사기가 약해져 있음에도 충분히 강하여 우습게 볼 수는 없지만.

"설마 신검 사용자가 올 줄은 몰랐어. 발을 묶기 위해 만든 미궁이 이렇게 빨리 돌파될 줄이야."

"너는 던전 마스터인가?"

"아니야. 뭐, 던전의 관계자지."

"그런가……."

뮤렐리아가 내뿜는 사기를 감지하고 한 눈에 적이라고 간파한 모양이다. 아스라스가 지검 가이아를 뽑아 자세를 잡았다.

그 의식은 뮤렐리아뿐만 아니라 이쪽으로도 향해 있었다. 아스라스가 진지한 표정으로 입을 열었다.

"……키아라."

"알고 있어."

"알았지, 꼬마들을 지켜."

"그래."

어쩌려는 거지? 도망칠 수 없는 이상 아스라스의 방해가 되지 않도록 계속 도망쳐다닐 수밖에 없나?

아니면 아스라스가 폭주하기 전에 뮤렐리아를 속공으로 해치울까? 이 멤버라면 그것도 가능할 것이다. 어차피 이 공간에서 아스라스가 폭주를 시작하면 끝이다. 그렇다면 속공으로 싸움을 마치고 아스라스와 헤어지는 편이 좋을 것 같기도 했다. 아스라스도 그렇게 생각한 듯했다.

"되도록 빨리 저 여자를 쓰러뜨린다. 이쪽에 맞춰."

"알았다. 다들 아스라스를 따라라."

"물론입니다!"

"응!"

"웡웡!"

메아는 어딘가 즐거운 듯하군. 랭크 S 모험가와 함께 싸울 수 있기 때문이겠지. 쿠이나와 미아노아도 말없이 고개를 끄덕였다. 프란도 울시도 의욕이 가득하다.

"특히 프란의 검은 파사현정을 갖추고 있다. 사인에게는 유효해."

"호오? 그거 든든하군."

내가 파사현정 스킬을 갖추고 있는 것은 이미 모두에게 밝혔다. 어쨌든 뮤렐리아에 대한 비장의 카드이기 때문이다.

"흑묘 아가씨, 신을 내다 내 공격에 휘말리지 말라고."

"응!"

"뭐, 괜찮을 것 같군. 그 나이에 어떻게 거기까지 강해진 거지? 흑묘족은 약하다고 들었는데, 아가씨도 그렇고 키아라도 그렇고 엄청난 녀석만 있잖아."

뭐, 프란도 키아라도 특수한 케이스이니 말이다. 현 시점에서 흑묘족 넘버 원, 투일 것이다.

그런 이야기를 하는 동안에도 뮤렐리아는 공격하러 오지 않았다. 어째서인지 대담한 웃음을 띠고 그 자리에 서 있었다.

"이야기는 끝났어?"

"이 멤버를 상대로 꽤나 여유롭군."

"그렇기는 하네. 그런 것보다 하나 묻고 싶은 게 있는데."

"으응? 뭐지?"

"이제 아슬아슬한 거 같은데? 그런 상태로 싸울 수 있어?"

"쳇!"

뮤렐리아의 말을 듣고 크게 혀를 차는 아스라스.

"당신 안에서 파괴의 충동이 커지고 있어. 대미궁은 순식간에 돌파됐지만, 완전히 소용없지 않은 것 같네. 쿠후후, 싸우면 싸울 수록 폭주가 빨라지는 식인가? 동료가 거기에 말려들지 않으면 좋을 텐데."

"그러면 내가 미치기 전에 너를 죽여버릴 뿐이다!"

아스라스의 그 외침이 개전의 신호가 됐다.

아스라스가 뮤렐리아에게 돌진했다. 견제가 아니라 진짜 일격일 것이다. 뮤렐리아가 전이로 피했지만 지면을 두드린 그 공격에, 방에 큰 진동이 퍼졌기 때문이다.

역시 무영창 전이는 성가시다. 하지만 뮤렐리아가 불리한 사실은 변하지 않는다. 어차피 수단의 숫자가 다르다.

"아하하, 성격이 급하네!"

"훗!"

전이한 곳을 읽은 프란이 앞질러 가 있었다. 전이 자체는 방해받아도 공간의 흔들림을 읽어 상대가 전이하는 곳을 읽는 정도는 할 수 있었다.

『하아아압!』

"얍!"

프란이 섬화신뢰를 써서 고속으로 달려들었다. 일격에 해치우기보다 속도를 우선시한 움직임이다. 내가 있으니 말이다. 파사현정 덕분에 맞히면 그것만으로 사기를 줄일 수 있다. 오히려 약한 공격을 끊임없이 펼치는 편이 뮤렐리아에게 압박을 줄 수 있을 것이다.

그동안 나도 장식 끈을 강사로 만들어 공격을 준비했다. 차츰 익숙해져서 변형도 부드럽게 했다. 그러나 기대했던 반응은 없었다.

"위험하네."

『놓쳤나.』

뮤렐리아는 이쪽에 반격도 하지 않고 전이로 간단히 거리를 벌렸다. 뭐지? 파사현정을 꽤나 경계하고 있는 건가?

"아, 무섭네 무서워. 역시 만만찮네. 하지만 언제까지 틈을 보이지 않을 수 있을까? 힘껏 발버둥 치렴."

엄청나게 거만한 눈빛이다. 확실히 혼자만 전이를 쓸 수 있는 것은 장점이지만 그렇게까지 여유를 보일 수 있을 정도인가? 달리 뭔가 숨긴 카드가 있는 건가?

하지만 그 뒤에도 뮤렐리아는 달려드는 키아라나 메아에게서 도망치며 견제 이상의 공격을 거의 하려 하지 않았다.

"자자! 왜 그래? 그 정도 공격으로는 나를 쓰러뜨릴 수 없어."

입으로는 강하게 말하지만 이것은 확실히 시간 벌기에 불과했다. 그건 여기 있는 전원이 알아차렸을 것이다. 하지만 그래도 결정타를 날리지 못했다.

범위 넓고 위력 높은 공격을 날리기에는 이 장소가 너무 좁았다. 분명히 다른 동료를 말려들게 할 것이다. 그렇다고 전이하는 뮤렐리아를 계속 쫓기도 어렵다. 아직 그런 움직임은 보이지 않지만 여차하면 뮤렐리아는 방 밖으로 도망치면 그만이니 말이다.

역시 전이한 곳까지 말려들 만한 범위 넓고 지속성 있는 공격을 날리는 수밖에 없을 것이다. 내가 보기에 그것을 할 만한 사람은 아스라스와 프란뿐이다.

쿠이나와 미아노아는 접근전 특화라서 광범위 공격은 무리다. 메아와 키아라는 뮤렐리아의 전이를 감지해 쫓는 술법이 없다. 울시는 쫓을 수 있지만 공격력이 부족하다.

결국 시공 마술로 전이하는 곳을 감지할 수 있는 나나 직감으로 전이를 감지할 수 있는 아스라스가 할 수밖에 없었다. 하지만 아스라스에게 시키기는 솔직히 불안하다.

뮤렐리아가 시간을 버는 이유는 아스라스에게 있는 게 틀림없다. 아스라스의 폭주를 기다리는 것으로밖에 보이지 않았다. 그렇다면 전투 행위를 하면 할수록 폭주 위험이 늘어나는 아스라스에게 섣불리 강한 기술을 쓰게 하는 건 무섭다.

우리가 하는 수밖에 없었다. 아스라스의 폭주가 시작되기 전에 결착을 지을 수밖에 없는 것이다.

아스라스의 파괴 충동을 나는 감지할 수 없다. 하지만 그 표정에 초조함이 조금 보이기 시작한 것은 알 수 있었다. 아마 뮤렐리아의 말대로 폭주가 가까워졌을 것이다. 이제 시간이 없었다. 어떤 방법을 써서라도 뮤렐리아를 쓰러뜨려야 한다.

『프란.』

'응.'

『내가 녀석의 발을 멈출게! 그 순간을 놓치지 마. 녀석을 쓰러뜨리려면 몸을 가르는 수밖에 없어.』

'알았어.'

『좋아!』

뮤렐리아가 메아의 백화를 전이로 피한 직후 나는 전력으로 형성 변형을 발동했다. 더 가늘고 더 날카롭고 더 넓게. 동시 연산을 전개해 더 완벽하게 내 도신을 조종했다.

『파사현정, 전개애애애!』

그뿐만이 아니다. 파사현정의 힘을 실 구석구석까지, 한 가닥 한 가닥에 퍼뜨렸다. 그렇게 하지 않으면 뮤렐리아를 붙잡을 수 없을 것이다.

『크으으으으으으!』

동시 연산을 써서 마술을 여러 개 기동했을 때와 같은──아니, 그 이상의 고통이 내 정신을 덮쳤다. 그렇다, 통각이 없는 검인 내가 확실히 고통을 느끼고 있었다. 내 도신인가? 아니면 정신? 뭔가가 삐걱거리는 소리가 들리는 것 같았다.

하지만 여기서 손을 뺄 수는 없었다.

장식 끈뿐만 아니라 전신을 강사로 변화시켜갔다.

마치 거대한 거미줄처럼 강사로 변한 내 도신이 큰 방의 절반을 뒤덮었다.

"큭! 이, 이런 짓까지!"

『잡, 았다!』

거미줄에 걸린 사냥감은 전이한 직후의 뮤렐리아다. 날카로운 실이 그 몸을 휘감았고, 오른팔과 왼쪽 다리는 절반이 잘려 떨어졌다. 온몸에는 베인 상처가 생기고 사기가 사라지는 것을 알 수 있었다. 나는 실을 더 조작해 뮤렐리아를 놓치지 않도록 포위를 좁혔다.

『크으으으으윽……!』

동시에 프란을 위해서 길을 비웠다. 프란만이 지나갈 수 있는 아주 작은 틈이다.

그곳으로 프란이 전혀 망설임 없이 돌파했다.

약간의 틈을 벌렸다고는 하나 강철 실은 프란에게도 대미지를 줬다. 하지만 프란은 신경 쓰지 않았다.

붉은 피를 흘리면서도 마치 단검처럼 가늘고 작아진 나를 뮤렐리아를 향해 내질렀다.

"하아아아압!"

『제발 좀 쓰러져어어!』

"크흑……!"

이대로 몸속에 파사현정의 힘을 흘려 넣어 내부부터 무너뜨린다!

하지만 간발의 차이였다. 압축한 사기로 뒤엉킨 실을 밀어내고 전이해 도망쳤다.

큰 방 중앙에 나타난 뮤렐리아의 몸에는 커다란 구멍이 뚫려 있지만 아직 소멸한 기미는 없었다. 다만 사기는 처음의 절반 이하로 줄었을 것이다. 확실히 몰아넣었을 테다.

'스승, 괜찮아?'

『내가 할, 말이야…….』

'응. 바로 나아. 하지만 스승은 상당히 무리했어.'

『그래…….』

허세를 부리고 싶지만 그것마저도 귀찮았다. 전에 없는 규모와 정밀도의 강사화와 파사현정의 동시 행사는 내가 생각했던 것 이상으로 나를 소모시켰다.

『아직 더 할 수 있어!』

'……알았어.'

우리는 뮤렐리아를 노려봤다.

하지만 마주한 뮤렐리아의 얼굴에는 깊은 웃음이 떠올라 있었다.

나와 프란의 공격으로 사기가 대폭 줄었는데도 불구하고 그 얼굴에는 괴로움과 함께 어째선지 환희의 표정을 떠올라 있었다.

"아하하하하하! 역시 강하네!"

"……그거 고맙군."

얼굴을 일그러뜨린 채 웃음소리를 내는 뮤렐리아를 경계하듯이 아스라스가 무뚝뚝하게 대답했다.

뮤렐리아의 이 여유로운 태도는 뭐지?

하지만 기회인 건 틀림없다. 전이로 도망치기 전에 여기서 해치워야 한다.

나는 정신적인 허탈감을 억누르고 다시 공격하기 위해서 집중을 높였다. 아스라스도 뭔가를 노리고 있는 듯했다.

우리 사이에 긴장감이 조용히 높아졌다. 뮤렐리아는 그 분위기를 알아차렸을 텐데도 여전히 여유가 있었다. 뭔가 비장의 수라도 있는 건가?

신중하게 가고 싶지만 시간은 얼마 남지 않았다. 손을 쉬고 있을 틈은 없었다.

『해치우자!』

"응!"

우리가 움직이려 한 그때였다. 프란과 사람들의 발밑을 어디선가 쏟아진 마력이 방사형으로 빠져나간 것을 알 수 있었다.

『뭐지? 이상한 마력이?』

직후 던전에 엄청난 진동이 덮쳤다. 마치 대지 자체가 압력을 주는 듯했다. 체중이 가벼운 프란뿐만 아니라 아스라스마저 순간 떠올랐다. 대지진이라도 일어났다고 생각했을 정도다.

흔들림에 놀란 프란 일행을 보고 뮤렐리아가 더 깊게 웃었다. 뮤렐리아 녀석, 이걸 노리고 있었던 건가! 마력이나 사기는 느껴지지 않았는데 대체 어떻게 한 거지? 던전의 힘인가? 아무튼 이쪽은 틈을 보이고 말았다.

『온다!』

'응!'

아직 흔들리는 지면에서 공중 도약으로 떨어진 프란이 온 신경을 집중해 뮤렐리아의 움직임을 주시했다. 사인에게 비장의 카드인 파사현정을 가지고 있는 이상 반드시 프란을 노릴 것이기 때문이다.

『……』

'……'

하지만 뮤렐리아는 움직임을 보이지 않았다.

그럴 뿐만 아니라 그 자리에서 웃음을 터뜨리기 시작했다.

"아하하하하하하하하하하! 드디어! 드디어네!"

모습이 이상한 건 뮤렐리아뿐만이 아니었다. 아스라스와 키아라도 경악스러운 표정을 띤 채 웃는 뮤렐리아를 응시하고 있었다.

"지금 건…… 던전의 비명인가?"

"어째서 그 일로 웃을 수 있지?"

"던전의 비명?"

던전의 비명이란 던전 마스터가 쓰러져 던전이 휴면할 때 일어나는 지진 같은 진동을 말한다고 한다.

전에 알레사의 고블린 던전을 공략했을 때는 이런 흔들림이 없었는데…….

아무래도 이 흔들림은 어떤 던전이든 일어나는 것은 아닌 모양이다. 더 강하고 오래된 던전일수록 큰 흔들림이 일어난다고 한다. 이 던전은 뮤렐리아나 린포드가 강화시킨 탓에 대형 던전 같은 격렬한 흔들림을 보인 듯했다.

코어에서 나온 마력의 파장에 특징이 있어서 아는 사람이라면 바로 눈치채는 모양이다. 그렇군. 진동이 일어나기 전에 지면에 퍼진 마력인가.

즉 정말로 던전 마스터가 죽은 것이다. 그렇다면 어째서 뮤렐리아는 웃고 있지? 던전 마스터가 죽어서 던전이 휴면 상태에 들어가면, 그 던전에 속한 몬스터도 소멸할 터다. 요컨대 뮤렐리아도 소멸하고 만다.

"우후후후. 나는 이로써 자유야!"

"무슨 소리지? 너는 던전 관계자라고 하지 않았나? 그렇다면 이제 곧——."

"소멸한다고?"

"그렇다."

아스라스의 질문에도 기뻐하며 대답하는 뮤렐리아.

"땡! 나는 던전의 지배를 반만 받고 있어서 지금 당장 소멸하지는 않아. 뭐, 며칠은 유예가 있겠지?"

"하지만 며칠인데?"

"그러네. 하지만 너희를 몰살시키는 데 며칠은 필요 없는데? 몇 분만 있으면 충분해."

"세게 나오는군."

"확실히 평범하게 이길 수는 없겠지. 신검 사용자에 파사 소유자. 그 밖에도 전원이 진화가 끝나 있지."

뮤렐리아는 그렇게 말하면서도 냉정했다. 무슨 생각을 하고 있는지 전혀 모르겠군.

"다만 남은 힘을 폭주시켜 자폭하는 정도라면 할 수 있어. 어차피 며칠 뒤면 사라지니 여기서 자폭해도 똑같잖아? 이 좁은 공간에서 내가 전력으로 자폭하면 어떻게 될까? 살아남는다고 해도 그게 방아쇠가 돼 그 귀인이 폭주를 시작할지도 모르겠지?"

뮤렐리아의 사기는 반으로 줄었다고는 하나 아직 막대한 힘을 가지고 있었다. 그 전부를 써서 자폭하면 아무리 파사현정을 가지고 있더라도 잠시도 버티지 못할 것이다.

그리고 뮤렐리아의 자폭이 아스라스의 폭주의 방아쇠가 되는 것은 충분히 생각할 수 있었다.

뮤렐리아는 자포자기한 건가? 생각하면 이상하다. 아까 한 말은 던전 마스터가 죽기를 기다린 듯한 말투였다. 자폭은 던전 마스터가 죽기 전에 해도 됐을 것이다.

"저기, 나와 거래 안 할래?"

"뭐라고?"

"만약 내 소원을 들어주면 여기서 얌전히 죽어줄게. 저항 안해. 약속해."

거짓말이 아니——라기보다 판별할 수 없는 듯하다. 생각해보면 계속 위화감이 있었다. 허언의 이치는 지금까지 한 번도 뮤렐리아의 말을 거짓이라고 판단한 적이 없었다. 하지만 그런 일은 있을 수 없다. 오히려 거짓말만 하는 쪽이 자연스러울 테다.

아마 감정과 마찬가지로 허언의 이치가 사인의 말에 효과를 발휘하지 않는 거겠지.

『프란, 녀석은 진실을 말하고 있다고 생각해?』

'응. 저 눈은 진실을 말하고 있어.'

『그래?』

프란은 나보다 훨씬 예리하다. 그렇다면 저 말은 믿어도 된다.

"의미를 모르겠군. 사인인 네가 무엇을 바란다는 거지? 사신의 부활인가?"

"바보 같은 소리를 하면 곤란해. 내 바람은 그런 시시한 게 아냐."

"뭐라고……?!"

뮤렐리아의 말을 듣고 아스라스도 할 말을 잃었다. 사인이 사신의 부활을 시시한 일이라고 단언했다. 당연히 놀랄 것이다.

"내 부탁은 하나뿐이야. 당신들이라면 결코 어렵지 않은 이야기지."

"……말해봐."

"바샬 왕국에 매그놀리아가라는 귀족 가문이 있어. 최근 태어난 적자를 구출해 안전한 장소에 데려다주지 않겠어?"

"뭐?"

"뭐라고?"

아스라스와 키아라가 되물었다. 그야 그럴 것이다. 무슨 소리인지 이해가 되지 않으니 말이다. 매그놀리아가의 적자를 구출하라는 건 무슨 소리지?

요한과 계약해 그 아들을 바샬에서 탈출시키는 약속을 한 건 알고 있다. 다만 그런 건 이제 무효 아닌가? 뮤렐리아는 며칠 안에 소멸하니까.

아니, 생각해보면 그 일이 애초에 이상했다.

뮤렐리아가 요한 가문과 약속을 맺은 목적은 매그놀리아가의 피를 쓴 의식을 펼쳐서 린포드의 지배에서 벗어나는 거였잖아? 하지만 린포드는 이미 소멸해서 지배는 풀렸을 터다. 로미오를 탈출시켜 매그놀리아가의 피를 얻을 필요도 없다.

그런데 어째서 로미오를 걱정하는 거지?

나는 완전히 뮤렐리아의 목적은 자유로워지는 것과 수인국에 대한 복수라고 생각하고 있었다. 이번 전쟁은 복수심도 충족시킬 수 있는 데다 매그놀리아가에 은혜를 입혀 그 피를 얻을 수 있다. 자유와 복수, 양쪽 다 만족시키는 일석이조의 작전이다.

하지만 그 양쪽 다 아니고 뭔가 달리 목적이 있었다?

그러기 위해서 로미오를 이용하려고 하는 건가? 아니, 이제 소멸하니까 그것 역시 늦었을 것이다. 잠깐, 로미오는 상당히 강한 힘을 가지고 태어났다고 했지? 그 힘을 이용하면 던전의 지배에서도 벗어날 수 있지 않을까? 그러면 던전의 죽음에 말려들지 않는다? 아니 아니, 여기서 우리에게 죽어도 좋다고 했으니까 그것도 역시 말이 안 된다.

그렇다. 자신의 목숨을 여기서 바쳐도 좋다고 했다. 그 대신 바라는 것이 로미오를 구출하는 것.

고속 사고 스킬을 써서 순식간에 온갖 가능성을 생각했다. 하지만 결론은 나오지 않았다.

"이봐, 뭘 꾸미고 있는 거지?"

"안 꾸몄어. 좀 더 자세히 말하자면, 매그놀리아가의 적자가 바샬 왕국에 강제로 노예가 되기 전에 그 손길이 미치지 않는 곳으로 데려가서 평범한 삶을 살게 해주기를 바랄 뿐이야. 가능하면 이웃 대륙에 있다는 랭크 A 모험가가 경영하는 고아원에 데려가줘."

"어째서 직접 안 하지?"

"내가 그 애에게 집착하는 것을 알면 분명 던전 마스터가 인질로 삼았을 거야. 겨우 자유로워졌지만 내게는 이제 시간이 없어. 그러니까 당신들에게 부탁하고 싶어."

키아라도 아스라스도 메아도 아무 말도 하지 않았다. 아니, 할 수 없었다. 믿을 수 없을 것이다. 애초에 사인이라면 더 공격적이고 파괴를 퍼뜨리는 존재다. 그런데 아이를 구해달라고?

하지만 프란이 말하는 대로 그 말은 거짓말로 보이지 않았다. 그 눈빛은 진지하기까지 했다. 아스라스의 뒤를 이어 프란이 입을 열었다.

"다른 사람은 괜찮아? 그 기사들은?"

"그런 녀석들은 내버려 둬도 돼. 로미오의 부모라는 것 외에 아무 가치도 없어."

"왕가의 부흥이나 수인에 대한 복수는?"

"아아, 크리슈나 왕가는 과거의 유물, 아무래도 상관없어. 바샬 왕국이 그 이름을 이용하고 싶어 해서 손을 잠시 빌려줬을 뿐이야. 복수? 확실히 부활했을 때는 복수를 생각했었어. 요한 일당과 만났을 때도 그것을 목적으로 행동했지. 하지만 그 아이를 만난 순간 그 외의 일은 아무래도 좋아졌어. 로미오…… 사랑스러운 아이……. 그 애에 비하면 다른 모든 게 무가치해. 전부 내 진의를 숨기기 위한 행사야. 어디서 바샬 왕국이나 던전 마스터의 귀에 들어갈지 알 수 없고, 그래서 로미오를 그쪽에서 숨기면 의미가 없어. 내 진짜 소원은 로미오의 행복뿐이야. 저기, 부탁해. 그 아이를 바샬 왕국에서, 매그놀리아의 주박에서 구해줘."

"대체 무슨──."

아스라스가 다시 질문을 하려 한 그때였다.

"──연극은 거기까지다."

"커헉!"

갑자기 뮤렐리아의 뒤에 나타난 인영이 손에 들고 있던 검을 등에서 심장으로 찔러 넣었다. 피를 토하며 괴로운 표정을 띠는 뮤렐리아에게서 그 인영을 향해 사기가 흘러가는 것을 알 수 있었다. 뮤렐리아의 사기를 흡수하고 있는 것이다.

이 남자는 우리에게 낯이 익었다. 온몸이 상처투성이인 거구의 전사.

"제로스, 리드. 배신, 한 거야……?"

"크하하하! 이 내가 힘을 얻을 기회를 놓칠까 보냐!"

"크악……."

제로스리드가 뮤렐리아를 내던졌다. 우리의 눈앞으로 떨어진 뮤렐리아는 어떻게 봐도 빈사 상태였다. 그렇게 쌓여 있던 사기가 거의 느껴지지 않았다. 상처의 재생도 시작되지 않았다.

"저기…… 부탁해…… 그 아이를, 로미오를 행복하게…… 부탁……."

숨이 막 끊어지는 상태가 되면서도 이쪽으로 손을 뻗으려 했다.

"흥, 불쌍한 여자로군. 사신의 권속 주제에 인간 꼬맹이의 행복을 바라다니. 아무리 미쳐도 여자라는 건가?"

"고……."

그리고 그 손이 힘을 잃고 땅에 떨어졌다.

어이없는 최후였다.

Side 뮤렐리아

마지막으로 기억하는 것은 시야를 뒤덮는 하얀빛. 신성하고도 꺼림칙한 빛. 내 목숨을 빼앗아간 신벌의 빛이다.

이상하다. 아주 옛날 일처럼 느껴진다. 하지만 무리도 아니다. 그 일로부터 500년이나 지났다고 한다. 즉 나는 실패한 것이다.

이게 무슨 일인지. 내 비원이 달성될 때까지 아주 조금 남았는데…… 마음속이 절망으로 칠해지고 사신의 지배가 강해지는 것이 느껴졌다. 그래도 내가 사신에게 완전히 지배되는 일 없이 의식을 유지할 수 있었던 것은 희미하게 비친 희망의 빛이 있으니까.

린포드에게 매그놀리아의 이름이 지금도 남아 있다는 말을 들었다. 게다가 내 이름까지 구전되고 있다고 한다. 오류투성이 전승을 들었을 때는 웃음을 참지 못했지만.

연인과의 사랑은 바로 식었다. 그는 주위의 짐승들이 무서워서 나를 버렸고, 나도 나를 버린 남자를 계속 사랑할 만큼 지고지순한 여자가 아니었다. 그리고 그를 처음 만난 최초의 이유는 그가 특수한 혈통이었기 때문이다. 지금 생각해보면 애초에 사랑이 아니라 주위와 다른 털 색깔을 가진 인간을 독점하고 싶었던 것뿐일지도 모른다.

이 세상 모든 일이 아무래도 상관없어진 것은 그 무렵일까. 의욕을 잃고 나는 방탕한 생활을 하게 됐다. 조만간 적당한 상대의 아내로 보내지게 될 터였다. 얼마나 시시한 인생일까.

하지만 이야기는 거기서 끝나지 않았다. 나는 운명적으로 만났다. 그것은 나를 버린 전 연인과 결혼 사기로 노예로 떨어진 매춘부 사이에서 태어난 한 남자아이.

본 순간 마음을 빼앗겼다. 이것이 모성인 것일까. 아무튼 이렇게 사랑스럽고 사랑스러운 존재가 있을 줄 몰랐다. 다른 아이를 봤을 때는 그런 생각을 하지 않았는데, 신기한 일이다.

그 순간부터 그 아이의 행복만이 내 전부가 됐다. 그래서 그 쓰레기들도 죽이지 않았다. 아이에게는 부모가 필요하다고 들었으니까. 그렇지 않으면 내 분노를 사는 것이 두려워서 그 아이를 죽이려 한 전 애인 부부는 진즉에 목 졸라 죽였을 것이다.

그러나 세상만사는 뜻대로 굴러가지 않는 법이다. 아버지가 대놓고 폭주를 시작한 것이다. 내가 인간과의 혼인을 간청하는 바람에 국내의 수인들이 수왕가에 대해 불신의 목소리를 내게 되었다. 그것을 힘으로 누르려 해서 내란 직전의 상태에 빠지고 말았다.

그리고 아버지는 권력을 지키기 위해서 금단의 힘에 손을 댔다. 왕가가 관리하고 있던 사신의 자궁이라는 것의 봉인을 풀어 그 힘을 자기 것으로 삼으려 했다. 얄궂게도 사신의 무녀로 선택된 것은 그 수왕가를 위기에 빠뜨린 나였다. 제물로 사신에게 바쳐진 나는 사신의 힘으로 소생해 어째선지 그 무녀가 되었다. 그런 힘은 필요 없는데.

사기를 받아들여 수인이면서 사신으로 변한 나.

나는 나일까 아닐까. 사신에게 지배당하는 꼭두각시일까 아닐까. 스스로 물어도 대답이 나올 리도 없었다. 그리고 문득 깨달았다. 내가 힘을 얻었다는 것을.

염원을 성취하는 것이 가능한 힘이다. 가슴속에 맺힌 유일한 바람은 아직 남아 있었다.

그렇다면 망설일 필요가 뭐가 있을까. 나는 사신의 힘조차도 이용하기로 했다.

우선 나는 아버지에게 거래를 제안했다. 사신의 힘을 수왕가를 위해 쓰는 대신 그 아이가 이 나라에서 행복하게 살아갈 수 있도록 인간 배척파를 모두 배제할 것을 요구했다.

결국 아버지는 나와 공모해 국내의 인간 배척파를 철저하게 탄압해갔다.

다른 흑묘족들은 내가 힘을 얻자 쉽게 태도를 바꿨다. 그렇게 인간과 사귄 더러운 여자라고 비난했던 자들이 더러운 욕망을 숨기려 하지도 않고 악수를 청하는 모습은 익살스러웠다. 어느 쪽이 더러운지 모르는 걸까?

하지만 나는 다시 배신당했다. 전 애인 부부가 그 아이를 데리고 바샬 왕국으로 도망친 것이다. 뒤에서 그 왕국이 조종한 듯했다. 그리고 그 아이를 인질로 삼아 내게 강요했다. 수인국을 약화시키는 데 손을 빌려달라고.

나는 따를 수밖에 없었다. 그 아이의 안전을 바라는 대신 멋대로 군사를 일으켜 바샬 왕국으로 침공을 계획하는 주전파의 움직임을 모두 누설했다. 더욱이 그쪽이 원하는 대로 수왕가의 군사를 출격시켜서 바샬 왕국군과 주전파군을 협격해 섬멸했다.

전후의 배상 협상에서도 저쪽이 바라는 국경선 재작성을 모두 들어줬다. 그때 아버지는 내 힘으로 세뇌가 끝났기 때문에 그 일은 내 생각대로 어떻게든 할 수 있었다.

운이 좋았는지 전쟁에 져서 인간 배척파는 세력이 크게 줄었고, 영혼을 바친 나는 사신을 통해 힘을 더욱 얻었다. 나머지는 바샬 왕국에서 그 아이를 돌려받는 것뿐이다. 그것으로 내 소원은 이루어진다. 그 아이와 함께 안식의 땅에서 조용히 지낼 것이다.

그 하얀빛이 내 목숨을 빼앗지 않았다면 이루어질 터였다.

신벌.

사신을 이용한 것에 대해 신이 내린 판결은 멸망과 봉인.

사인의 인자가 조금이라도 들어간 동족들도 신벌로 모두 배제되었다고 한다. 그렇지 않은 자들도 진화하는 것을 금지당해 힘을 단숨에 잃었다.

아하하하, 꼴좋다! 우리에게 가장 심하게 대한 것이 동족인 흑묘족이다. 어른부터 어린아이까지 모두가 나를 더러워졌다고 매도하며 돌을 던졌다. 이왕이면 다 망했으면 좋았을 것이다.

그리고 500년 후. 나는 린포드에 의해 눈을 떠 지배받게 됐다.

저런 남자에게 사역당하는 것은 굴욕이었지만, 현재의 바샬 왕국에 그 아이의 자손이 남아 있다는 말을 듣고 흥미를 지닌 것도 확실하다.

그 아이는 이제 만날 수 없지만 그 끝은 어땠을까?

현재도 남은 매그놀리아의 사람은 확실히 그 아이의 자손이었다.

매그놀리아의 피에 깃든, 사인에 간섭하는 것이 가능한 특수한 힘. 상당히 약해지기는 했지만 그 힘을 틀림없이 계승하고 있었다.

하지만 본 순간 나는 혐오감을 품었다.

무의식적으로 흘러나오는 사인 지배의 힘을 내 사기가 거부하는 거겠지.

스킬 탓이라든가 악의는 없다는 말은 상관없다. 싫은 것은 싫은 것이다.

그러나 나는 또다시 만나고 말았다.

외모는 닮지 않았다. 머리색도 눈의 색도 달랐다. 그래도 본 순간 그 아이와 만났을 때와 완전히 똑같은 충격을 받았다.

매그놀리아가에 막 태어난 적자, 로미오. 그 몸에 흐르는 그 아이의 피가 그렇게 만든 것일까? 아니면 이 아기에게 깃든 엄청난 사신 지배의 힘에 나도 끌린 것일까?

뭐, 아무래도 상관없다. 사랑스러운 것은 사랑스러운 거다.

내게 새로운 삶의 보람이 나타난 순간이었다.

그런 가운데 나는 알았다. 바샬 왕국의 쓰레기들이 로미오를 사신 부활 의식의 제물로 삼으려 하고 있다는 것을.

이대로는 로미오는 머지않아 누군가에게 이용돼 죽을 것이다.

그것만은 반드시 막아야 한다.

린포드의 심부름꾼으로 전락한 이 몸이지만 조그만 권한은 인정받고 있다. 나는 린포드의 뜻을 이어받으면서도 내 소원을 달성하기 위해서 행동을 개시했다.

처음에 한 일은 바샬의 현 국왕과의 교섭이었다. 나는 그의 나라를 위해 협력하고 그 바람을 이룬 날에는 로미오를 양도받는다는 약속을 얻어냈다. 아니, 로미오를 지정하면 국가나 린포드 일당이 그 아이를 인질로 삼을 우려도 있다.

나는 전 애인의 영혼을 소환하기 위해서 매그놀리아의 혈통이 필요하다고 말했다. 그리고 순수한 영혼이 더 좋으니 가능하면 로미오를 탈 없이 받고 싶다고도. 그야말로 사신의 무녀가 말할 법한 대사 아닌가? 그 덕분에 바샬 왕은 내가 아직도 사랑에 빠져서 로미오를 산 제물로 바치려 한다고 생각하는 모양이다. 뭐, 마지막까지 착각해주면 좋다. 어차피 내가 로미오를 손에 넣을 때까지만 유지할 친분이다.

바샬 왕국의 바람. 그것은 숙적인 수인국을 끌어내리고 그 위에 서는 것이다. 늘 수인국 침략의 그림자에 떨어온 바샬 왕국에 있어 그것은 비원이라고도 할 수 있었다. 그 목적을 이룰 수 있다면 수단은 아무래도 상관없는 듯했다.

그리고 나는 바샬 왕국과 협력하는 한편, 매그놀리아가와도 계약을 맺었다. 수인국을 멸망시킨 때는 요한 매그놀리아의 몸을 의식에 쓸 산 제물로 내게 바친다. 그 대신 그들의 바람인 로미오의 탈출을 내가 돕는다.

그렇다, 매그놀리아가 사람들도 내 진짜 소원이 로미오를 구하는 것이라는 사실은 모른다. 어디까지나 요한의 피를 얻기 위한 수단으로 로미오를 도우려 한다고 생각하고 있다.

하지만 그거면 된다. 내 진짜 목적이 로미오라는 것은 누구에게도 알려져서는 안 된다. 어디에서 밖으로 새어 나갈지 알 수 없기 때문이다.

린포드의 이해와 바샬 왕국의 이해, 그리고 매그놀리아 가와 나의 이해는 일치해서 수인국에 대한 전쟁을 계획했다. 린포드는 영혼을 원하고, 바샬 국왕은 승리를 원하며, 나와 매그놀리아가는 로미오의 안전을 원했다.

처음에는 순조로웠다.

남쪽으로 내려간 바샬 왕국군으로 수인들을 끌어들이고 북쪽에서 던전의 권속으로 기습한다.

수인국만 멸망시키면 바샬 국왕이 로미오를 산 제물로 쓸 필요는 없어질 것이다. 나중에 보수로 받은 로미오를 바샬 왕국에서 탈출시키면 된다.

로미오를 맡길 장소도 점찍어 났다. 다른 대륙이지만 랭크 A 보험가가 경영하는 고아원이 있다. 조사했지만 그곳은 아무런 내막도 없고 지극히 정직한 고아원이었다. 그곳에 맡기면 바샬 왕국에 있는 것보다 몇 배 안전할 터였다.

다만 그런 계획도 모두 헛수고로 끝날 것 같다. 놀랍게도 신검 사용자라는 변칙적 존재가 나타난 것이다.

명령에 포함된 강제력 때문에 절대로 이길 수 없는 상대와 벌이는 싸움에서도 나는 도망칠 수 없었다. 보르가스가 말한 대로 나는 신검 사용자에게 덤벼들 수밖에 없다.

아무리 뛰어난 나라도 신검 사용자에게 이길 수 있다고 생각하지 않는다. 내 목숨은 여기서 끝난다.

유일한 광명은 제로스리드의 존재일 것이다. 아무래도 린포드를 배신한 모양이다. 이쪽의 사인을 모조리 먹어치우고 말았다.

그러나 배신자여도 교섭할 수는 있다. 내가 내건 것은 나의 목숨. 그 힘을 먹어치우게 하는 대신 제로스리드에게는 세 가지 일을 처리하게 했다.

하나는 유일하게 내게 명령할 수 있는 존재, 딘전 마스터의 살해다. 그것이 감시하고 있는 한 섣부른 짓은 할 수 없다. 어차피 신검 사용자에게 덤비면 죽는다. 그렇다면 마지막에 조그만 자유를 얻는 편이 나을 것이다. 녀석들에게는 며칠은 움직일 수 있다고 허세를 부렸지만, 그것은 거짓말. 기껏해야 한 시간이다. 아쉽지만 그 아이에게 갈 시간은 남아 있지 않았다.

또 한 가지 부탁이 최고 타이밍에 나를 살해하는 것이다. 구체적으로는 내가 신검 사용자나 왕녀 일행에게 로미오의 보호를 부탁한 직후에 내 목숨을 무참하게 빼앗아달라고 했다.

어째서냐고? 녀석들 같은 사람은 눈물이 나오는 전개에 약하다. 죽어가는 가련한 여자의 마지막 부탁이다. 거절할 수 없을 것이다. 특히 신검 사용자와 왕녀는 그런 이야기에 약하다고 봤다. 로미오가 구출될 가능성을 조금이라도 남긴다. 그것이 내가 할 수 있는 마지막 발버둥질이었다.

제로스리드에게도 당연히 의뢰했다. 세 가지 부탁 중 마지막이다. 하지만 어디까지 약속을 지킬지는 알 수 없다. 가능하면 왕녀 일행이나 신검 사용자가 보호해주면 고맙겠는데……. 적이기는 하지만 왕녀 일행 쪽을 훨씬 신뢰할 수 있다.

"저기…… 부탁해…… 그 아이를, 로미오를 행복하게…… 부탁……."

"흥, 불쌍한 여자로군. 사신의 권속 주제에 인간 꼬맹이의 행복을 바라다니. 아무리 미쳐도 여자라는 건가?"

왕녀 일행이 제로스리드의 말을 듣고 분노의 표정을 띠고 있었다. 나를 동정하는 모양이다.

"고……."

고마워, 제로스리드. 최고의 지원이야…….

제5장 흑묘들

"흥, 불쌍한 여자로군. 사신의 권속 주제에 인간 꼬맹이의 행복을 바라다니. 아무리 미쳐도 여자라는 건가?"

"고……."

"흥."

쓰러져서 그대로 검은 안개처럼 변해 사라져가는 뮤렐리아를 흥미를 잃은 듯이 시시한 눈빛으로 바라보는 거한 사인.

대체 무슨 일이 일어났는지 나는 전혀 이해할 수 없었다.

뮤렐리아가 바샬 왕국에 있는 아이를 구해달라는 영문을 알 수 없는 말을 꺼냈다.

크리슈나 왕가의 일도, 수인에 대한 원한도 모두 진의를 숨기려는 방편이었다고? 진짜 소원은 로미오라는 소년을 바샬 왕국에서 구출하는 것? 확실히 요한 매그놀리아는 사인을 조종하는 희한한 스킬을 가지고 있었다. 그보다 강력한 스킬이 있다면 로미오 매그놀리아는 앞으로도 이용당할 것이다. 최악의 경우에는 제물로 바쳐질지도 모른다.

린포드나 던전 마스터에게 지배받고 있는 뮤렐리아가 자력으로 그 소년을 구출하기가 어렵다는 것도 이해할 수 있다.

하지만 진실인가? 거짓말을 한 것처럼 보이지는 않았지만, 저 뮤렐리아가 그런 일로 움직인다고는 도저히 생각할 수 없었다.

그렇게 고민하고 있는데 이번에는 제로스리드가 나타났다.

그리고 내 머릿속에서 지금까지 하고 있던 고민을 전부 날려버렸다. 그것은 프란도 키아라도 아스라스도, 이 자리에 있는 전원이 마찬가지인 듯했다.

『뭐야 이거…… 어느새 여기까지…….』

제로스리드가 내뿜는 사기는 전과 비교가 되지 않을 만큼 강대해져 있었다. 그야말로 뮤렐리아에 필적할 정도로. 아니, 어쩌면 능가할지도 모른다.

전에는 감정으로 일부 스테이터스를 읽을 수 있었다. 하지만 지금은 아무것도 보이지 않았다. 즉 그만큼 사인화가 진행됐다는 뜻일 것이다. 외모는 전과 똑같지만 오히려 그게 무서웠다.

아스라스마저 미간을 찌푸리고 경계하는 기색을 보이고 있었다. 키아라는 가볍게 자세를 잡았고, 프란과 다른 사람들은 즉시 거리를 벌리고 창백한 얼굴로 무기를 들었다. 프란의 팔에 소름이 돋은 것을 알 수 있었다. 즉, 제로스리드는 그 정도 존재가 되었다는 뜻이다.

원래 이 녀석은 이상한 존재였다. 사술사 린포드에 의해 사인이 된 뒤에 연금술사 제라이세의 마인화 수술을 받았다. 제라이세의 연구 중에서도 유달리 역겨운, 마석을 인간에게 박아서 마수로 변신시키는 마인화 연구. 제로스리드는 그 유일한 성공 예라고 할 수 있다.

사인의 힘과 마석의 힘. 양쪽을 이어받은 제로스리드. 당연히 약할 리는 없다. 하지만 이렇게까지 강하다고는 생각하지 않았는데.

마인으로 변해서 얻었다는 '동족상잔' 스킬의 영향이 틀림없다. 동족을 죽여서 그 힘의 일부를 흡수하는 스킬이다. 제로스리드는 사인을 마구 죽여서 힘을 계속 흡수했을 것이다.

어떤 의미에서 세상을 위한 일이라고 전에는 생각했지만, 짧은 시간에 이 정도로 성장할 줄은 전혀 몰랐다.

"누구냐?"

"뭘. 제로스리드라는 보잘것없는 놈이지."

아스라스의 위압감 가득한 물음에도 전혀 겁먹지 않고 대답했다.

"사인인가? 성질이 조금 다른 것 같은데……."

"글쎄? 나도 몰라. 린포드 영감이 심은 사신석과 제라이세 자식이 이식한 개조 마석이 묘하게 융합해서 그런가? 뭐, 내 종족은 아무래도 좋지 않나? 즐기는 데는 상관없어."

"전투광인가. 확실히 충분히 강해 보이는군."

"신검 사용자한테 그런 말을 들어서 영광이로군! 크하하하!"

웃음을 터뜨리는 제로스리드의 온몸에서 진득한 사기가 무시무시한 기세로 뿜어져 나왔다. 아무렇게나 뿌려진 사기는 폭풍이 되어 주위에 불어닥쳤다.

이건 진짜 위험해! 기껏 뮤렐리아를 물리쳤는데 또 괴물이 나타나고 난리야!

파사현정을 가지고 있다고는 하나 이런 괴물과 싸우는 건 바라지 않았다.

아스라스의 폭주 위험도 아직 사라지지 않았다.

여기는 도망치는 게 이기는 거겠지.

『──쳇!』

하지만 디멘션 게이트가 발동하지 않는다.

뮤렐리아가 죽어도 전이 방해가 유지되고 있는 건지, 아니면 제로스리드가 다시 펼쳤는지는 알 수 없지만 전이는 여전히 쓸수 없었다.

"그쪽 꼬맹이는 낯이 익군. 바르보라에 있던 녀석이야."

"……."

"내게 한 방 먹인 개는 잘 지내나? 어차피 어딘가에 숨겨두고 있겠지?"

'크르르……'

『울시, 아직 나오지 마.』

'워후……'

"……."

"뭐냐, 입을 다무는 건가?"

딱히 애써 무시하는 것도, 정보를 넘기지 않기 위해 입을 닫고 있는 것도 아니다.

그저 소리를 내지 않았을 뿐이다. 제로스리드가 응시한 것만으로 프란이 섣불리 움직일 수도 없게 된 것이다. 울시는 의욕이 있지만 아직 모습을 보이지 않는 편이 나을 것이다.

제로스리드는 흥미를 잃은 듯이 그대로 프란에게서 시선을 떼고 대담한 웃음을 띠며 아스라스를 봤다. 보기만 해도 프란이나 메아 일행에게 떨림이 퍼질 듯한 처절한 표정이었다.

"신검 사용자라……. 한번 붙어보고 싶었다."

"……신검을 얕보지 마라."

"이봐, 당신도 나와 마찬가지로 범죄자잖아?"

"너와 같이 엮이고 싶지는 않지만 뭐, 남이 보면 비슷하려나."

"게다가 강화 계열의 위험한 스킬을 가지고 있지? 크하하하!

271

그거 좋군!"

아스라스를 사냥감으로 정했는지 제로스리드에게서 살기가 흘러나왔다.

녀석 입장에서는 인사 정도일지도 모르지만, 지금의 제로스리드가 하면 공격이라고 불러도 손색이 없었다. 일반인이라면 이 살기만으로 심장이 멎을 것이다.

그엔다르파는 그 자리에서 한쪽 무릎을 꿇었고, 쿠이나와 미아노아마저 무의식적으로 벽까지 물러나 있었다. 등을 벽에 부딪치며 놀라는 모습이 보였다. 자신이 후퇴했다는 것을 몰랐던 모양이다.

"쳇."

의욕 가득한 모습의 제로스리드를 보고 아스라스가 혀를 찼다.

"어이, 키아라!"

"틀렸어!"

키아라가 출구의 문으로 다가가 살펴봤지만 역시 열리지 않는 모양이다.

그동안에도 제로스리드에게서 흘러나오는 살기는 무시무시하게 높아지고 있었다.

"헤헤헤, 그럼 간다."

"너희들! 말려들지 마라! 키아라는 서둘러!"

그리고 괴물들의 전투가 시작됐다.

먼저 공격한 것은 당연히 제로스리드였다.

"으랍!"

제로스리드가 어디선가 꺼낸 것은 아스라스의 지검 가이아에

필적할 정도로 거대한 검이었다. 이름은 사신석의 대검이라고 적혀 있었다. 과연, 이 녀석이 쓰기에 어울리는 무기일지도 모른다. 이름도 그렇고, 강도도 그렇고.

내리쳐진 칠흑의 대검을 아스라스가 치켜든 신검으로 요격했다.

카아아아아아앙!

단단하고 무거운 금속이 힘껏 부딪친 듯한 날카로운 굉음이 울려 퍼졌다.

고작 한 합, 검이 마주친 것만으로 큰 충격파가 발생했다. 벽으로 피한 프란과 사람들에게까지 몸이 떠오를 정도의 돌풍이 밀어닥칠 정도였다.

그때부터는 거구의 두 남자가 키 이상의 대검을 격렬하게 맞부딪치는 이상한 광경이 펼쳐졌다.

공격을 공격으로 상쇄하고 불어 닥치는 충격파를 아랑곳하지 않고 공격을 더욱 퍼부었다. 공격 한 방에 어느 정도 위력이 담겨 있는지 상상도 가지 않지만 저기에 전혀 섞이고 싶지는 않았다.

나도 나름대로 단단하다는 자신은 있지만 저 사이에 끼면 한 방에 스크램블 상태가 되지 않을까?

"하아아아아아아아아!"

"우오오오오오오오오오!"

광귀와 사귀가 포효를 지르며 싸웠다.

처음에는 얼핏 호각으로 보였지만, 검술의 실력은 아스라스가 위인 모양이다.

다섯 번에 한 번 정도의 비율로 아스라스의 공격이 제로스리드에게 명중했다. 바로 재생하기는 했지만 사기가 크게 줄어드는 것을 알 수 있었다. 신검은 당연하지만 사인에게도 유효한 모양이다.

이대로 가면 아스라스가 이긴다.

그렇게 생각했지만 키아라가 초조한 얼굴을 하고 있었다. 아스라스도 마찬가지였다.

"위험해⋯⋯."

"왜 그래?"

"아스라스의 뿔을 봐라. 색이 붉게 변하기 시작했지? 저건 폭주 조짐이다. 곧 광귀화가 발동한다!"

사태는 최악의 방향으로 움직이고 있는 듯했다.

제로스리드와 검을 맞댈 때마다 아스라스의 이마에 난 뿔은 더 진한 붉은색으로 물들어갔다. 그와 동시에 그 몸에서도 불꽃 같은 붉은 마력이 피어오르기 시작했다.

"빨강은 광분의 색⋯⋯. 저 오라를 두르기 시작했으니 이미 스킬이 발동했다!"

장비품의 효과로 아슬아슬하게 폭주는 하지 않은 듯하지만 폭주하기까지는 시간문제라는 뜻이었다. 여기서 싸움을 멈춘다 해도 이미 늦었다. 아스라스 자신도 어쩔 수 없는 것이다.

실제로 그 의식은 이미 제로스리드와의 전투로만 향해 있었다.

이성이 날아가기 시작한 듯했다.

"으랴아아아압!"

"치이잇! 역시 신검 사용자로군!"

뿔의 붉은색에 비례하듯이 아스라스의 공격이 더욱 격렬해졌다. 그뿐만이 아니라 공격의 위력도 늘고 있는 듯했다.

던전 바닥에 지검 가이아가 박혀서 크게 함몰된 곳이 보였다. 주위에 거미줄 모양으로 금이 가 있었다.

그것을 보고 나는 전율했다. 애초에 이 던전을 파괴할 수 있었나? 아마 던전의 강도는 던전마다 다를 것이다. 고블린 던전에서는 프란의 공격에 평범하게 바닥이 파였다.

하지만 이 던전은 아스라스가 날뛰어도 거의 흠집이 나지 않았다. 대지 마술로 조종하기는 했지만 순수한 공격으로는 큰 흠집이 나지 않았다. 표면이 깎이는 정도일 것이다.

그래서 던전을 파괴하고 도망치는 것도 무리였는데……. 그런데 지금 눈앞에서 그 상식이 뒤집어졌다.

저 터무니없는 일격에는 우리가 하는 공격을 아득히 뛰어넘은 위력이 있었다. 분한 감정보다 공포가 먼저 덮쳤다.

"크오아아아아아아!"

"으랴아아아아압!"

괴수 대전쟁이다! 아스라스뿐만 아니라 제로스리드의 공격도 던전을 파괴하기 시작했어!

『키아라나 다른 사람들은 그렇다 쳐도 그엔다르파는 상당히 위험해 보여!』

우리는 아직 공격의 여파를 피할 여유는 있지만 그엔다르파는 이미 한계인 느낌이다. 때때로 여파에 부상을 입으면서 필사적으로 도망쳤다.

하지만 두 사람의 전투는 더욱 격렬해졌다. 아니, 아스라스는 이제 완전히 주위가 보이지 않는군. 범위가 넓은 기술을 주저 없이 쓰기 시작했고, 그에 대응하는 제로스리드도 광범위 계열 기술을 날리게 됐다.

"쿠이나! 아직 안 열리나!"

"죄송합니다. 회피하면서 시도하기 때문에 당분간은 시간이 걸릴 것 같습니다."

"메아, 프란, 미아! 쿠이나를 지켜라!"

아스라스의 폭주가 시작되고 나서 쿠이나는 계속 문을 열기 위해 시도했다. 문 앞에 서서 뭔가를 조사하고 있지만, 전투의 여파를 피하면서 확인해서 그런지 제대로 진행되지 않는 모양이다.

모두가 결계나 장벽을 펼쳐 쿠이나를 지켰다. 그엔다르파는 좀 더 버텨.

나는 그동안에도 아스라스와 제로스리드에게서 눈을 떼지 않았는데, 그 움직임이 점점 빨라졌다. 더욱이 마력도 부쩍부쩍 높아지는 것이 보였다. 둘 다 제 실력을 내기 시작한 것이다.

우리의 시선이 집중되는 가운데, 아스라스가 마침내 큰 움직임을 보였다.

"으아아아아아아아아아아아!"

지검 가이아를 높이 치켜들었다.

그것을 본 제로스리드도 뭔가 불온한 느낌을 받았을 것이다. 얼굴에서 웃음을 지우고 거리를 크게 벌렸다.

그리고 아스라스가 절규했다.

"신검 개바아아아아아아아아아아앙!"

직후 치켜 올라간 지검 가이아에서 성스러운 흰빛이 뿜어져 나왔다. 신검의 내부에서 마력이 흘러넘쳐 아스라스를 둘러쌌다.

그 광경은 빛기둥이 아스라스를 집어삼킨 것 같았다.

"우웃……."

충격파와 함께 흙먼지와 돌이 세차게 날아왔다. 마치 지근거리에서 다이너마이트가 폭발한 듯한 참상이었다.

모두 그 자리에서 움직이지 못하고 그저 미친 듯이 날뛰는 힘을 견딜 수밖에 없었다.

전력 감지나 기척 감지도 도움이 되지 않았다. 엄청난 존재감과 마력이 방을 뒤덮고 있었기 때문이다. 위험 감지는 아까부터 경고를 날리고 있었다.

『이게 신검의 힘인가!』

그 이름에서 상상하건대 신검의 힘을 개방시켰을 것이다. 반대로 말하면 그저 본래의 모습을 되찾았을 뿐인데 이 마력과 압박감이다. 정말로 나와 같은 무기의 틀에 들어가는 존재인가? 믿을수 없다. 아니, 그래서 신검은 병기라고 불리는 거겠지.

『프란! 괜찮아?!』

'응!'

이래서는 먼지에 섞여 누군가가 다가와도 늦게 알아차리게 된다. 최대한 경계를 하면서 연기가 걷히기를 기다렸다.

몇 초 정도의 시간이 몇 배로도 느껴졌다.

연기가 걷힌 후 힘의 중심에 있던 아스라스의 모습이 눈으로 뛰어 들어왔다. 아스라스 자신의 모습에 변함은 없었다. 하지만 그손에 쥐어진 신검이 모습을 크게 바꿨다.

『저게 신검의 진짜 모습……? 검이 아니잖아.』

뭐라고 말하면 좋을까. 정상적인 무기의 범주에 들어간다고는 생각할 수 없는 기묘한 모습이었다.

해방 전에는 칼날이 곧은 대검이었던 것이 지금은 곡도처럼 휘어져 있었다. 그뿐 아니라 휘어진 곡면 안쪽에는 스파이크 같은 날카롭고 큰 가시가 같은 간격으로 다섯 개가 돋아나 있었고, 더욱이 끝이 이상하게 생겼다고도 할 수 있는 변형을 마친 상태였다.

망치와 똑같이 생긴 거대한 쇳덩어리가 도신 끝에 달려 있었다. 휘어진 도신 안쪽으로 향하는 부분은 곡괭이처럼 날카롭게 뾰족했다. 반대편은 평평한 망치 같은 형상이다. 게다가 엄청나게 컸다. 두꺼운 도신 부분만 해도 칼날 길이가 2미터가 넘고, 망치 부분은 높이도 폭도 길이도 드럼통의 두 배 가까이는 될 것 같았다.

개인이 쓸 무기로는 도저히 보이지 않았다. 파성추 등의 공성 병기 종류라고 하는 편이 납득할 수 있었다.

감정해 봐도 대지검 가이아라는 이름과 약간의 능력밖에 볼 수 없었다. 진짜 모습이 되어서 나 정도로는 감정할 수 없을 만큼 그 격이 올라갔을 것이다.

이름 : 대지검 가이아

공격력 : 4700

마력 전도율 SS+

스킬 : ──

확인할 수 있었던 것은 아쉽지만 이것뿐이다. 그러나 이것만으로도 충분히 그 규격 외 수준을 알 수 있었다.

"으랴아압!"

아스라스가 진짜 모습과 이름을 되찾은 대지검 가이아를 제로스리드에게 내리쳤다. 아까보다 상당히 빨랐다. 눈에도 잡히지 않을 속도였던 것이 이제 눈에 비치지도 않았다.

그런 신속의 일격이어도 제로스리드에게는 어떻게든 보이는 모양이다. 이쪽도 역시 규격 외였다.

제로스리드는 신검을 받아내려고 했지만 쉽게 밀렸다. 그래도 몸을 비틀어 피하려고 시도했지만 소용없었다.

가이아 본체를 아슬아슬하게 피했을 텐데도 보이지 않는 힘에 몸 절반이 짓이겨지고 말았다. 웅 하는 진동이 우리의 발밑을 흔드는 것과 동시에 제로스리드의 우반신이 순식간에 짓눌렸다. 우반신만 위에서 깎여나간 모습으로 좌반신만으로 어떻게든 균형을 잡는 제로스리드.

일반적으로 이러면 죽었겠지만 저 녀석은 사인이다.

바로 우반신은 재생을 시작해서 원래 모습을 되찾았다.

"위험하군! 역시 신검님이야!"

이 상황에서 웃을 수 있다니……. 전투광 중에서도 소문난 미친놈답네!

"하아아압!"

"하하하하! 와라 와! 네놈을 죽이고 그 신검은 이 몸이 받아가마!"

제로스리드의 움직임이 더욱 빨라졌다. 검을 휘두를 때마다 흉악한 사기가 뿌려졌다. 스치기만 해도 사기에 의한 대미지를 받을 것이다.

아스라스가 가이아를 내리칠 때마다 던전이 함몰되고 프란 일행의 발밑이 흔들렸다. 때로는 튕긴 던전 바닥이 큰 파편이 되어 초고속으로 날아오는 경우도 있었다.

싸움에 직접 가담하지 않았는데도 프란 일행의 정신이 점점 소모되어가는 것을 알 수 있었다.

"으으…… 으아아아아아아아!"

격렬한 소모전 중 아스라스가 신검을 어깨에 지듯이 들었다.

신검에 마력을 부어 넣고 지금까지 이상의 속도로 달려나갔다. 오늘 가장 빠른 속도다.

"쳇!"

"크아아아!"

정신을 차리니 제로스리드의 눈앞에 있었다. 여기에서는 방어할 수 없다는 걸 깨달았을 것이다. 제로스리드도 황급히 장벽을 펼쳤지만, 장벽과 함께 신검에 뭉개졌다.

폭심지에 있는 듯한 오늘 가장 큰 굉음과 폭풍이 방 전체를 덮쳤다. 내가 펼친 장벽도 날아오는 파편에 간단히 뚫렸다. 즉시 물리 무효를 장비했지만, 그 전에 파편 몇 개가 프란의 몸을 찔렀다.

『괜찮아?!』

'……울시가 막아줬어.'

"크르…….."

『잘했어, 울시!』

장벽이 부서졌다고는 하나 위력은 상당히 줄어들었다. 상처는 깊지 않은 모양이다. 또한 울시가 몸을 던져 프란을 지켰다. 그 덕분에 맞은 곳은 적었다. 그 대신 울시는 지독하게 다쳤지만, 그 얼굴은 만족스러워 보였다. 프란과 울시의 상처를 힐로 회복해주면서 모두의 상태를 확인했다.

『울시는 그림자로 들어가. 다른 사람들은 괜찮은가?』

"괜찮아?"

"우리를 보호한 탓에 그엔다르파가!"

"지금 갈게!"

그엔다르파가 그 거구를 방패로 삼아 문 앞에 있던 모두를 지킨 모양이다. 황급히 그에게 달려가니 그 등에는 크고 작은 무수한 파편이 꽂혀 있었다.

팔다리는 갈가리 찢어져서 엄청난 양의 피가 거구를 적시고 있었다.

그엔다르파의 목숨은 아주 위태로웠다.

『위험해!』

"응!"

나와 프란이 그레이터 힐을 연속으로 사용해서 어떻게든 위험한 영역에서 벗어나는 데는 성공했다. 다만 한동안은 움직일 수 없을 것이다. 그리고 저쪽에서 그런 공격을 몇 번 더 반복한다면 우리 외 모두가 위험하다.

애초에 신검의 성능을 생각하면 지금 공격도 진짜 실력이 아직 아닌 듯했다. 앞으로 더 범위 넓고 위력 높은 공격을 날린다면 프란의 신변도 위험할 것이다.

"쿠이나?"

"죄송합니다. 아직 열리지 않습니다."

키아라의 물음에 쿠이나가 고개를 저었다. 그러자 키아라가 결심한 표정으로 아직 날뛰고 있는 아스라스를 응시했다.

"그렇다면 위험을 무릅쓰고 할 수밖에 없나? 도박은 하고 싶지 않지만……."

"뭐를?"

"아스라스의 폭주는 어느 정도 대미지를 입으면 풀린다."

"그렇다면 우리 전원이――."

"하지만! 그래서 원래대로 돌아오지 않으면 이쪽으로 창끝이 돌아온다! 저 공격의 창끝이 말이다!"

그렇군. 확실히 그건 도박이다. 실패하면 신검의 공격에 노출된다. 그렇다면 우리에게는 좀 더 나은 도박이 있었다.

『프란, 이판사판이니 시도해보자.』

'……스킬 테이커?'

『맞아.』

프란도 알고 있었나. 난 아스라스의 광귀화를 빼앗으려고 생각하고 있다. 다만 망설였던 데는 몇 가지 이유가 있다.

우선 폭주가 시작된 뒤에 광귀화를 빼앗으면 폭주 자체는 멈출까? 그리고 제로스리드에게 대항하는 힘이 사라지지는 않을까? 그런 이유다. 하지만 이대로는 무사히 넘어가지 않을 게 확실하다. 그렇다면 해보는 수밖에 없다.

"아스라스를 막을래."

"뭐? 할 수 있는 거냐?"

"할 수 있을지도 몰라."

프란이 재빨리 설명했다. 아스라스의 스킬을 일시적으로 없앨수 있는 것, 그래서 폭주를 멈출 수 있을지도 모른다는 것. 하지만 확실하지는 않다는 것.

"즉 무슨 일이 일어날지 불확실하지만 가능성은 있다는 거로군?"

"응."

"그럼 해봐라. 아무것도 하지 않는 것보다는 낫다."

키아라의 결단은 순식간에 끝났다. 역시 이대로는 위험하다는 걸 알고 있을 것이다. 지금도 때때로 날아오는 파편을 메아가 막아주고 있었기 때문이다.

『그럼 가자.』

"응."

긴장하면서도 나는 아스라스를 시야에 넣었다.

망설일 틈은 없다. 나는 온갖 불안을 누르면서 날뛰는 광귀를 스킬의 대상으로 지정했다.

『스킬 테이커!』

보이지 않는 스킬의 힘이 아스라스의 안에서 뭔가를 끌어내는 감각이 확실히 있었다. 뜨거운 뭔가가 내 안으로 날아들어 왔다.

"크아아아아아아아아!"

획득 성공이다! 내가 그렇게 확신한 직후 아스라스의 움직임이 멈췄다.

그리고 몸부림치듯이 괴로워하기 시작했다.

"크아아아아——."

"이봐, 왜 그래?"

제로스리드도 공격하던 손을 멈추고, 두 무릎을 바닥에 꿇고 몸을 젖히며 절규하는 아스라스를 응시하고 있었다.

몇 초 후. 아스라스의 움직임은 완전히 멈추고 정적이 찾아왔다.

"무슨 일이…… 일어난 거냐……."

아스라스는 무슨 일이 일어났는지 모르는 모양이다. 몽롱한 기색으로 주위를 둘러보고 있었다.

그 모습을 보니 틀림없이 이성을 되찾은 것을 알 수 있었다. 광귀화를 빼앗아 폭주를 멈추는 데 성공한 것이다.

키아라가 다가가 아스라스를 보호하려 했다.

이로써——.

'이제 스승이 광귀화를 제외하면 돼.'

『……그래.』

"스승?"

"웡!"

『……으응?』

"스——? ——승!"

뭐지? 누군가가 무슨 말을 하고 있어.

아니, 누군가가 아니다, 프란이다.

내 장비자다.

『으으아아아——.』

갑자기 솟아오르기 시작한 분노와 파괴의 충동. 눈앞도 생각도 새빨갛게 물들었다.

애초에 나는 뭘 하고 있지? 어째서 나는 이런 곳에서 편히 있지? 어째서 싸우지 않는 거지?

눈앞의 귀신과 사인. 이 녀석들이다. 이 녀석들이 프란을……!

이 녀석들은 필요 없어!

싸워! 모든 적을 없애!

이 녀석들을 죽여!

『크아아아아아!』

싸워!

다 부숴!

프란의 적을 없애는 거야!

『크아아아아아아아아아아아아아아아아아아아아아아아아아!』

Side 네메아

그것은 뜻밖이었다.

프란이 아스라스 님의 광귀화 스킬을 봉인할 수 있다고 말을 꺼
냈다. 그것으로 멈출지는 알 수 없지만 키아라 스승님은 일단 해
보라고 했다.

그리고 프란이 검을 들고 집중하자 아스라스 님의 움직임이 멈
췄다. 정말로 폭주를 진정시키는 데 성공한 듯하다.

제로스리드라는 기분 나쁜 사인은 남았지만, 최악의 사태는 피
했다.

그렇게 생각하고 프란에게 달려가려 했는데——.

"해냈구나."

"……."

"프란, 왜 그——."

"스승?"

"웡!"

『……으응?』

"스승? 스승!"

『으아아아아아아아아아아!』

갑자기 누군가의 절규가 울려 퍼졌다. 마치 머릿속에 직접 들리는 듯했다. 아니, 실제로 그럴 것이다. 염화다.

"이건…… 스승인가?"

내가 그렇게 중얼거린 순간, 프란의 손에 들려 있던 마검이 갑자기 그 손을 떠나 날아올랐다.

허공에 뜬 채 격렬하게 진동하는 그 검에서 짐승의 포효 같고 고통으로 괴로워하는 비명 같은 애처로운 절규가 나오고 있는 것을 알 수 있었다.

『크아아아아아아아아아아아아아!』

한층 큰 포효가 울려 퍼진 직후였다.

검에서 번개가 나와 제로스리드를 덮쳤다.

"아니! 이건 뭐야!"

제로스리드도 놀란 듯했다.

스승이 쏜 번개는 제로스리드가 간단히 피했지만 검은 멋대로 움직여 제로스리드에게 돌진해 갔다.

프란을 보니 그 자리에서 멍하니 서 있었다. 아무래도 프란의 지시는 아닌 모양이다.

창백한 얼굴로 그 뒤를 쫓아 달리기 시작했다.

"스승!"

"프란의 의지가 아니야……? 스승이 폭주하고 있는 건가?"

"어이, 메아! 무슨 일인지 알고 있는 거냐?"

갑자기 검이 혼자 움직이기 시작한 사태를 보고 키아라 스승님도 초조한 얼굴을 하고 있군. 프란의 상태를 보고 그 의도대로 움직이는 것이 아니라고 이해했을 것이다.

"저기, 스승이⋯⋯."

"내가 뭘 어떻게 했다는 거냐."

"아, 아닙니다! 키아라 스승님이 아니라 프란의 스승이!"

"무슨 소리냐!"

이런, 인텔리전스 웨폰이라는 정보를 내가 말해도 되는 건가? 이건 프란이 나를 믿고 얘기해준 정보다. 그걸 배신하는 건⋯⋯!

그러자 옆에서 쿠이나가 끼어들었다.

"아가씨, 진정하세요. 죄송합니다, 아가씨도 당황하신 듯합니다."

"그런가. 쿠이나는 뭔가 알고 있는 거냐?"

"자세히는 모르지만, 스승은 프란 씨의 검을 말합니다. 스승이라는 이름이 붙어 있다고 합니다. 그 프란 씨의 검은 어떤 사정으로 폭주하고 있는 듯합니다. 아까 말한 아스라스 님의 스킬을 봉인한 영향이 아닐까요? 아마 저 검은 상당히 고위 마검인 듯하고, 스킬 봉인은 저 검의 능력이 아닐까 합니다."

"그렇군. 그리고 광귀화의 영향을 받아 폭주했다는 거냐?"

"그렇게밖에 생각할 수 없습니다."

다행이다, 쿠이나가 잘 설명해줬다. 하지만 그런 이야기를 하는 동안에도 스승의 폭주는 계속됐다.

『크아아!』

다시 굵직한 번개가 제로스리드를 향해 쏟아졌다. 그것도 세 발이나. 각각이 던전에 큰 크레이터를 만드는 것을 보고 등에 불쾌한 땀이 흘렀다.

저것은 어떻게 봐도 극대급 마술이다. 그것을 세 발이나 동시에 쐈다? 인텔리전스 웨폰이라는 것은 그 정도 능력을 지니고 있다는 건가?

"이번에는 검인가! 그런데 그 붉은 오라, 조금 전까지 싸운 신검 사용자와 닮았는데 뭐가 어떻게 된 거지?"

번개에 몸이 타면서도 재생을 반복하는 제로스리드지만 그 얼굴에는 당혹감이 보였다. 검만이 멋대로 달려드는 사태에 생각이 따라가지 못하고 있을 것이다.

"스승! 스승!"

프란이 폭풍에 눈을 가늘게 뜨면서도 필사적으로 부르고 있지만 스승에게는 전혀 들리지 않는 듯했다.

스승은 프란을 무시하고 엄청난 속도로 날아갔다.

정지에서 급가속하는 동작은 제로스리드를 놀라게 하기에 충분했던 모양이다. 피할 틈도 없이 그 반신을 꿰뚫었다.

"크아아아아아! 뭐야! 이거언!"

게다가 명확하게 대미지를 줬다. 그렇다, 저 검에는 파사현정의 능력도 있다. 괴로운 표정을 짓는 제로스리드에게 스승의 추격이 이어졌다.

『잠재 능력 해바아아앙!』

스승의 외침 직후 무시무시한 마력이 스승에게서 흘러넘쳤다. 방출된 마력에 공기가 진동해 내 피부를 두드렸다.

저 검은 어느 정도 힘을 가지고 있는 거지? 이 위압감, 아스라스 님의 대지검 가이아에 뒤지지 않아!

분하지만 내가 린드를 휘둘러도 저런 힘은 발휘할 수 없을 것이다.

『오오오오오오오!』

공중에 거대한 마법진이 몇 개나 그려져서 다시 번개가 쏟아졌다. 놀랍게도 머리 위에서 쏟아지는 것뿐만 아니라 옆에서 옆으로 굵직한 번개가 쏟아지는 게 아닌가. 아까 본 극대 마술보다 명백하게 굵은 번개가 머리 위에서 세 개, 좌우에서 두 개. 제로스리드를 둘러싸듯이 덤벼들었다.

"몇 번이나 당할 것 같으냐!"

나라면 몇 번 그을릴지 알 수 없는 번개를 제로스리드는 정면에서 받아냈다. 그 손에 든 칠흑의 대검으로 번개를 가르고 튕기고 흩어버렸다.

이 싸움은 대체 뭐지? 명백하게 아스라스 님의 싸움보다 격렬했다. 제로스리드가 흩어버린 번개가 방전하는 소리가 아주 멀리서 들리는 것 같았다. 하지만 내 가슴에 피어오르는 온갖 상념을 제쳐두고 스승의 폭주는 계속됐다.

이번에는 스승의 도신이 갑자기 조각조각 나뉘었다. 눈에 보일 정도로 무시무시한 마력을 견디지 못하고 스스로 부서졌나 했지만 그렇지는 않았다. 아무래도 자신의 형상을 변형시킨 모양이다.

이번에는 몇천 가닥이나 되는 실이 되어 제로스리드를 포위했다. 그것은 마치 강철 실로 만들어진 고치 같았다.

『아아아아아아아!』

"빌어먹을!"

그 고치가 단숨에 좁아져 닫혔다. 이대로 가면 주위에서 덮쳐드는 실이 제로스리드를 묶을 것이다.

"젠장! 방법도 다양하구나아아아!"

하지만 제로스리드는 완전히 먹히기 전에 전이해 도망쳤다. 오른팔을 잃었지만 대미지는 그렇게 크지 않은 듯했다.

도망쳤다고 순간적으로 이해한 스승이 제로스리드를 추격했다.

다시 그 형상을 변형해 원래대로 돌아왔다. 본체만. 장식 끈은 아직 백 가닥 정도의 실이 된 채 제로스리드를 계속 쫓았다. 그렇게 상대의 움직임을 유도하면서 스승의 본체가 자세를 잡듯이 살짝 기울어졌다.

등에 얼음덩어리라도 올라가 있다고 생각할 정도의 엄청난 오한이 나를 덮쳤다.

동시에 키아라 스승님이 우리를 끌어당겨 넘어뜨렸다.

"엎드려!"

『천단.』

조용하고 꺼림칙한 중얼거림.

그리고 한 번 휘둘러진 스승이 그 연장선상에 있는 모든 것을 갈랐다.

제로스리드도, 사기도, 마력도, 공기도, 던전도 모두.

어느새 내 머리카락이 잘려 있었다.

오싹했다. 키아라 스승님이 잡아 쓰러뜨리지 않았다면 내 목은 지금 공격에 날아갔을 것이다. 그리고 나는 그걸 알아차리지 못한 채로 말이다.

"크아아아악!"

제로스리드의 허리 아래가 없었다. 게다가 재생도 느렸다. 그만한 대미지를 입었을 것이다. 그 괴물 같은 뮤렐리아. 그것을 뛰어넘는다고 생각할 정도의 힘이 느껴지는 흉악한 사인이 아주 간단히 궁지에 몰렸다.

나는 떨림이 멈추지 않았다. 진심으로 무서웠다.

저것은 단순한 마검이 아니다.

더 무서운 무언가다.

『크아아오아아아아아!』

"이번에는 뭐냐? 이것저것 많이도 해주는군!"

스승이 다시 모습을 바꿨다. 저건 뭐지? 도신 자루의 장식이 부풀어 오르나 싶더니, 그곳을 선두로 도신이 둔탁한 금속음을 내며 잇달아 부풀어 올라 형태를 바꿔갔다.

"자꾸자꾸…… 당할 것 같으냐!"

이번에는 제로스리드가 덤벼들었다. 사기를 대검에 집중시켜 벤 것이다. 하지만 그것도 스승의 주위에 펼쳐진 장벽에 상쇄됐다.

지금 일격에 제 모든 마력의 수십 배의 힘이 담겨 있었을 텐데.

『으으으──아우우우우우우우우우우우우!』

나온 것은 광기와 파괴의 충동을 담은 울음소리.

스승의 몸이 무슨 모습으로 변하려 했는지 겨우 알 수 있었다.

늑대다.

온몸이 강철로 만들어진 몸높이 5미터 정도의 검은 늑대. 그리고 그 몸에서 뿜어져 나온 것은 칠흑의 마력. 그 검은 마력이 붉은 오라에 뒤섞여 불길한 색채를 자아냈다. 나는 그것을 본 순간 중얼거렸다.

"펜리르……?"

그것은 마치 옛날이야기에 등장하는 마랑 펜리르 같았다.

과거에 세계를 먹어치우려 했다는 대마수. 하지만 지금의 모습은 그 이름에 절대 뒤지지 않아 보였다.

그런 가운데 내 등에서 키아라 스승님이 목소리를 높였다.

"열렸다!"

내가 그저 공포로 몸만 떠는 동안 쿠이나와 스승님은 할 일을 확실하게 처리한 모양이다. 키아라 스승님의 쾌재를 부르는 목소리에 이어 출구가 열리는 소리가 들렸다.

"이봐, 도망치자!"

"아, 네!"

"미아는 그엔다르파를. 쿠이나는 아스라스를 메! 프란은 나를 따라와!"

내게는 지시가 없었다. 당연하다. 몸을 떠는 것밖에 할 수 없었으니까.

아스라스 님을 짊어진 쿠이나에게 팔을 끌린 채 나는 방에서 나가려 했다. 하지만 시선 가장자리로 보고 말았다. 키아라 스승님이 제로스리드에게 공격받는 모습을.

"이봐, 좀 늦었다고!"

"쳇!"

위험하다. 아무리 키아라 스승님이라도 저 남자를 피해 프란을 데리고 돌아올 수는 없다. 프란은 스승이 폭주하기 시작한 뒤로 계속 멍하니 서 있을 뿐이었다.

"젠장!"

"아, 아가씨!"

쿠이나가 저지하는 목소리가 등에 닿았다. 하지만 내 다리는 멈추지 않았다. 스스로도 무슨 짓을 하고 있는지 이해할 수 없었다.

"프란! 뭘 하고 있어!"

"메아, 스승이……."

"지금은 도망치자!"

"안 돼! 스승을 두고 갈 수 없어!"

"하지만……!"

프란의 마음은 괴로울 만큼 이해한다. 나도 린드가 마찬가지로 폭주하면 그냥 도망칠 수 없을 것이다.

그래도 지금은 이 자리에서 도망쳐야 했다.

"지금의 스승은 광귀화 상태야! 너를 몰라보고 공격할 거라고!"

"하, 하지만……!"

"아까 공격에 네가 말려들지 않았던 건 우연이야!"

"……큭!"

"이리 와!"

프란이 저항하는 힘은 약했다. 다행이라면서 나는 프란의 팔을 잡아끌려 했다. 그러자 어째선지 강철 늑대의 눈이 제로스리드가 아니라 나를 본 것 같았다.

그것만으로 나는 몸을 움직일 수 없었다. 엄청난 살기였다.

『우오오오오오! 프라아안!』

지금 확실히 프란이라고 불렀지? 혹시 프란은 알아보고 있나? 아까부터 프란을 말려들게 하지 않은 건 우연이 아니었던 건가?

『크르오오오오오오!』

강철 늑대가 입을 벌렸다. 그 거대한 턱에서 쏘아진 것은 막대한 마력을 담은 뭔가였다. 즉시 린드를 내밀었지만, 이것으로 막을 수 있을지 없을지도 알 수 없었다. 아니, 오히려 그 가능성은 낮을 것이다.

하지만 대책 없이 나를 집어삼키려 했던 섬광은 내 앞을 가로막은 누군가에 의해 막혔다.

"키아라, 스승님?"

"그래. 무사하냐?"

"아, 네…… 하지만 스승님은……!"

"그런 건 아무래도 좋다! 지금은 도망쳐!"

"아, 네! 프란! 가자!"

키아라 스승님의 말에 튕겨나가듯이 나는 프란의 손을 이번에는 놓치지 않도록 단단히 잡고 출구로 달리기 시작했다.

Side 키아라

최악의 사태를 피한 줄 알았는데 다시 최악의 사태가 덮친 듯하다.

프란이 가지고 다니던 검이 멋대로 날뛰기 시작했다. 게다가 그 힘은 아스라스와 비교해도 손색이 없지 않을까? 어쩌면 그 이상일지도 모른다.

아스라스는 폭주한다고는 하나 전투적인 판단력은 가지고 있었다. 그래서 던전의 붕괴에 휘말리는 것을 우려해 제 실력을 내지 않았다. 그 제한이 없었다면 우리는 진즉에 전멸했으리라.

녀석의 신검은 광범위 섬멸에 적합하니 말이다. 반대로 좁은 장소에서는 진가를 발휘하지 못한다.

아니, 그것이 없어도 이 검은 이상했다.

극대 마술을 동시에 다섯 개나 발동하고 검왕기를 날리는 등 정상이 아니다. 게다가 비행하고 모습을 변형시키는 데다 아스라스의 스킬을 빼앗은 능력까지 있다. 그중 하나만 있어도 최상위 마검이라 해도 과언이 아닌 능력이었다.

"게다가 아직 바닥이 보이지 않으니 말이야."

신검이나 폐기 신검에 버금가는 힘을 가지고 있어도 이상하지 않다.

강철로 만든 늑대 같은 모습으로 변신한 프란의 검은 막대한 마력을 주위에 뿌렸다. 강철 늑대에게서 일어나는 새까맣고 흉악한 마력은 멀리서 보고 있기만 해도 이쪽을 불안하게 만드는 압박감이 있었다. 메아가 움직일 수 없는 것도 무리는 아니다.

메아가 펜리르라고 중얼거렸는데, 꼭 틀린 말은 아닐지도 모른다. 적어도 내가 지금까지 본 늑대 계열 마수 중에서 최강인 것은 틀림없기 때문이다.

『ㅋㅇㅇㅇㅇㅇㅇㅇㅇ!』

메아를 노린 공격을 즉시 막았지만 엄청난 충격이 전해졌다. 검을 놓치지 않는 것이 고작이었다. 반격은 할 수 없었다. 그뿐 아니라 고작 일격을 막은 것만으로 온몸이 비명을 질렀다.

그래도 내가 쓰러질 수는 없다. 적은 늑대뿐만이 아니다.

"이봐, 할망구. 얼굴에 의욕이 가득한데?"

"어린애들이 도망칠 시간을 벌어야겠지?"

이 녀석들이 동시에 쓰러져주면 좋겠지만 그렇게 되지 않을 경우가 무서웠다.

어느 쪽에게 쫓기든 도망칠 방법이 없다. 누군가가 여기서 발을 묶어야 한다. 메아와 사람들을 도망치게 하고 나는 검을 뽑았다.

"죽을 텐데?"

"어차피 늙어서 얼마 남지 않은 목숨이다. 젊은이를 위해 쓰는 것도 나쁘지 않겠지. ──섬화신뢰!"

"크하하하! 좋군! 아무리 약해도 죽을 각오를 한 상대와 싸우는 건 즐거우니까!"

『카오오오오오오오오오오오!』

그리고 삼파전이 시작됐다.

강철 늑대는 눈앞의 적을──즉 나와 제로스리드를 집요하게 노렸다.

그리고 제로스리드 역시 나와 늑대를 노렸다. 아니, 노린다기 보다 전투를 즐기고 있는 느낌이다. 이대로 계속 즐기게 하면 시간을 벌 수 있으리라.

즉 나만 무너지지 않으면 두 위협을 계속 묶을 수 있다.

"문제는 내가 어디까지 버틸 수 있을지……."

병이 나았다고는 하나 어젯밤부터 격투가 계속되고 있다. 분하지만 지금의 내게 몇 시간 전투는 불가능할 것이다. 가장 좋은 방법은 단숨에 공격을 가해 이 녀석들을 바로 해치우는 것이지만…….

『크르르…….』

"그러면……."

무리로군. 신검의 공격에도 견딘 제로스리드와 쓰러뜨릴 수 있을지 없을지도 알 수 없는 무기물 늑대. 단시간에 섬멸할 가능성은 낮았다.

그렇다면 어떻게 할까?

"······하압!"

"할망구! 역시 움직임이 좋군!"

『카오오오!』

일부러 늑대에게 등을 향하며 제로스리드에게 공격을 시도했다. 검과 흑뢰로 제로스리드의 움직임을 방해하면서 뒤에서 날아오는 늑대의 공격을 아슬아슬하게 피했다.

식은땀이 멈추지 않았다. 설마 꼬리를 채찍처럼 휘둘러 공격할 줄은 몰랐다. 각성하지 않았다면 반응조차 하지 못했을 것이다.

하지만 노린 대로 강철 늑대의 공격이 제로스리드에게 향했다. 살짝 스치기만 했는데도 제로스리드의 사기가 깎인 것을 알 수 있었다. 즉 저 검이 가진 파사현정은 아직 유효하다는 뜻이다.

"이로써 할 수 있을 것 같군."

그렇다, 이것이 내가 취할 수 있는 유일한 길. 나라도 제로스리드를 쓰러뜨릴 수 있는 단 하나의 방법이다. 늑대는 솔직히 아무래도 상관없다.

그렇다면 쓰러뜨릴 수 있는 쪽을 먼저 쓰러뜨린다. 그것뿐이다.

"이봐, 지금 같은 공격을 몇 번이나 허용할 거라고 생각하지 말라고."

"그런가? 그러면 시험해보지."

속도와 회피에 중점을 두고 달렸다.

머리를 한껏 굴려 늑대와 제로스리드의 행동을 읽어서 유도하는 것이다.

당연히 양쪽의 공격은 내게 집중됐다.

하지만 그게 어쨌다는 거냐.

이 정도로 절망하면 이 나이까지 살 수 없었다. 이런 위기에 내 마음은 꺾이지 않는다.

늑대의 공격은 점점 격렬해졌지만 내게 맞지 않고 제로스리드에게 대미지를 축적시켰다.

"쳇."

새롭게 다시 시작하려 했는지 제로스리드가 일단 거리를 벌리려 했다.

하지만 놓치지 않는다. 나는 흑천호의 전력을 써서 제로스리드를 쫓았다. 물론 늑대를 뒤에 달고.

"이 할망구!"

『카오오오!』

"후하하하하! 자자! 아까까지 보이던 위세는 어떻게 된 거냐, 사인이여!"

격통이 덮치는 몸을 혹사시키며 나는 계속 춤췄다. 강자 사이에서 빙글빙글. 목숨을 깎으면서

늑대의 이빨을 종이 한 장 차이로 피하고, 제로스리드의 검을 받아 흘리며 피를 토하면서.

속도는 거의 호각──아니, 늑대는 나보다 빠른가. 공격력은 압도적으로 뒤지고 방어력, 재생력은 비교하기가 우습다. 하지만 그래도 싸울 수 있는 데는 몇 가지 요인이 있다.

하나는 제로스리드가 아직 놀고 있다는 것. 전투의 스릴을 즐기기 위해서 일부러 이쪽의 의도에 넘어가고 있다.

그리고 늑대의 움직임이 조금 어색한 것. 속도는 엄청나지만 움직임의 연계가 조금 느리다. 아무래도 몸을 안벽하게 다루지는

못하는 듯했다.

더욱이 최대 요인으로 경험의 차이가 크다.

제로스리드도 늑대도 아주 강하고 천부적인 재능이 있는 건 확실하다. 하지만 직감으로 지나치게 움직이는 경향이 있었다. 그리고 그런 직감에 대항하는 것은 경험이다.

상대가 어떻게 움직이고 싶은지. 어디를 노리고 있는지. 그것을 서로의 움직임을 보면서 예측한다.

신경을 소모하고 뇌를 혹사시키면서 나는 엄숙하게 전투를 계속했다.

"으랴아압! 작작 좀 뒈져라!"

『크르아아아!』

"……흥."

둘 다 아직 지친 기색이 보이지 않는다. 싫어진다. 이쪽은 이미 피로와 격통으로 어떻게 될 것 같은데. 하지만 손을 늦출 수는 없다. 조금이라도 흔들리면 순식간에 목숨을 잃을 것이다.

그런 곳에 나는 서 있다.

"하하……."

"할망구! 숨이 차기 시작한 거 아냐?"

"그런 할멈을 쓰러뜨리지 못하는 건 누구지?"

도발해 프란과 사람들에게로 의식을 향하지 못하도록 하면서 마지막 힘을 쥐어짰다.

움직이지 않는 다리를 생명을 깎으면서 움직이고, 한계라며 날뛰는 폐와 심장을 마력을 보내 억눌렀다.

내 몸이 한계를 넘은 것을 알 수 있었다. 이제 얼마 남지 않았다. 프란 일행을 도망치게 하기 위해서도 아직 쓰러져서는 안 된다. 조금만 더 힘내줘.

하지만 아슬아슬하게 유지되던 균형은 갑자기 생각도 못 한 곳에서부터 무너졌다.

『크아아아아아아아아아――.』

강철 늑대가 큰 비명을 지르고 그 자리에서 쓰러진 것이다. 발이 미끄러진 게 아니다. 그 증거로 금속으로 만들어진 몸이 모래처럼 후두둑 떨어져갔다.

무슨 일이 일어난 거지?

나와 제로스리드는 미리 짜지도 않고 동시에 일단 거리를 벌려서 강철 늑대를 관찰했다. 아니, 이미 강철 늑대가 아니다. 그 모습은 완전히 무너져 사라져서 지금은 단순한 금속 덩어리로 변했기 때문이다.

그 붕괴는 멈추지 않았다. 오히려 빨라지기까지 했다.

강철 늑대가 무너져 사라진 뒤에는 프란의 검이 떨어져 있었다.

전체에 금이 간 폐기 직전의 초라한 한 자루의 검이다.

이미 붉은 오라도 검은 마력도 사라져서 신검으로 착각할 정도의 흉악한 존재감을 내뿜던 검과 같은 존재가 맞나 의문스러웠다.

이쪽은 정말로 움직임을 멈춘 듯하다. 마력의 파편도 느껴지지 않는다. 이미 죽었을 것이다.

남은 건 제로스리드. 이 녀석을 붙잡아둬야 했다. 하지만 제로스리드는 시시해 보이는 표정으로 자세를 풀었다.

"이봐, 왜 검을 내리지?"

"뭐? 그야 시시하잖아. 검은 이미 글렀고, 할망구는 내버려 두면 곧 전투 불능에 빠지겠지. 그러면 더 팔팔한——.”

“그렇게는 못 한다!”

“오오? 아직 기운 넘치는데? 하지만 확연하게 속도가 떨어졌다고.”

그건 당연하다. 격통과 현기증으로 이미 다리가 움직이는 게 신기할 정도다. 내 몸에서 정기가 느껴지지 않았다.

하지만 절대로 이 앞으로는 보낼 수 없다.

흑묘족의 장래나 수왕국의 미래 같은 건 아무래도 좋다.

하지만 그 아이들을, 피가 이어지지 않은 내 손녀들을 절대로 해치게 내버려 둘 수는 없다!

『——.』

“응?”

『——키아라.』

뭐지? 누군가의 목소리가 들린다. 이건 염화인가?

‘누구지?’

『나는 스승…… 대화하는 건 처음이로군. 뭐, 나는 일방적으로 알고 있었지만.』

‘어째서? 애초에 어디 있지?’

『눈앞이야. 거기 떨어져 있는 검이 나야. 인텔리전스 웨폰이지.』

‘뭐라고!’

하지만 그렇다면 광귀화 스킬에 폭주할 가능성도 있나. 죽기 직전에 전설의 존재를 만나다니, 인생이란 어떻게 될지 알 수 없군.

‘염화는 고맙군. 이제 입을 움직이기도 힘들어서.’

『키아라. 우선 섬화신뢰를 풀어. 그렇지 않으면 이제 몇 분도 못 버텨──.』

'안 된다. 섬화신뢰를 푼 시점에서 베어서 끝난다.'

『하지만…… 이대로는 진짜 죽는다고!』

'녀석을 막기 위해서라면 상관없다.'

『당신이 죽으면 프란이 슬퍼해!』

나는 죽는다는 말을 듣고 그것이 사실이라고 자각하면서도 안심하고 말았다. 프란이 혼자가 아니었다는 사실에 안도한 것이다.

메아의 주위에는 많은 사람이 있다. 쿠이나도, 코흘리개 꼬맹이지만 나름대로 딸을 사랑하는 아버지도 있다.

하지만 프란은? 다른 흑묘족들은 프란을 따라갈 수 없을 것이다. 내가 죽으면 혼자가 되지는 않을까? 그렇게 생각했지만 파트너가 확실히 있었다.

고작 십 몇 초 대화했을 뿐이지만 이 염화의 주인이 올곧은 마음을 가진 상대라고 이해할 수 있었다. 이 녀석이 있으면 프란은 혼자가 아니다. 어깨의 짐을 던 기분이었다.

이로써 마음 놓고 목숨을 걸 수 있다.

'노인이 모처럼 멋을 부리고 있다. 마지막까지 멋을 부릴 수 있게 해주지 않겠나?'

『키아라…….』

'부탁한다.'

『……알았어. 그럼 그 생명을 잠시 빌려주지 않겠어? 제로스리드를 쓰러뜨릴 거야.』

'후하하, 좋다. 뭘 하면 되지? 내 남은 생명, 멋대로 써라!'

『우선──.』

*

몸이 너덜너덜하게 무너져서 제대로 움직일 수 없다. 재생도 바로 기능하지 않고 염동도 제대로 기동하지 않았다.

하지만 그 대신 머릿속에 끼어 있던 안개 같은 것이 완전히 걷힌 걸 알 수 있었다. 내가 놓인 상황을 똑똑히 자각할 수 있었다.

폭주 중인 아스라스에게서 광귀화를 빼앗은 탓에 나 자신이 즉시 폭주하고 말았다. 날뛰던 때의 일은 어렴풋이 기억한다.

칸나카무이를 무영창으로 연발하고 형태 변형을 쓰고 잠재 능력 해방을 사용했다. 과연 광귀화는 무시무시했다. 그만큼 미친 듯이 날뛰어도 전투만은 제대로 치르니 말이다. 그것도 한계 이상의 힘을 꺼내서.

다만 그 뒤의 기억이 확실하지가 않다.

제로스리드를 베고 난 다음에 어떻게 됐지? 확실히 내 안쪽에서 엄청난 힘을 가진 뭔가가 넘쳐흐르는 듯한 감각에 사로잡혀서──.

그렇다, 그 뭔가에 끌려가듯이 내 몸이 마치 늑대 같은 모습으로 변형했다. 하지만 폭주하는 나와 그 뭔가가 주도권을 서로 빼앗아서 제대로 움직일 수 없었다.

그리고 정신을 차리고 보니 도신이 부러진 반파 상태로 땅바닥에 누워 있었다.

아마 잠재 능력 해방을 오랜 시간 써서 내구도가 줄어들었고, 그 덕분에 광귀화가 풀렸다고 생각하는데⋯⋯. 내구도도 100 이하. 마력도 조금밖에 남아 있지 않아서 부러진 도신의 재생도 시작되지 않았다.

아니, 지금은 그런 건 아무래도 좋다. 아직도 내 앞에서는 제로스리드와 키아라가 전투를 계속하고 있었다.

게다가 키아라가 위기에 몰려 있었다. 섬화신뢰를 계속 써서 이 이상의 연속 사용은 생명이 위험했다. 그렇게 생각해 염화로 말을 걸려고 했지만…….

『크악!』

엄청난 통증이 나를 덮쳤다. 육체적인 통증이 아니다. 오늘 몇 번째인지 모를 한계를 넘었을 때 느끼는 그 의문의 통증이다. 통각이 없는 내가 통증을 느꼈다.

어쩌면 상상 이상으로 위험한 상태일지도 모르겠다.

하지만 여기서 주저할 수는 없었다.

나는 정신을 직접 갉아먹는 듯한 격통을 참고 키아라에게 염화를 날렸다.

전투 중이지만 키아라는 제대로 대답해줬다. 그러나 키아라는 이미 각오를 굳힌 상태였다.

'노인이 모처럼 멋을 부리고 있다. 마지막까지 멋을 부릴 수 있게 해주지 않겠나.'

『키아라…….』

'부탁한다.'

그런 말을 들으면 나는 그 이상 스킬을 해제하라는 말을 할 수 없다. 각오를 굳힌 상대에게 그건 실례일 것이다.

『……알았어. 그럼 그 생명을 잠시 빌려주지 않겠어? 제로스리드를 쓰러뜨릴 거야.』

'후하하, 좋다. 뭘 하면 되지? 내 남은 생명, 멋대로 써라!'

『우선 나를 주워줘. 다만 장비는 하지 마. 나를 프란 이외 존재가 장비하려 하면 재앙이 내리니까.』

실은 아까부터 격통을 참고 염동을 쓰려 했지만 염동을 거의 쓸 수 없었다. 무리하면 쓸 수도 있겠지만, 그래서는 제로스리드를 공격할 때까지 버티지 못한다. 직감적으로 그렇게 생각했다. 분명 염동을 발동하고 곧 나는 부서질 것이다.

그렇다면 여기서는 키아라와 협력해야 한다. 키아라가 제로스리드에게 옮겨주면 결정적인 순간에 모든 힘을 쏟아붓는다.

『그리고 틈을 봐 나를 녀석에게 던지면 돼.』

'그것뿐인가?'

『그래.』

'알았다.'

이미 빈사 상태인 키아라와 능력 대부분을 쓸 수 없게 된 나. 그런 우리가 제로스리드를 쓰러뜨릴 가능성이 있는 유일한 방법이었다.

'좋아!'

나이스다! 키아라가 전투를 하면서 나를 제대로 주워들었다. 그것을 본 제로스리드는 희미하게 경계하는 표정을 지었다.

내가 날리는 공격에 파사의 효과가 실려 있는 걸 알아차렸을 것이다.

"그 검을 주목했나. 하지만 이제 마력도 거의 느껴지지 않는 그 부서지기 시작한 마검이 도움이 될까?"

부서지기 시작했다고 하지 마. 그만큼 마력도 저하됐다는 뜻이겠지.

"크크……."

키아라는 제로스리드의 도발하는 질문에 희미하게 웃음으로 대답했다. 마주 도발한 게 아니라 이제 그 정도밖에 할 수 없는 것이다.

그만큼 소모한 노구를 채찍질해 목숨을 불태우며 키아라가 다시 앞으로 나섰다.

"하아압!"

"하하! 아직 그렇게 움직일 수 있었군!"

제로스리드 녀석은 여유롭군. 고위 사인은 고통도 거의 느끼지 않는 것 같고 체력도 끝이 없다. 애초에 제대로 된 생물이 아닐지도 모르지만. 거듭된 격투로 지금은 사기가 줄어들었지만 인간의 체력이나 마력처럼 시간이 지나면 회복하는 것일지도 모른다.

그렇다면 녀석에게 이 싸움은 진짜로 놀이일 것이다. 죽을 우려가 없는, 강자와의 유희다. 하지만 그 방심을 틈타 목숨을 빼앗아주겠어!

"하아압——흑뢰전동!"

"아니!"

『오오!』

절묘해! 나도, 당한 제로스리드도 무심코 신음하고 말았다.

키아라는 처음에 조금 큰 동작으로 정면으로 달려들었다. 목숨도 간당간당한 상태라서 이것이 한계에 이른 공격으로 보였다. 하지만 그 참격은 제로스리드를 유도하는 것이었다.

제로스리드는 키아라의 공격을 정면에서 받을 생각으로 대검을 든 손에 아주 살짝 힘을 실었다.

하지만 검이 맞부딪치는 순간 키아라는 흑뢰전동으로 고속 이동해 녀석의 뒤로 돌아갔다.

와야 할 참격에 대비해 몸이 힘을 주고 있었던 제로스리드는 돌아간 키아라에 대한 반응이 한 순간 늦었다.

그때는 이미 키아라가 나를 던진 뒤였다.

'뒤는 부탁한다!'

『아아아아아아아아아아아!』

나는 남아 있던 모든 힘을 쓸 생각으로 형태 변형을 발동시켰다.

이미지는 천 개의 침. 하지만 실제로는 어중간한 두께의 끈 열 개만 변형할 수 있었다.

게다가 기세도 예리함도 부족해서 제로스리드를 꿰뚫을 수 없었다. 그래도 나는 포기하지 않고 제로스리드의 몸에 나를 둘러 감았다.

젠장! 힘을 더 쥐어짜! 더 가늘고 더 날카롭게 제로스리드를 먹어치워! 내 의사에 반응해 오른쪽 다리에 휘감은 부분이 무수한 침 모양으로 변화해 제로스리드에게 들러붙었다.

『안 놓친다아아!』

"크악! 이 검, 아직도 움직이고 난리야! 게다가 뭐야? 이 목소리는?"

『으그극······! 크아아아아!』

염화로 소리친 모양이다. 하지만 지금은 그런 건 아무래도 좋다. 고통으로 의식이 날아갈 것 같다. 하지만 이것을 놓치면 이제 기회는 돌아오지 않는다.

반드시 쓰러뜨리겠어!

나는 다짜고짜 형상 변화를 계속 발동했다.

'스승! 괜찮나!'

『크윽…… 괜찮, 아!』

'도저히 그렇게 보이지 않는다!'

『괜찮아!』

이제 염화로 얘기하는 것조차 어려워지기 시작했군.

"이이이이이! 빌어먹을 검이!"

『컥!』

제로스리드가 나를 떼어내려고 힘껏 손을 뻗었다.

바이스 같은 힘으로 뒤엉킨 내 몸을 쥐고 흔들어 풀려고 했다.

『크아아아악!』

"이 자식! 떨어져어어!"

떨어질까 보냐! 절규를 내지르는 제로스리드와 전혀 움직일 수 없는 나와 키아라.

여기서 놓치면 승산은 없다.

다만 이 방에 새로운 그림자가 달려 들어오는 것을 알 수 있었다.

"스승! 키아라!"

『프란……! 어째서…….』

"스승의 비명이 들렸어……. 그리고 키아라도. 꼭 돌아가야 할 것 같아서……!"

프란이 그렇게 외치는 가운데 키아라가 결심한 표정으로 외쳤다.

"스승! 그대로 주의를 끌고 있어라!"

『뭐라고?』

'오의를 쓴다. 지금의 나라면 수명을 줄일 필요가 있어서 쓰지 않았지만 마침 좋은 대상이 있어서 말이야.'

이봐, 그런 짓을 하면 키아라의 목숨은⋯⋯! 여기까지도 충분히 수명이 줄어들었다고!

'내 일은 내가 제일 잘 안다. 이제 와 그만둔다 해도 여기서 죽는 게 일주일 뒤로 미뤄질 뿐이야. 그렇다면 여기서 전사답게 죽고 싶다.'

키아라가 그 자리에서 발을 내디뎠다. 눈의 초점이 이상하다. 이미 시야가 부예진 듯했다. 하지만 그래도 얼굴에는 각오의 표정이 떠올라 있었다.

'아까도 말했지? 마지막까지 멋을 부리게 해달라고? 사람과 짐승의 차이를 아나? 겉보기를 신경 쓰느냐 아니냐다. 인간은 얼마든지 멋을 부릴 수 있잖아?'

『⋯⋯제로스리드는 조금 오른쪽에 있어.』

'너는 좋은 남자구나. 후후, 프란을 잘 부탁한다.'

그리고 제로스리드의 뒤에서 키아라가 검을 치켜들었다. 순식간에 그 도신에 검은 번개가 모여 휘감겼다. 그뿐만이 아니다. 키아라의 눈동자가 마치 고양잇과 동물처럼 변화했고, 나이가 들어서 하얘진 머리카락이 검게 물들어가는 모습이 보였다.

단숨에 늘어나는 존재감과 반비례하듯이 급속하게 생명력이 사라져가는 것도 알 수 있었다. 그래도 지금의 나는 제로스리드의 움직임을 멈추는 것밖에 할 수 없었다.

"하아아아압! 흑뢰신조오오오오!"

키아라의 손에는 흑뢰의 검이 생성됐다. 하지만 메아가 썼던 금섬화처럼 단순히 힘을 모은 것이 아니다. 그 검은 검에서는 성스러움마저 느껴졌다.

마력의 질이 결정적으로 달랐다.

역겨움과 공포를 뿌리는 사기의 정반대라고 할까. 흑뢰의 검은 보고 있는 것만으로 신성함과 외경하는 마음을 품게 만들었다.

사인인 제로스리드는 강한 위기감을 품은 모양이다. 그 얼굴이 굳어졌다.

"할망구! 무슨 짓을……."

"이야아아앞!"

칼끝이 살짝 빗나갔어!

이제 키아라에게는 발을 내디딜 힘조차 남아 있지 않았던 것이다. 나는 즉시 염동을 전개해 키아라가 휘두른 흑뢰신조의 궤도를 수정하려 시도했다.

운이 좋았는지 한 번 빗나갔다고 생각한 검이 갑자기 각도를 바꿈으로써 제로스리드의 왼팔을 날려버리는 데 성공했다.

"크아아아아아아아아아아아악!"

제로스리드가 절규를 내질렀다. 파사현정을 담은 공격에도 이렇게 이성을 잃는 모습은 보이지 않았을 테다. 하지만 그것도 어쩔 수 없다. 제로스리드의 사기가 줄어 있었다.

게다가 그뿐만이 아니다.

"왜, 왜 재생을 안 하는 거야!"

제로스리드가 왼팔을 누르며 상처의 재생을 시도했지만 전혀 반응하지 않았다. 애초에 상처 주위에는 사기가 모이지 않는 듯했다.

아무래도 내가 느낀 신성한 분위기는 기분 탓이 아니었나 보다. 흑뢰신조는 파사현정 이상의 파사의 힘을 담고 있는 듯했다.

"후우······."

만족스러운 표정으로 쓰러지는 키아라. 지금 당장이라도 회복시켜주고 싶지만 내게는 이미 힐을 쓸 힘조차 남아 있지 않았다.

상태가 안 좋아진 나와 키아라의 모습을 보고 프란이 비명을 질렀다.

"스승! 키아라!"

『나보다 키아라를······.』

"크오오오오!"

분위기 파악을 못 하는 녀석이로군! 제로스리드는 여전히 잘려 떨어진 왼팔의 상처를 누르면서 지긋지긋하다는 표정으로 이쪽을 노려보고 있었다. 하지만 거기에 아까 같은 박력은 없었다.

"설마······ 신 속성을 쓸 줄이야······. 수인이 신수의 자손이었다는 얘기는 진짜일지도 모르겠어······. 여기는 물러나주지! 하지만 다음에 만났을 때는 각오해둬라! 거기 할망구한테도 이번에는 패배를 인정하겠다고 전해! 크오오오오!"

놓쳤다. 아니, 도망쳐준 건가. 아무리 프란이 돌아왔다고는 하나 녀석이 죽음을 무릅쓰고 반격을 시작하면 멀쩡하게 끝나지는 않았을 것이다. 오히려 졌을 것이다.

『키아라.』

'스승······ 해냈다······.'

『하지만 너는······.』

'만족, 한다. 흑천호의 힘을, 전부 발휘했다. 마지막으로 좋은

싸움도, 할 수 있었다. 만족해…….'

『……멋, 있었어…….』

'크하하…… 최고의, 칭찬이다…….'

위를 향해 누운 키아라에게 프란이 달려왔다.

"키아라! 키아라!"

"여, 프란…….."

"지금 치료할게!"

"소용없다……."

프란이 키아라의 말을 무시하고 그레이터 힐을 연발했다. 하지만 키아라가 회복하는 기색은 보이지 않았다. 그것도 어쩔 수 없다. 워낙에 생명력이 바닥났다. 키아라는 죽어가고 있는 것이다. 죽은 자는 살아 돌아올 수 없다.

오히려 어째서 말을 할 수 있는지 이해할 수 없었다.

"……짧은 시간…… 즐거웠다……."

"으흑…… 키아라아…….."

"피는, 이어져 있지 않아도, 손녀처럼……."

"응."

"복수…… 같은, 바보 같은 생각은…….."

"응."

"강해져라……, 다정하고, 멋지고…… 자유롭게 살아…….."

거기서 키아라의 말이 멈췄다. 온몸에서 힘이 빠지고 필사적으로 부릅뜨고 있던 눈은 겨우 편안해졌다고 말하기라도 하듯이 살며시 감겼다.

"키아라?"

"……."

"키아라!"

프란의 외침에 키아라가 대답하는 일은 더 이상 없었다.

웃음조차 띤 편안한 얼굴이다.

격동의 생애를 살아온 위대한 흑묘족의 영웅은 피가 이어지지 않은 손녀의 품속에서 조용히 여행을 떠났다.

"끄으으…… 으흑……."

프란의 눈에서 흘러내린 커다란 눈물이 키아라의 가슴에 얼룩을 만들었다.

그리고 그대로 프란은 나이에 걸맞은 얼굴로 키아라의 가슴에 엎드려 큰 소리로 울기 시작했다.

"으아아아아아아아아아아앙──!"

키아라의 유체에 달라붙어서 흐느껴 우는 프란.

가슴이 터질 것 같다. 이렇게 슬퍼하는 프란의 모습은 처음 봤다.

그리고 나 역시 키아라의 죽음은 슬프다. 내게 눈물샘이 없는 것이 이렇게 분하다고 생각한 적은 없었다.

잠시 이야기했을 뿐이지만 나도 키아라가 아주 좋아졌다. 이제 와서 그런 걸 깨달아봐야 소용없지만…….

"끄응……."

"으흑……."

울시가 슬픈 듯이 목으로 소리를 내더니 가만히 프란의 옆으로 다가왔다. 눈물을 핥지 않고 자신의 온기를 프란에게 전해주려는 듯이 그저 조용히 앉아 있었다. 그런 울시도 슬픈 얼굴이었다. 우리가 모르는 곳에서 함께 행동했던 것 같으니 분명 울시도 키아라가 좋아졌을 것이다.

그런 와중에 몇 사람이 방으로 달려오는 모습이 보였다.

메아 일행이다. 다만 한 사람 모르는 여성이 있었다.

누구지? 지금의 나는 감정도 제대로 펼칠 수 없었다.

프란을 쫓아왔을 것이다. 다급한 기색으로 방으로 달려온 메아 일행은 누워 있는 키아라의 모습을 보고 표정이 변했다.

"키아라 스승님!"

"키아라 님!"

맨 먼저 달려온 것이 메아와 미아노아였다.

메아는 둘째 치고 늘 종잡을 수 없는 웃음을 띠던 미아노아의 이렇게나 진지한 표정은 처음 봤다. 쿠이나도, 의식 없는 아스라스를 짊어진 그엔다르파도 각기 평정을 잃은 모습이었다.

키아라와 프란의 모습을 보고 전원이 이해한 모양이다. 프란이 회복 마술을 쓸 수 있는 것은 모두가 봤다. 그 프란이 그저 눈물만 흘리고 있다는 것은——.

"프란……."

"메아……."

"키아라 스승님과는 이야기 나눴어?"

메아가 조용히 흘러 떨어지는 눈물로 얼굴을 적시면서 프란에게 말을 걸었다.

"키아라 스승님은 너를 걱정했어. 아마 가족이 없는 스승님은 자신과 닮은 너를 손녀처럼 느꼈을 거야."

"……다정하고 멋있고 자유롭게 살라고 했어."

"그런가…… 스승님다운 말이야."

메아는 프란의 말을 듣고 고개를 크게 끄덕였다.

고통을 견디는 표정이다. 분명 큰 소리를 내 울고 싶은 자신을 필사적으로 억누르고 있을 것이다.

다른 사람들도 마찬가지였다. 그엔다르파는 새빨간 눈으로 몇 번이고 흐느꼈고, 쿠이나는 입을 꾹 다물고 고개를 숙였다.

"자유라⋯⋯. 키아라 스승님은 쓰레기 할아버지 때문에 고생했으니 말이야."

쓰레기 할아버지? 누군가 했지만 아마 선대 수왕을 말하는 거겠지. 키아라를 노예로 삼은 장본인인데, 생각해보니 메아에게는 할아버지에 해당하는 인물이었다.

"하지만 키아라 님은 만족스러운 얼굴을 하고 계시네요."

커다란 눈물을 닦으며 중얼거리는 미아노아.

수행 시녀였던 미아노아는 역시 키아라와의 인연이 다른 사람들보다 강했을 것이다. 그것을 이해하는 메아 일행은 미아노아에게 자리를 양보했다.

프란도다. 키아라의 죽음을 애도하는 사람은 자신만이 아니라는 사실을 깨달았을 것이다. 새빨갛게 부은 눈을 두 손으로 비비면서 일어섰다.

"감사, 합니다."

미아노아가 무릎을 꿇고 꺼낸 새하얀 손수건으로 키아라의 얼굴에 묻은 오물을 닦았다.

"키아라 님⋯⋯ 웃고, 계시네요⋯⋯."

그렇다. 키아라는 웃고 있다. 만족스럽게.

아마 마지막 기술을 날렸을 때 키아라에게는 이미 온몸의 감각이 거의 없었을 것이다. 제로스리드가 보이지 않았을 뿐만 아니라 자신의 공격이 직격하지 않아서 내가 염동으로 보조한 것도 몰랐다고 생각한다.

그래도 내게 만족했다고 말하고 프란에게 웃으며 작별을 고했다. 정말로 만족스러운 표정으로. 내가 만약 지금 파괴돼 사라진다고 하면 저렇게 웃으며 끝을 맞이할 수 있을까?

무리다. 분명 꼴사납게 발버둥 칠 것이다. 조금도 만족하지 못하고 프란의 이름을 부르며 울부짖고 후회할 터다.

키아라는 분명 좋은 일도 나쁜 일도 모두 경험해왔을 것이다.

친구와 이야기를 나누고, 술을 마시고, 때로는 고생하고, 흙탕물을 마시며—— 아니, 그게 아니지. 그런 간단한 말로는 도저히 표현할 수 없을 것 같은, 30대 애송이는 상상도 할 수 없는 인생을 걸어왔을 게 틀림없다.

그런 인생 경험이 있기 때문에 저렇게 웃으며 떠날 수 있었다고 생각한다.

지금의 나는 불가능하다. 그런 모습을 동경한다. 나도 마지막에는 웃으며 마무리할 수 있는 경험을 쌓고 싶다. 프란과 함께 앞으로도 계속.

그래서 이런 곳에서 무너질 수는 없다. 나는 어떻게든 자기 수복을 시도했지만 격통 탓에 어쩔 수 없었다.

『크윽……!』

대체 나는 어떻게 된 걸까.

모두가 키아라를 둘러싸고 있는 가운데 혼자 겉돌던 의문의 여성이 내게 다가왔다.

은색 긴 머리에 흰 로브를 걸친 장신의 여성이다. 눈이 날카롭다기보다 눈매가 엄청나게 사나웠다. 혹시 무시당해서 화가 난 건가?

말랐지만 몸에는 근육이 단단하게 붙어 있는 것을 알 수 있었다. 이런 곳에 있는 것만 봐도 단순한 일반인 여성은 아닐 것이다.

긴 앞머리 사이로 들여다보이는 길쭉한 오른쪽 눈이 나를 똑바로 보고 있었다. 어떻게 할까. 메아 일행이 데리고 왔으니 적은 아닐 것이다. 하지만 이 여성이 나를 주워서 장비라도 시도했다가는 여러모로 성가셔진다.

할 수 없다. 프란을 좀 더 키아라 곁에 있게 하고 싶었지만 가만히 이 여자가 줍도록 내버려둘 수도 없다.

『프라…… 큭…….』

'……응?'

『이, 여자를…….』

전투 때 고양감이 사라졌기 때문인지 통증을 견딜 수 없었다. 그래도 어떻게든 염화로 프란에게 도움을 요청할 수 있었다.

프란은 나와 여성을 보고 내가 하고 싶은 말을 이해했을 것이다. 눈물을 닦으면서 황급히 일어나 내게 달려왔다. 그리고 여성보다 먼저 나를 주워들었다.

'스승…… 괜찮아?'

『그래…….』

그렇게 말하면서도 강한 위화감은 씻을 수 없었다. 무슨 행동을 하려 해도 통증이 퍼졌고 자기 수복도 시작되지 않았다. 마력도 전혀 회복될 기미가 보이지 않았다.

대장장이에게 리페어라도 받으면 나을까? 아니, 낫지 않으면 곤란하다. 지금 이대로는 아무것도 할 수 없으니 말이다. 프란에 게는 목표가 되는 사람을 잃은 힘든 시간이다. 내가 정신 차려야 한다.

"저기……."

자신의 소지품이라고는 하나 눈앞에서 검을 낚아채는 게 예의 에 어긋나는 행동이라는 것을 이해하고 있는지 프란이 살짝 망설 이는 기색으로 여성에게 말을 걸었다. 상대도 프란을 엄청나게 쳐다보고 있군.

"네가 그 검의 주인인가?"

"응."

여성은 무표정한 얼굴 그대로 프란에게 물었다. 역시 기분이 안 좋은 것 같군. 그래도 울고 있는 메아 일행에게 불만을 터뜨리 지 않을 정도의 분별은 있는 듯하지만.

"그런가. 그 검, 잠시 보여주겠나?"

'스승?'

으음, 어쩌지. 보이는 것뿐이라면 문제없을 것도 같지만 이 여 성이 누구인지 모르는데. 다만 거절하면 화를 낼 것 같고, 그러면 그건 그것대로 귀찮아질 것 같단 말이지. 애초에 지금의 나는 감 정 위장이 기능하고 있는 건가?

"보여드려도 된다."

고민하고 있는데 메아가 말을 걸었다. 그 말투로 봐서 의외로 메아보다 상급자인 듯했다. 게다가 어딘가 친밀함도 느껴지는 말 투였다.

"아리스테아 님이라면 나쁜 일 따위는 하지 않으신다. 린드도 정기적으로 아리스테아 님께 진단을 받고 있어."

신검인 린드를 타인에게 진단받을 줄이야……. 메아는 이 여성을 전면적으로 신뢰하고 있는 듯했다.

'스승, 괜찮아?'

『그래.』

메아가 신용하는 상대이고 여기서 거절하면 실례가 되니 말이다. 그리고 신검을 관리할 수 있는 상대잖아? 엄청난 실력의 대장장이일 게 틀림없다. 그 굉장한 실력자가 왜 여기 있는지는 알수 없지만.

"응."

"그래. 고맙다."

이 말투도 무표정한 얼굴도 대장장이라고 생각하면 그다지 이상하지 않아 보여서 신기했다. 오히려 장인 같다는 생각마저 들었다.

프란이 내민 나를 아리스테아가 찬찬히 훑어봤다. 그 시선은 내 날밑이나 자루로 향해 있는 듯했다.

"역시 이 장식은……. 하지만 자루의 형태는……. 좀 더 자세히 봐도 되겠나?"

"응."

"그럼 실례하겠다……. 해석안!"

아리스테아의 눈에 마력이 담기는 것이 보였다. 어두운 곳이라면 빛이 날 정도로 강한 마력이 눈에 집중됐다.

그리고 나를 쳐다보면서 아리스테아가 놀란 목소리로 중얼거렸다.

"상당히 엄중한 장비자 등록이로군……. 아니, 이 힘은 신의 잔재인가……? 그리고 이 봉인은…… 이런…… 이, 이런 엉터리 검을 누가 만들었지? 신급 대장장이인가?"

"왜 그래?"

"아니, 여기서 큰 소리로 떠들 일이 아니군. 나중에 잠시 시간을 내주겠나?"

아무래도 감정 같은 능력으로 내 스테이터스를 본 듯했다. 게다가 지금 반응을 보아 인텔리전스 웨폰이라는 사실을 들켰을지도 모른다.

"그리고 마력 회로가 갈기갈기 찢어졌다. 이대로는 제대로 된 수복도 힘들 거야."

"! 진짜? 어, 어떻게 하면 돼?"

"잠시 기다려봐라……. 손을 대겠다."

"응."

지금 한 확인의 말, 확실히 나를 향해 말했군. 완전히 인텔리전스 웨폰이라는 사실이 들통 났다.

아리스테아는 가느다란 손끝으로 가만히 내 자루에 손을 대고 미약하게 마력을 흘리기 시작했다. 다만 불쾌한 느낌은 전혀 없었다. 오히려 따듯한 마력에 둘러싸여 기분 좋다고 느낄 정도였다. 대장장이에게 관리를 받을 때에 가까울지도 모른다.

『아아…….』

상처가 낫는 감각이 여기에 가까울까. 내 깊은 부분에서 무언가가 치유되는 것을 알 수 있었다.

그래도 자기 수복은 기능하지 않는군. 그렇게 효과 있는 치유가 아니었던 걸까, 아니면 내 손상이 그렇게나 심각한 걸까. 다만 이 아리스테아라는 여성은 믿을 수 있을 것 같았다.

내가 생각해도 가볍지만 어째선지 그렇게 생각했다. 나는 다쳤을 때 살짝 잘해주면 홀랑 넘어가는 타입이었던 걸까?

'스승?'

『괜찮아.』

염화를 쓸 때 통증이 줄어든 것 같다. 아니, 짐작이 아니라 확실히 줄어들었다. 아리스테아 덕분일 것이다. 대체 정체가 뭐지?

"응급수단은 취했다. 무리를 하지 않으면 이 이상 심해지지는 않을 것이다. 하지만 고칠 때까지 절대로 전투는 하지 마라."

"그럼 확실히 고쳐져?"

"물론이다. 내가 못 고치는 무기는 없으니까."

"진짜?"

"그래, 내게 맡겨라."

"그래…… 다행이다……!"

아리스테아의 말을 들은 직후 프란은 내 자루를 꼭 쥐고 "휴우" 하고 숨을 토했다. 그리고 갑자기 커다란 눈물을 흘렸다.

키아라를 잃고 나까지 상태가 나빠졌다. 불길한 생각을 지우지 못해서 계속 불안했을 것이다.

나도 내 일로 벅차서 눈치채지 못했다. 한마디 해줄 걸 그랬군.

『프란, 걱정시켜서 미안해.』

'아니야…… 괜찮아. 하지만 다행이야…….'

염동은 아직 쓰지 못한다. 나는 몇 번이고 프란에게 사과했다.

그렇게 나와 프란이 서로의 존재를 확인하고 있는데 메아가 아리스테아에게 말을 걸었다.

"아리스테아 님. 지금 말씀. 그 검의 수복을 맡아주신다는 말씀이십니까?"

"그래. 그 아가씨가 허가한다면 말이다만."

"꼭 부탁드려. 이런 행운은 좀처럼 없는 일이야."

메아도 아직 슬플 텐데 나와 프란을 이렇게 신경 써주고 있다. 그런 배려심 깊은 마음은 역시 수왕의 자녀라는 생각이 들었다.

'스승? 괜찮아?'

『……그래, 부탁하자.』

애초에 이 여성 덕분에 아주 편해졌다. 실력도 믿을 수 있을 것이다. 무엇보다 메아가 진심으로 신뢰하는 얼굴을 보이고 있다.

"응. 부탁드립니다."

"내게 맡겨라. 그리고 너희는 앞으로 어쩔 셈이지?"

"그건……."

메아가 키아라를 봤다. 여기까지 모두를 끌고 온 키아라는 죽고 미아노아는 초췌해졌다. 쿠이나는 어디까지나 메이드이고 그 엔다르파는 경험 부족. 아스라스는 의식을 잃었고 프란도 리더로서의 적성은 없다.

이 멤버를 통합할 수 있는 것은 메아밖에 없었다.

주위를 둘러보고 그 사실을 자각했을 것이다. 고개를 살짝 숙이고 빨간 눈을 가볍게 문지른 후 바로 얼굴을 들었다.

"우선 이 던전의 마스터가 정말 죽었는지를 확인할 겁니다. 그리고 코어를 파괴하겠습니다."

"괜찮으시겠습니까? 귀중한 대형 던전입니다만."

아리스테아의 질문에 대답한 메아에게 쿠이나가 그렇게 되물었다. 하지만 메아는 고개를 분명히 끄덕였다.

"두 나라에 걸친 던전은 재화의 싹이 될 뿐이다. 반드시 소유권을 두고 국가 간 싸움이 벌어진다."

뭐, 어느 쪽이 손에 넣으면 한쪽 나라는 반드시 의심에 빠질 것이다.

이번 전쟁에 쓰임으로써 그 이미지가 확연하게 생겼다. 그리고 소유권을 버리기에는 대가가 너무 크다. 쌍방이 공동으로 통치하기 위한 기구를 제대로 만들지 않는 한 언젠가 반드시 분쟁을 부를 것이다.

하지만 사이 나쁜 수인국과 바살 왕국이 손을 잡는 일은 있을 수 없다. 이번 일로 그 관계는 더 악화됐을 테다. 그렇다면 파괴하는 편이 좋을지도 모른다. 메아도 그렇게 생각한 모양이다.

"왕족으로서는 이용할 방법을 생각해야겠지만……."

"아니요, 저도 찬성입니다."

그리고 수왕의 성격을 생각하면 파괴에 찬성할 것 같다. 왠지 "여러모로 귀찮아질 것 같은 먼저 부숴버려"라고 말할 것 같다. 아무튼 메아는 스스로 파괴하기로 결정한 듯했다. 그 눈에 망설임의 빛은 없었다.

"저와 쿠이나는 안쪽으로 가겠습니다. 아리스테아 님은 프란과 다른 사람들을 데리고 먼저 탈출해주십시오."

"뭐, 너는 검을 보여주고 있으니 상관없다. 탈출할 때까지 이 녀석들은 내가 맡으마. 그대로 내 집으로 가면 되는 건가?"

"저희가 따라붙지 못하면 그렇게 해주시면 감사하겠습니다."

"그 뒤에는 어떻게 할 거지?"

"쿠이나와 다른 사람들을 데리고 그린고트로 돌아가려 합니다. 여러모로 알고 싶은 것과 조사하고 싶은 것이 있어서요. 다만 프란과 그 검은 아리스테아 님께 맡기고 싶습니다. 부탁드려도 될까요?"

"검도 꼼꼼히 조사해보고 싶으니 상관없다."

"프란도 그래도 되겠지?"

"……응."

프란이 마지못해 동의했다.

사실은 메아와 함께 가고 싶을 것이다. 하지만 지금은 내 수복이 먼저라고 생각해 그 말을 삼켰다.

『미안해.』

'아니야. 지금은 스승이 제일 중요해.'

"그리고 그쪽의 멍청한 귀신은 어쩔 거지? 뭣하면 내가 맡을까?"

아스라스와 아는 사이인 듯하다. 친밀하지는 않지만 허물없는 느낌이 드는 태도였다. 메아는 잠시 생각한 후 아리스테아에게 고개를 숙였다.

"부탁드려도 될까요?"

"알았다."

아리스테아는 그엔다르파의 외투 위에 누워 있는 아스라스에게 다가가 그를 훌쩍 짊어졌다. 외모와 반대로 엄청나게 힘이 세잖아!

"아무튼 일단 여기를 나가는 게 좋겠다. 키아라도 장례를 제대로 치러줘야 하지 않겠나."

"그러네요……."

"프란 님, 키아라 님을 잘 부탁드립니다."

"알았어."

미아노아의 말에 고개를 끄덕인 프란이 키아라의 유체를 차원 수납에 넣었다.

지인의 사체를 수납하는 건 물건 취급하는 것 같지 않나? 순간 그래도 되나 싶었지만 나 이외의 사람들은 아무런 느낌도 받지 않은 듯했다.

죽음이 아주 가까운 세계답게 사체에 대한 사고방식도 엄격할 것이다. 내버려두면 언데드가 되기도 하고 말이다. 애초에 영혼의 개념이 있어서 죽은 뒤에는 이미 그곳에 없다는 생각도 있는 듯했다.

"그 사람의 임종을 지켜보고 보내는 것이야말로 최고의 작별이다."

메아의 말에 모두가 고개를 끄덕였다.

출발 준비를 재빨리 마친 우리는 그대로 프란과 울시를 선두로 던전의 출구를 목표로 했다.

아직 모두의 힘이 소모된 상태라서 생각보다 시간은 걸렸지만, 몬스터가 없어서 특별히 위험한 일은 없었다.

도중에도 가볍게 시험해봤지만 나와 프란의 스킬 공유는 살아 있는 듯했다. 그것만은 불행 중 다행이었다. 다만 내 마력이 텅 비어서 지금은 프란의 마력만으로 어떻게든 해야 했다. 그 부분은 주의해야 할 것이다.

던전의 미궁 부분을 나아가는 도중에 던전이 크게 흔들리는 것을 알 수 있었다. 메아와 쿠이나가 던전 코어의 파괴에 성공했나 보다.

그 후 던전을 탈출하기 직전에 메아와 쿠이나가 우리를 따라잡았다. 거기서 다시금 코어를 파괴하고 던전을 없앤 것을 보고했다. 앞으로 여기는 단순한 지하 건조물밖에 되지 않는 건가.

"그럼 여기서 일단 작별이다."

"응."

가라앉은 얼굴로 중얼거리는 메아. 프란도 아쉬운 듯이 고개를 끄덕였다.

키아라를 잃고 여기서 친구와도 헤어진다. 두 사람 모두 역시 쓸쓸할 것이다.

"이런저런 일이 있었지만 다시 찾아와줘."

"……힘내."

"고마워."

메아 일행은 이대로 최전선으로 향한다고 한다. 바샬 왕국과는 아직 전쟁 중일 테다. 앞으로 어떻게 될지는 알 수 없지만, 북쪽 위협이 사라진 지금이라면 분명 지지 않을 것이다. 바샬 왕국을 격퇴할 수 있을 테다.

그러지 않으면 키아라가 목숨을 건 보람이 없으니 말이다.

그것을 메아도 알고 있을 것이다. 힘차게 고개를 끄덕였다.

"우리도 스승이 제대로 고쳐지도록 기도하고 있다. 그리고 키아라 스승님은 조금 더 맡겨도 될까? 상황이 진정되면 확실하게 장례를 치르고 싶어."

"맡겨줘."

포옹할 수 있는 거리에서 단단히 악수를 나누면서 서로를 격려했다.

마지막으로 두 사람은 서로를 빤히 바라보다 동시에 몸을 뗐다.

"또 보자."

"응!"

키아라의 제자로서, 왕녀로서, 저 작은 어깨를 온갖 중압이 짓누르고 있을 것이다. 그래도 웃음을 지을 수 있는 메아는 왕녀에 어울리는 자질을 가지고 있다고 생각한다.

프란은 마차에 올라타는 메아 일행의 등을 그 자리에서 전송했다.

『다시 곧 만날 거야.』

"응."

에필로그

메아 일행이 탄 골렘 마차가 떠난 뒤 쓸쓸한 얼굴의 프란에게 아리스테아가 말을 걸었다.

"……그럼 슬슬 괜찮을까? 이제 내 정체가 짐작 갈지도 모르겠지만, 이름을 밝혀도 될까?"

"응."

"내 이름은 아리스테아. 직업은 신급 대장장이다. 잘 부탁한다, 흑뢰희에 인텔리전스 웨폰 씨."

역시 들컸나. 그건 그렇고 신급 대장장이라고? 신검의 관리를 맡고 있다고 했을 때부터 혹시나 싶었는데, 설마 진짜 그랬을 줄이야…….

다만 온갖 일을 지나치게 겪는 바람에 더 이상 놀랄 기력도 남아 있지 않았다. 프란도 그건 마찬가지인 모양이군. 눈을 살짝 크게 뜬 정도로 평소와 똑같이 자기소개를 했다.

"나는 랭크 C 모험가. 흑천호 프란."

『……나는 스승이다.』

"웡!"

"그리고 울시."

자기소개를 하자 아리스테아가 고개를 살짝 갸웃거렸다.

"그런데 그 스승의 이름은 프란이 붙인 건가?"

"응."

"그렇다면 네임드가 아닌 건가……. 이 수준에 네임드가 아닐

329

수 있나?"

네임드란 대단한 장비품에 신이 이름을 붙여주는 시스템이었지? 그 수준의 아이템과 비교되는 건 영광이지만 과연 어떨까? 내가 나름대로 우수한 검이라는 자각은 있지만 "나는 신에게 인정받은 검이라고! 유후!"라고 말할 수 있을 만큼 자신이 넘치지는 않는다.

"일단 내 집으로 가자. 거기까지 가면 스승의 해석도 할 수 있고 수리도 할 수 있을 테니까."

『부탁해.』

"부탁드립니다."

"나야말로 훌륭한 검을 만질 수 있으니 감사 인사를 해야겠지. 그럼 여기에 타라."

아리스테아가 아이템 주머니에서 꺼낸 건 쿠이나가 가지고 있던 것과 똑같은 골렘 마차였다.

그 말대로 마차에 올라탔다. 아스라스는 아리스테아가 마차 바닥에 내던졌다.

"괜찮아?"

"이 멍청이 귀신이 이 정도로 어떻게 될 리가 있겠나? 조만간 멍청한 얼굴로 일어날 거다."

아스라스에게는 야박하군. 과거에 무슨 일이 있었던 건가? 뭐, 그것도 눈을 뜨면 물어보면 되나.

"그럼 출발한다!"

그리고 우리는 골렘 마차에 올라타 신급 대장장이의 집으로 출발했다.

TENSEI SITARA KEN DESITA Vol. 9
©2020 by Yuu Tanaka / Llo
All rights reserved.
First published in Japan in 2020 by MICRO MAGAZINE, INC.
Korean translation rights reserved by Somy Media, Inc.

전생했더니 검이었습니다 9

2021년 5월 5일 1판 1쇄 발행

저　　　자	타나카 유
일 러 스 트	Llo
옮 긴 이	신동민
발 행 인	유재옥
본 부 장	조병권
담당편집자	김민지
편집 1팀	이준환
편집 2팀	정영길 김민지 조찬희
편집 3팀	오준영 곽혜민 김혜주
편집 4팀	성명신
미　　　술	김보라 서정원
라이츠담당	한주원
디 지 털	박상섭 최서윤 이성호
발 행 처	㈜소미미디어
제 작 처	코리아피앤피
등　　　록	제2015-000008호
주　　　소	서울시 마포구 토정로 222, 403호 (신수동, 한국출판콘텐츠센터)
판　　　매	㈜소미미디어
마 케 팅	한민지 이주희
물　　　류	허석용
전　　　화	편집부 (070)4164-3962, 3963 기획실 (02)567-3388
	판매 및 마케팅 (070)4165-6688 Fax (02)322-7665

ISBN 979-11-6611-759-6 04830
ISBN 979-11-5710-608-0 (세트)